DER DUKE DER HERZEN

DER 1797 CLUB – BUCH 7

JESS MICHAELS

Übersetzt von
MARTIN WICK

Der Duke der Herzen

Der 1797 Club Buch 7

Für Leora Hansen. Die wahre Verkörperung von Klasse, Hingabe und Freundlichkeit. Danke für alles, was du für Hunderte von Schülern getan hast, die dich geliebt haben. Ruhe gut, liebe Freundin.

Und für Michael, den ich in ihrer Klasse kennengelernt habe. Debattierkinder schließen die besten Ehen.

KAPITEL 1

Frühling 1812

Man hätte es eine 1797-Club-Party nennen können, denn Matthew Cornwallis, Duke of Tyndale, hatte viele seiner Freunde dabei. Dukes gab es hier in Hülle und Fülle, scheinbar in jeder Ecke. Früher hätte er diesen Moment genossen, wenn sie alle zusammen waren. Solche Treffen waren im Laufe der Jahre immer seltener geworden, während seine Freunde in ihre Titel, ihre Ehen und ihre Verantwortung hineinwuchsen. Doch im Moment herrschte keine Freude in Matthews Herz, als er sie aus der Ferne beobachtete.

Dort herrschte etwas viel Dunkleres, viel Hässlicheres. Etwas, das er nicht benennen wollte. Mehr als die Hälfte seiner Freunde war mit ihren Frauen hier. Sie drehten sich paarweise auf der Tanzfläche, die Augen ineinander versunken, die Hände unangemessen tief angesetzt. Ihr Lachen hallte wider, ihre Wangen leuchteten dank geflüsterter leidenschaftlicher Worte.

Sie waren alle glücklich. Er hätte sich für sie freuen sollen. Er tat es auch, und doch wiederum nicht. Weil er jetzt im Abseits stand und in eine Welt blickte, der er eigentlich schon vor Jahren hätte beitreten sollen. Nur dass Angelica gestorben war.

Ihm blieb nur das Bedauern.

Plötzlich schob sich Robert Smithton, Duke of Roseford, neben ihn. Wortlos reichte er Matthew einen Scotch und hob dann sein eigenes Glas, um mit Matthew anzustoßen.

„Auf die Junggesellen", prostete er und blickte auf die Tanzfläche und ihre Freunde. „Auf die, die von uns übriggeblieben sind, meine ich."

Matthew schloss die Augen. Es gab Tage, an denen sich seine Trauer immer noch so roh anfühlte, ganz gleich, wie viele Jahre seit dem Tod seiner Verlobten vergangen waren. Heute war so ein Tag, und Roberts Worte bohrten sich wie ein Messer in sein Herz.

„Tut mir leid", murmelte Robert leise.

Matthews Augen flogen auf, und er starrte seinen Freund an. Robert war fast das genaue Gegenteil von ihm, ein Mann, der nur vom Vergnügen getrieben wurde und dem sonst nichts wichtig zu sein schien. Er ließ keine tieferen Gefühlsregungen zu und erlebte daher nie den Schmerz, der mit ihnen einherging.

Aber er hatte auch einen brillanten Verstand und war ein treuer Freund, den Matthew sehr schätzte, egal was er von Roberts Entscheidungen hielt.

„Ich muss verdammt gut aussehen, wenn du dich bei mir entschuldigst", krächzte Matthew, bevor er einen Schluck von seinem Drink nahm.

Die Anspannung auf Roberts Gesicht wich einem Grinsen, und der Schelm in ihm brach in diesem Moment hervor. „Ich entschuldige mich, weil ich ein Arsch bin", erklärte er. „Aber das weißt du ja. Das sagst du mir auch immer wieder."

Matthew holte tief Luft, als der Schmerz ein wenig nachließ. Das war Robert zu verdanken. Er wusste es zu schätzen.

„Nun, du bist kein größerer Arsch als sonst", erwiderte er sanft. „Also vergebe ich dir dieses eine Mal."

Robert neigte den Kopf. „Vielen Dank, Euer Gnaden."

Matthew seufzte, als seine Aufmerksamkeit zu den anderen zurückkehrte. Die Musik war inzwischen verklungen, und sie versammelten sich in kleinen Gruppen, wobei die Frauen ihre Kleider verglichen und ihre Männer anlächelten. Ab und zu strich Ewan, Duke of Donburrow, mit der Hand über den geschwollenen Bauch seiner Frau Charlotte, und ein flüchtiges Lächeln zog über sein sonst so ernstes Gesicht.

„Es ist das Ende einer Ära", sinnierte Robert.

Matthew wurde aus seinen eigenen Gedanken aufgeschreckt und nickte zustimmend. „Ich nehme an, das ist es. Sie haben alle ihre Partnerinnen gefunden, sodass nur noch einer Handvoll von uns ein solches Glück verwehrt ist. Aber das musste ja so kommen, nicht wahr? Wir sind in einem Alter, in dem so etwas gang und gäbe ist. Einer von uns wird der Nächste sein."

Robert lachte höhnisch auf. „*Ich* werde es verdammt noch mal bestimmt nicht sein", rief er und stürzte seinen ganzen Drink in einem Zug hinunter.

Matthew lachte mit ihm. „Nein, ich gehe sogar davon aus, dass du der Letzte sein wirst – du genießt dein Leben zu sehr, als dass du es freiwillig aufgibst."

Für einen kurzen Moment zog ein Schatten über Roberts Gesicht. Matthew legte bei diesem Anblick den Kopf schief, denn es war ein Ausdruck, den er bei seinem alten Freund noch nie gesehen hatte. Bevor er etwas sagen konnte, kam Hugh Margolis, Duke of Brighthollow und ein weiterer ihrer Junggesellenfreunde, auf sie zu.

Matthews Besorgnis wandte sich Hugh zu. In den letzten sechs Monaten hatte er eine Veränderung bei ihm festgestellt. Sein Haar war länger geworden, seine Wangen waren oft von Stoppeln übersät. Mehr noch, in seinem dunklen Blick lag etwas zutiefst Beunruhigendes. Immer, wenn er darauf angesprochen wurde, winkte er ab.

Aber heute Abend schien etwas von diesem Kummer verblasst zu sein. Er grinste seine Freunde an und war wieder der sorglose und lebhafte Begleiter, der er immer gewesen war. Er schlang sogar einen Arm um Robert. „Und worüber redet ihr beiden denn so ernsthaft?"

Robert rollte mit den Augen. „Wie romantisch unsere Freunde doch alle geworden sind. Und wir haben darüber debattiert, wer als Nächstes wohl in die Schlinge der Ehe geraten wird." Er zwinkerte Matthew zu. „Außerdem haben wir uns darüber ausgelassen, wie unglücklich Tyndale ist."

Hughs Lächeln wurde schwächer, und seine Miene wurde sanfter. „Bist du sehr unglücklich, Tyndale?"

Matthew schüttelte den Kopf. Es war eine seltsame Sache. Wenn man jemanden verloren hatte, war es, als würde man zu Glas werden. Alle anderen gingen auf Zehenspitzen umher und versuchten, nichts umzustoßen oder kaputt zu machen. In Wahrheit hatte er das alles langsam satt.

„Es ist drei Jahre her", entgegnete er leise. „Ich nehme an, Robert hat recht, dass ich inzwischen über den Verlust hinweg sein sollte und nicht wie der tragische Held eines rührseligen Romans herumlaufen sollte."

Robert zuckte mit den Schultern. „Meiner Erfahrung nach verfallen die Frauen nur zu leicht einem tragischen Helden. Du musst anfangen, das zu deinem Vorteil zu nutzen."

Matthew konnte sich nicht vorstellen, so etwas zu tun, aber er spielte Robert zuliebe mit. „Und wie soll ich das anstellen?"

Es war, als hätte er seinem Freund tausend Pfund angeboten, so hell leuchteten Rosefords Augen auf. Er hüpfte förmlich vor Freude, als er sagte: „Lass uns von dieser langweiligen Party verschwinden und irgendwo hingehen, wo wir unseren Spaß haben können."

Hugh schüttelte den Kopf. „Mich schaudert es bei dem Gedanken, was du als Spaß bezeichnest, mein Freund. An was genau denkst du?"

Robert grinste noch breiter. „Das Donville Masquerade."

Matthew starrte ihn an, der Mund vor Verblüffung leicht geöffnet. „Das Bordell", sagte er kopfschüttelnd. Bei Gott, jeder wusste über das Donville Masquerade Bescheid.

Robert wich zurück. „Das ist sehr beschränkt von dir, mein lieber alter Freund. Es ist nicht nur ein Freudenhaus. Dort wird getrunken, gespielt und getanzt, und ja, ich denke in der Tat, eine Nacht mit einer hübschen Dame würde jedem von uns guttun."

„Mein Gott", lachte Hugh auf. „Du und dein Appetit."

Robert runzelte die Stirn. „Und seit wann ist das Schwelgen im Vergnügen so schrecklich? Es kann noch nicht zu lange her sein, dass du das auch noch getan hast."

Hugh bewegte sich. „Nun… neun Monate", gab er zu.

Roberts Augen weiteten sich, bis sie so groß wie Teller waren, und sein Mund verzog sich vor Entsetzen. „Nein. Das… kann nicht wahr sein. Ist das überhaupt möglich? Matthew, sag ihm, dass er sich in einen Mönch verwandeln wird, wenn er sein Verhalten nicht unverzüglich ändert."

Die beiden Männer sahen Matthew an, und jetzt färbten sich seine Wangen. „Ich bezweifle, dass ich geeignet bin, ihm hierzu Ratschläge zu geben, wenn man bedenkt, wie lange es bei mir schon her ist."

Robert wich erschrocken zurück. „Länger als neun Monate?"

Matthew räusperte sich. „Ich bin mir nicht sicher, ob das ein angemessenes Thema ist…"

„Zehn Monate?", drängte Robert. „Ein Jahr?"

„Ehrlich gesagt, Roseford, du bist…"

„Mehr als ein Jahr?" Robert trat einen weiteren Schritt zurück und drängte sich damit fast in die Menge.

Matthew stieß einen langen Seufzer aus. Er kannte seine Bulldogge von einem Freund, und er würde auf keinen Fall aufgeben, bevor er die Zahl herausgefunden hatte. „Gut. Dreieinhalb Jahre."

Robert starrte ihn an, ihm fehlten die Worte. Selbst Hugh zuckte mit dem Gesicht und betrachtete Matthew, als hätte er verkündet, er wolle Spanien einnehmen. Matthew schürzte die Lippen und zwang sich, angesichts der entsetzten Mienen der anderen seinen Gleichmut zu bewahren.

„Wieso seid ihr beide nicht… tot?", fragte Robert erstaunt. „Ihr *seid* tot, denn das klingt ja wie ein Leben im Grab."

„Roseford", mahnte Hugh mit Nachdruck.

Robert winkte ab. „Es ist abgemacht, wir gehen heute Abend zum Donville Masquerade. Ich bin dort Mitglied, und ihr zwei werdet als meine Gäste mitkommen. Ich werde keine Widerrede dulden."

Mit diesen Worten machte er auf dem Absatz kehrt und verließ den Ballsaal, wahrscheinlich um seine Kutsche zu rufen.

Matthew starrte Hugh an und stellte fest, dass dieser seinen Blick erwiderte. Brighthollow zuckte mit den Schultern. „Er hat nicht ganz unrecht, weißt du."

„Natürlich hat er das nicht", bestätigte Matthew. „Das hat er nie. Zumindest nicht ganz."

„Wahrscheinlich können wir beide eine Pause von unseren Problemen gebrauchen. Es gibt schließlich keine Vorschrift, die besagt, dass man keinen Abend mit einer Dirne verbringen darf."

Matthew verlagerte sein Gewicht. Er dachte nur noch selten über sündige Dinge nach. Solche Gedanken waren ihm nach Angelicas Tod so falsch erschienen. Schließlich hatte er sie einfach aus seinem Kopf gestrichen und war zu dem Mönch geworden, der Robert anfangs Hugh vorgeworfen hatte.

„Du hast recht", lenkte er seufzend ein. „Ich werde mich ihm anschließen, wenn auch nur, um zu verhindern, dass er mitten im Ballsaal von James und Emma einen Schlaganfall bekommt."

Sie machten Anstalten, sich von ihren Freunden zu verabschieden, aber Hugh hielt Matthew am Arm fest, noch bevor sie jemanden erreichen konnten. Er zog seinen Freund zu sich, und sein Blick war ernst.

„Es ist kein Verrat an ihr", bemerkte er leise.

Matthews Lippen spitzten sich und er nickte. „Ich weiß."

Aber das stimmte nicht. Was Robert von ihm wollte, fühlte sich genau wie ein Verrat an der Frau an, die er einst geliebt und dann auf tragische Weise verloren hatte. Und deshalb hatte er auch nicht die Absicht, etwas zu tun. Nicht einmal, wenn er im verruchten Donville Masquerade von „Versuchungen" umgeben sein würde.

Isabel Hayes rückte ihre Maske zurecht, bevor sich die Tür zur Kutsche öffnete und ein gelangweilter Diener ihr die Hand reichte. Er nahm ihr ein paar Münzen für den Kutscher ab und wies ihr den Weg zum Eingang eines langweilig aussehenden Hauses mit einer kunstvoll geschnitzten Tür.

Aber Isabel wusste, dass dieser Ort alles andere als langweilig war. Und ganz bestimmt nicht gewöhnlich.

Sie betrat das Foyer und fand denselben Mann wie immer an einem hohen Pult stehen, auf dessen Oberfläche ein Buch balanciert wurde. „Guten Abend, Miss. Euer Name oder vereinbarter Name?"

Isabel verzog das Gesicht. Sie hatte nicht vor, ausgerechnet hier ihren richtigen Namen zu nennen. „Miss Swan", sagte sie, und ihre Wangen fühlten sich von der offensichtlichen Lüge heiß an.

Er überflog das Buch und machte eine kleine Markierung. „Guten Abend, Miss Swan. Willkommen beim Donville Masquerade."

Während er diese Worte sagte, schritt er zu einer Nebentür und schwang sie weit auf, sodass sie in das Allerheiligste eintreten konnte.

Sofort verkrampfte sie sich. Das war immer ihre Reaktion, wenn sie dieses Haus der Sünde, der Verführung und der verruchten Vergnügungen betrat, nach denen sich Frauen wie sie eigentlich nicht sehnen sollten.

Und doch tat sie es. Aus Verzweiflung.

Der erste Raum war eine große, offene Spielhalle. Sie trat ein. Sie war nun schon dreimal hier gewesen, wenn sie die heutige Nacht mitzählte. Und sie war immer noch nervös, als ihre Augen durch den Saal huschten.

Einiges war so, wie man es erwarten konnte. Es gab verstreut

Tische, an denen Männer und Frauen spielten. Normal, wenn auch skandalös. Aber es gab auch noch mehr. An einer Wand schmiegten sich eine Dame und ein Herr aneinander und küssten sich wild, während seine Hände über ihren Körper fuhren. An einem der Tische kopulierte ein Pärchen wie Tiere unter freiem Himmel, während eine Handvoll Männer zuschaute und jubelte.

Isabels Magen flatterte bei diesem Anblick, und ihr eigener Körper schmerzte, als sie sich im Raum herumdrückte und versuchte, sich klein zu machen, um nicht aufzufallen, während sie zusah.

Sie schaute gerne zu. Diese anstößige Veranlagung hatte sie schon vor einiger Zeit entdeckt, und dies war ein Ort, an dem sie dieses Verlangen stillen konnte. Der *einzige* Ort, wenn man bedenkt, dass ihr die Zeit davonlief.

Sie schüttelte den Kopf, verdrängte diese unerwünschten Gedanken und lehnte sich stattdessen gegen die Wand, um die Gäste um sie herum zu beobachten. Sie bemerkte, wie sie sich unterhielten und küssten, wie anonyme Hände unter Röcke wanderten und Glieder aus Hosen gezogen wurden, bemerkte, wie einige der Paare den Gang hinunter verschwanden, um ihre Bedürfnisse in den privaten Räumen zu stillen, für die sie extra bezahlt hatten, während andere nicht warteten und sich vor Ort ihrer Begierde hingaben.

Ihre Knie waren bereits schwach und ihr Geschlecht pochte, doch plötzlich änderte sich die Stimmung im ganzen Saal. Ein Raunen ging durch die Menge, und die Leute begannen, ihre Hälse zum Eingang zu recken. Sie tat das Gleiche und sah, dass drei maskierte Männer den Raum betreten hatten.

„Entschuldigt", sagte sie und winkte einen der Bediensteten zu sich.

„Ja, Miss?", sagte er, und es entging ihr nicht, dass sein Blick an ihrem Körper auf und ab wanderte. Sie errötete, denn es war eine Sache zuzuschauen und eine ganz andere, gesehen zu werden.

„Wer sind die Männer, die gerade hereingekommen sind?"

Er schaute zum Eingang und schüttelte den Kopf. „Ich weiß, dass der in der Mitte der Duke of Roseford ist. Er gibt sich keine Mühe, seine Identität zu verbergen, auch wenn er eine Maske trägt. Und die anderen? Ich weiß es nicht, Miss. Entschuldigt mich."

Er zog sich zurück, und Isabel biss sich auf die Unterlippe, als die Männer durch den Raum schritten. Sie waren alle drei groß. Einer hatte braunes, etwas zu langes und dichtes Haar mit wilden Locken. Der in der Mitte, der als Duke identifiziert worden war, hatte eine selbstbewusste Ausstrahlung und ein verruchtes Lächeln auf den Lippen.

Aber es war der dritte, der ihr ins Auge fiel. Sein Haar war dunkel wie Pech und kurz geschnitten. Seine Augen konnte sie aufgrund der Entfernung und der Maske, die sie verdeckte, nicht sehen, aber er hatte einen ausgeprägten Kiefer mit einem Hauch von Barthaar und schöne Lippen.

Sie zuckte zusammen. Schöne Lippen? Wer in aller Welt nannte die Lippen eines Mannes *schön*?

Sie beobachtete, wie sich die Frauen aus der Menge zu den Neuankömmlingen drängten. Die meisten schienen in den Duke in der Mitte verliebt zu sein, beugten sich zu ihm hinüber und stellten sich zur Schau, während er grinste.

Sie bemerkte, dass ihr geheimnisvoller Mann von den dreien am wenigsten interessiert schien. Oh, er schaute, aber er wich zurück, als wolle er dem Ärger aus dem Weg gehen, der mit diesen hungrigen Händen und erfahrenen Mündern einherzugehen schien.

Natürlich hatte ihr Mund weniger Erfahrung, aber sie fragte sich dennoch, wie dieser Mann wohl schmecken würde.

Sie drehte sich um und führte eine Hand an ihre plötzlich zitternden Lippen. Großer Gott, was war nur los mit ihr? Sie war zum Zuschauen hergekommen, nicht zum Mitmachen. Sie hatte weder den Mut dazu noch die Fähigkeit, alles zu vergessen, was man ihr als Dame aus gutem Hause beigebracht hatte. Nun, zumindest als so etwas Ähnliches wie eine Dame.

Sie war sicher nicht hier, um von einem Fremden zu schwärmen oder seinen Geschmack zu bestimmen. Das wäre unschicklich. *Er war wegen der Dirnen hier.*

Der Unbekannte entfernte sich von seinen Freunden und verschwand in der Menge, und sie zwang sich, ihre Aufmerksamkeit wieder auf das zu richten, weswegen sie hergekommen war. Die Nacht schritt voran, und wie immer bedeutete das, dass die Aktivitäten im Raum immer hitziger wurden. Das Spielen wurde immer lauter, und immer mehr Leute gaben es ganz auf, um sich ihren hedonistischen Bedürfnissen hinzugeben. Sie hörte die Musik aus dem hinteren Teil des Raumes, wo es eine Bühne für so unaussprechliche Darbietungen gab, dass ihr die Knie weich wurden.

Doch während sie das Liebesspiel verfolgte, musste sie immer wieder an den Mann an der Tür denken. Wenn sie sah, wie ein Mann einer Frau das Kleid vorne öffnete und sein Gesicht in ihren Brüsten vergrub, stellte sie sich selbst in dieser Position vor, nur mit einem bestimmten maskierten Mann mit vollen Lippen.

„Hallo, schöne Frau."

Sie erstarrte, als eine betrunkene Stimme neben ihr erklang. Normalerweise achtete sie sehr auf die anderen Gäste und ging jedem aus dem Weg, der sie angrinste. Aber sie war abgelenkt gewesen, und als sie sich umdrehte, stand ein sehr großer, sehr betrunkener, sehr begieriger Mann über ihr und leckte sich die Lippen, während er sie ansah.

„Was bist du doch für ein hübsches kleines Küken", lallte er. „Suchst du einen Fuchs, der in deinen Hühnerstall kommt?"

Sie trat zurück, aber die Menschenschar hatte sich vergrößert, und es gab nur noch wenig Platz zwischen ihnen. Sie zwang sich zu einem Lächeln. „Ihr irrt Euch, Sir, ich bin nicht wegen der… Füchse hier."

Er lachte. „Wenn du Hühner magst, zahle ich dir zehn Pfund fürs Zuschauen."

Ihre Augen weiteten sich. Das war etwas, was sie in ihrer Zeit hier noch nicht gesehen hatte. „N-nein", beharrte sie. „Aber ich bin sicher, es gibt andere Damen, die sich über das Angebot freuen würden. Gute Nacht."

Sie drehte sich um, um wegzugehen, doch er ergriff ihren Arm und zog sie zu sich zurück. Seine Augen waren nicht mehr von Belustigung erfüllt, sondern dunkel und wütend. „Du hast recht, viele andere Frauen würden mir geben, was ich will. Ich habe dich gewählt, du Flittchen. Jetzt gib mir, was ich will."

Sie wehrte sich gegen seinen Griff, aber er war viel zu groß und stark. „Hört auf", befahl sie fest und deutlich. „Ich habe nein gesagt."

„Du kannst nicht nein sagen", knurrte er.

„Ich glaube, das kann sie."

Isabel erschrak, denn es war der gutaussehende Mann, auf den sie sich vorhin konzentriert hatte, der gesprochen hatte, während er sich durch die Menge drängte. Es war, als hätte sie ihn heraufbeschworen. Aus der Nähe konnte sie sehen, dass seine Augen von einem wunderschönen Grau waren, und in diesem Moment waren sie stürmisch und voller Wut auf den Mann, der sie festhielt.

„Ihr habt es ernst gemeint, nicht wahr?", fragte er leise, und seine Augen huschten zu ihr hinüber. „Ihr habt kein Spiel gespielt?"

„Nein, nein", keuchte sie, noch mehr gefesselt von dem dunklen, tiefen Klang seiner Stimme. „Ich habe kein Spiel gespielt."

Der Fremde griff nach dem Arm des Barbaren, löste seinen Griff um ihr Handgelenk und zog ihn von ihr weg. Sie hob es an und rieb es sanft, während der Fremde sich zwischen sie stellte.

„Ich kann mir kaum vorstellen, dass Ihr nicht die gleichen Regeln gelesen habt wie wir, als Ihr hier hereinkamt, Sir", sagte der Fremde. „Die Damen bleiben unbehelligt. Wer diese Regel missachtet, muss mit dem Rauswurf rechnen, glaube ich."

Die Augen ihres Angreifers verengten sich noch mehr. „Du arbeitest also für Rivers?", spuckte er.

„Ich weiß nicht, wovon Ihr sprecht, aber ich kann jemanden rufen, der es weiß."

„Für eine Hure", spuckte der Mann. „Eine Frau, die sich erniedrigt, hierher zu kommen und dann leugnet, was sie vor aller Augen zur Schau stellt. Hure!"

Letzteres rief er über die Schulter des Fremden in Richtung Isabel, die sich daraufhin verlegen abwandte.

Jetzt wurde der Fremde noch wütender. Er wirkte sogar noch größer, als er ihren Angreifer am Kragen näher zu sich zog und knurrte. „Diese Frau hat das gleiche Recht wie Ihr, zu kommen und zu gehen, wie es ihr gefällt. Als sie hierher kam, hat sie nicht darum gebeten, von einem betrunkenen Narren belästigt zu werden. Ihre Wünsche sind nicht schmutziger als Eure eigenen. Und jetzt verschwindet, oder ich finde mit Euch den Weg hinaus."

Dann stieß er den anderen Mann von sich, sodass dieser in die Menge taumelte. Ihr Angreifer blickte Isabel noch einmal böse an und schlich sich dann davon.

Jetzt wandte sich der Fremde ihr zu, der Zorn war aus seinem Gesicht verflogen und durch Besorgnis ersetzt worden. „Geht es Euch gut? Hat er Euch am Handgelenk verletzt?"

Sie blickte nach unten und stellte fest, dass sie es immer noch in der anderen Hand hielt. „Oh, n-nein", stammelte sie und hatte Mühe, Worte zu finden, was für sie etwas ungewöhnlich war. „Es geht mir gut. Ich danke Euch vielmals, Sir. Mir fällt nichts Passendes ein, womit ich Euch beteuern könnte, wie sehr ich Eure Einmischung und Eure harte Abfuhr diesem Flegel gegenüber zu schätzen weiß."

Seine Augen weiteten sich ein wenig, und sie errötete leicht, als sie die Doppeldeutigkeit ihrer Worte erkannte. Jetzt hatte sie keine Ahnung, was er von ihr halten würde und ob sie gerade vom Regen in die Traufe gekommen war.

KAPITEL 2

Matthew hatte Mühe, sich zu konzentrieren, als er in das schöne Gesicht seiner maskierten Gesprächspartnerin blickte. Ihre zarten Gesichtszüge waren nicht zu verbergen, auch nicht unter der Brokatmaske, die ihre Identität verschleierte. Sie hatte volle Lippen und dichtes dunkles Haar, das zu einer einfachen griechischen Frisur hochgesteckt war und ihr Gesicht perfekt umrahmte.

Er hatte nicht bemerkt, wie schön sie war, als er sich ihr genähert hatte. In Tat und Wahrheit hatte er sie gar nicht sehen können, sondern nur den Flegel, der sie festgehalten und etwas von ihr gefordert hatte, was sie ihm offensichtlich nicht hatte geben wollen.

Aber jetzt... jetzt fühlte er Dinge, die er seit Jahren nicht mehr gespürt hatte. Er wollte plötzlich Dinge, die er in seiner Nacht im Donville Masquerade gar nicht gesucht hatte.

Er schüttelte den Kopf. Robert fing an, auf ihn abzufärben.

„Passiert das hier oft?", fragte er.

Ihre blassen Wangen erröteten, aber sie schüttelte den Kopf. „Nein. Das ist noch nie passiert. Beim Masquerade sind sie sehr vorsichtig. Entweder man stimmt den Regeln voll zu oder wird gar nicht hereingelassen."

Er schürzte seine Lippen. Sie sprach, als wäre sie sehr erfahren in dem, was hier ablief. Das deutete darauf hin, dass sie eine Dirne war, obwohl er es nicht wirklich glauben konnte. Diese Frau hatte etwas Unschuldiges an sich. Ihre sehr korrekte Sprechweise und ihre sorgfältig gewählten Worte sagten ihm, dass sie eine *Dame* war. Vielleicht war sie eine gelangweilte Ehefrau oder eine lebenslustige Erbin.

„Ich nehme an, dieser Rivers muss sich an die Regeln halten, oder er riskiert, dass überhaupt keine Frauen kommen, weil sie Angst haben, belästigt zu werden", fuhr er fort. In Wahrheit war ihm der Club egal, denn er hatte nicht die Absicht, ihm beizutreten. Aber er wollte auch nicht weggehen, und das bedeutete, dass er weiterreden musste.

Sie beobachtete ihn, ihr Blick war unergründlich. „Heißt das, Ihr seid ein neues Mitglied, Sir?"

„Ich bin mit meinen Freunden gekommen", erwiderte er und wies auf die Tür. Als er sich umdrehte, stellte er fest, dass Robert nicht mehr da war und Hugh sich mit einer kurvenreichen Rothaarigen unterhielt, die ganz darauf konzentriert schien, mit ihrem Fingernagel die Linie seines Kiefers nachzuzeichnen.

Er räusperte sich. „Offenbar haben sie aber das gefunden, was sie hier suchten."

„Und was ist mit Euch?", fragte sie. „Was sucht Ihr?"

Er schluckte. „Nun..."

Sie schüttelte den Kopf. „Es tut mir leid, ich weiß nicht, was über mich gekommen ist. Das war eine furchtbar vorschnelle Frage und ich hätte sie nicht stellen sollen. Ich – Ich –"

Sie sah aus, als wolle sie weglaufen, und er berührte sanft ihren Arm. „Ich nehme an, unter normalen Umständen wäre das sicher nicht angemessen, aber hier… nun, geht es nicht genau darum?"

Sie leckte sich über die Lippen und er sah zu, wie sich ihre rosa Zungenspitze dabei bewegte. Wie lange war es her, dass er den Mund von jemandem auf sich gespürt hatte? Jemandes Hände auf ihm? Offenbar zu lange, wenn die erstbeste Möglichkeit das Verlangen derart in ihm hochschnellen ließ.

„Ich nehme an, Ihr habt recht", flüsterte sie und ließ ihren Blick über die sich windende Menge schweifen.

Überall um sie herum trieben die Leute so verruchte Dinge, dass Matthew kaum wusste, wohin er schauen sollte. Also folgte er ihrem Blick auf die Tanzfläche. Dort tanzten einige Paare zur Musik wie auf jedem gewöhnlichen Ball. Andere wiederum verharrten in einer öffentlichen Zurschaustellung von Lust... einem Vorspiel.

„Möchtet Ihr tanzen?", fragte er schließlich.

Sie keuchte, und ihr Blick kehrte zu ihm zurück. „Tanzen?", wiederholte sie.

„Nicht... nicht so", sagte er und erschauderte, als ein Paar begann, sich leidenschaftlich zu küssen. „Nur tanzen."

Sie zögerte, aber dann nickte sie langsam. „Nun gut. Ich würde mich freuen, mit Euch zu tanzen."

Ihre Worte wirkten auf ihn eindringlicher, als er es sich gewünscht hatte. Sein Kopf drehte sich und er brauchte ein paar Sekunden, um sich zu sammeln, bevor er ihr die Hand reichte. Keiner von beiden trug Handschuhe – dies war nicht die Art von Etablissement, wo ein solcher Anstand erwartet oder gewünscht wurde. Sie sah zu ihm auf, ihre Augen waren groß und dunkel. Ihre Finger zitterten, als sie sie in seine Handfläche legte, und er erkannte in diesem Moment, dass sie von der Spannung, die zwischen ihnen knisterte, genauso in den Bann gezogen wurde wie er.

Irgendwie half das nicht besonders.

Er holte ein paar Mal tief Luft, als er sie durch die Menge auf die Tanzfläche führte, gerade als das Orchester das nächste Stück anstimmte. Es war ein langsamer Walzer, der die Teilnehmer in die Arme des anderen treiben sollte. Matthew hatte seit Jahren keinen Walzer mehr getanzt. Es war einst Angelicas Lieblingstanz gewesen, und er hatte es seither nicht übers Herz gebracht.

Jetzt begann er, sich im Takt der Musik zu bewegen, führte die schöne Fremde in seinen Armen im Kreis über die Tanzfläche und fragte sich, worauf er sich da eingelassen hatte.

~

Isabel konnte kaum atmen, als ihr Retter mit solcher Anmut mit ihr tanzte. Seine Hand war warm in ihrer, rau; die andere lag auf ihrer Hüfte und machte ihr bewusst, dass sie keine Unterwäsche unter ihrer Kleidung trug. Nur ein dünnes Stück Seide trennte seine Haut von ihrer, sein Verlangen von ihrem.

Der Raum drehte sich, und das nicht nur wegen des Walzers. Sie war schon zweimal hierhergekommen und hatte nur zugeschaut, aber jetzt wurde sie vom Rhythmus des Tanzes mitgerissen, von der intensiven sexuellen Anspannung, die überall um sie herum knisterte. Von dem Mann, der sie so festhielt und ihr in die Augen schaute, als wäre sie die einzige Frau im Saal.

Sie wusste nicht, was genau geschah, aber es war berauschend und mächtig, und sie wollte, dass es niemals aufhörte.

„Warum seid Ihr hier?", flüsterte er, fast mehr zu sich selbst als zu ihr.

Sie blinzelte und die Frage durchbrach den Nebel, der sich um sie gelegt hatte. „Warum ist irgendjemand hier?", erwiderte sie.

Er runzelte die Stirn und ließ seinen Blick um sie herumschweifen. „Wegen der Sünde. Seid Ihr wegen der Sünde hergekommen?"

Sie schluckte und ertappte sich dann dabei, dass sie nickte. „Ich nehme an, das tat ich. Ich sollte nicht sehen, was ich hier sehe, ich sollte nicht fühlen, was ich fühle. Und doch… ich…"

Sie brach ab und verlor ein wenig den Halt. Er hielt sie fest, indem er seine Finger stärker an ihre Hüfte drückte, doch dies trug nicht dazu bei, sie zu beruhigen. Ihr Körper fühlte sich an, als stünde er in Flammen, ihre Beine zitterten und die Stelle, an der ihre Oberschenkel aufeinander trafen, pochte.

Natürlich hatte sie sich schon einmal so gefühlt. Vor langer Zeit in ihrer Ehe und jetzt in ihrem Bett allein nach den Nächten hier, in denen sie sich selbst zur Erlösung brachte.

Aber nie so intensiv.

„Es gefällt Euch", sagte er leise.

Sie blickte zu ihm auf. „Das ist falsch, nehme ich an."

„Ich weiß nicht mehr, was falsch und was richtig ist, glaube ich", sinnierte er. „Im Moment fühlt es sich nur sehr... verworren an."

Sie hielt den Atem an. Sicherlich tat es das. *Dafür* war sie nicht hergekommen, so weit hatte sie nicht gehen wollen. Und doch war sie hier, in den Armen eines Fremden, und sprach über Dinge, über die keine Frau sprechen sollte.

Zumindest hatte man ihr das gesagt.

„Warum seid *Ihr* gekommen?", fragte sie.

Er blinzelte, als hätte ihn ihre Frage aus einem Traum geweckt. „Ich weiß es nicht. Weil... weil ich mich zu lange vom eigentlichen Leben ferngehalten habe. Weil mir jemand gesagt hat, dass ich zurückkommen muss. Zu dem hier."

Es lag etwas Trauriges in diesen Worten. Sie spürte den Schmerz hinter dem weichen, tiefen, hypnotischen Klang seiner Stimme. Sie rückte ein wenig näher, und seine Hände legten sich enger um sie, als ob er ihr näher sein wollte.

In diesem Moment bemerkte sie, dass sie sich auf der Tanzfläche nicht mehr bewegten. Sie standen in der Mitte, um sie herum tanzten die Paare, und er starrte sie einfach nur an. Sie sah zu ihm auf. Vielleicht waren es die Masken, die Anonymität, vielleicht die Umgebung, vielleicht die Tatsache, dass sie schon lange allein war und dass sie eine Zukunft fürchtete, die sie möglicherweise für den Rest ihres Lebens von diesen Gefühlen fernhalten würde... was auch immer es war, sie fühlte sich wohl, wenn sie bei ihm stand.

Sie fühlte sich lebendig. Zum ersten Mal seit langer Zeit fühlte sie sich lebendig.

Er neigte langsam den Kopf, und dann lagen diese vollen Lippen, von denen sie in der überfüllten Halle geträumt hatte, auf ihren. Zuerst war er zaghaft, sanft, die Art von Kuss, die ein Mann einer nervösen Braut geben würde. Etwas zur Beruhigung und zum Trost.

Doch dann ergriff die Leidenschaft die Oberhand, das Verlangen übernahm das Szepter. Er zog sie näher heran und öffnete seinen Mund. Sie tat dasselbe, und dann war er in ihr, seine Zunge erforschte die ihre mit geschickter, kraftvoller Präzision. Er schmeckte schwach nach Scotch, nach Minze, nach starkem männlichen Verlangen.

Sie ließ sich ganz darauf ein und umklammerte sein Revers, als seine Finger sich noch fester um ihre Hüfte legten und sie an sich zogen.

Sie war am Ertrinken und es war ihr egal. Sie war zum Zuschauen gekommen, aber das hier war besser. Dieses Zusammenkommen ihrer Münder, dieses Aufeinandertreffen der Zungen... sie wollte mehr davon. Sie wollte mehr von allem und scherte sich keinen Deut um die möglichen Konsequenzen.

Sie wurden von einem betrunkenen Paar angerempelt, und der Fremde löste seinen Mund von ihrem. Der Bann war gebrochen. Sie starrte zu ihm auf, immer noch fasziniert von seinem Aussehen, seiner Beherrschung, von dem, was sie überkommen hatte und sie dazu gebracht hatte, alle Schranken fallen zu lassen, die sie in ihrem Leben je gehabt hatte.

Wenn sie jetzt nicht aufhörte, wenn sie sich jetzt nicht abwandte, würde sie sich ihm hingeben. Einem Fremden, einem Mann, von dem sie nichts wusste. Und das erregte sie, aber es machte ihr auch Angst. Das war zu gefährlich, und sie wusste, dass sie kurz davor stand, die Kontrolle zu verlieren.

„Es tut mir leid", stammelte sie, machte auf dem Absatz kehrt und lief davon.

~

Seit einer Stunde war die schöne maskierte Fremde vom Masquerade geflohen, und noch immer zitterten Matthews Hände, als er sie auf die Terrassenbrüstung legte. In den Schatten hörte er das Grunzen und Stöhnen von Paaren im Rausch der Leidenschaft, aber er ignorierte sie, während er auf den Garten unter ihm starrte.

„Da bist du ja."

Er drehte sich nicht um. Er wusste, dass es Robert war, der sich ihm so unverhohlen näherte. Natürlich war er das. Hugh wäre taktvoller, Robert eben weniger. Es war, als würde Matthew einem Test unterzogen.

„Ich bin schon eine Weile hier", erklärte er, ohne seinen Freund anzusehen. „Scheint, als wärst du beschäftigt gewesen."

„Sehr", bestätigte Robert kichernd, als er neben Matthew trat. Er war noch unordentlicher als bei ihrer Ankunft, und Matthew zwang sich, nicht mit den Augen zu rollen. Er vertraute darauf, dass Robert sein Vergnügen ohne Sorgen, Zweifel oder Konsequenzen fand.

Und Matthew konnte nicht aufhören, an einen verdammten Kuss zu denken.

„Wer war sie?", fragte Robert.

Matthew warf ihm einen kurzen Blick zu. Roberts Gesicht war gleichgültig. Wenigstens würde er von ihm kein Urteil hören.

„Ich wusste nicht, dass du sie gesehen hast", entgegnete er, um der Frage auszuweichen. „Du warst schon mit deiner Eroberung weg."

„Du hast mich nur nicht gesehen", berichtigte ihn Robert. „Ich hatte zwar meine Eroberung gefunden, aber das heißt nicht, dass ich mich nicht für deine interessiert hätte."

Matthew stemmte sich mit den Händen gegen die Brüstung. Ihm gefiel der Gedanke nicht, dass Robert sich für die Frau *interessierte*, mit der er getanzt hatte.

„Ich weiß nicht, wer sie war", gab er zu. „Wir haben keine Namen ausgetauscht."

Robert wich mit einem leisen Pfiff zurück. „Anonym. Sehr sinnlich."

„Nein. Ja. Nein." Matthew fuhr sich mit der Hand durch die Haare. „Ich weiß es nicht."

Robert runzelte die Stirn, als er sich Matthew zuwandte. „Nur du kannst einen gestohlenen Moment so kompliziert machen. Großer Gott, Mann, dir hat endlich eine Frau gefallen. Eine sehr schöne Frau, auch wenn ihr Gesicht halb von einer Maske verdeckt war. Du hast deine Melancholie für fünf Minuten vergessen. Was ist daran so schlimm?"

Matthew wandte sich ab. „Verzieh dich und such dir dein Vergnügen", schnauzte er, viel schärfer als er es beabsichtigt oder als Robert es vielleicht verdient hatte.

Doch sein Freund ließ sich nicht entmutigen. Er klopfte Matthew auf die Schulter. „Ich liebe dich. Das mag am Alkoholpegel liegen, aber ich liebe dich. Du bist mein Bruder, so wie alle anderen auch. Das beweist die Art und Weise, wie du es mit mir aushältst, obwohl du mich missbilligst."

Matthew sah ihn an. Unter der heiteren Maske, unter dem leicht betrunkenen Schwanken, war Robert ernst. „Ich...", begann er und unterbrach sich dann. „Nun gut, ich nehme an, ich missbillige dich *manchmal*. Aber mehr zu deinem eigenen Wohl als zu dem, was du anderen antust, fürchte ich. Und du bist mir auch wichtig."

Robert lächelte. „Ich will nur nicht, dass du für immer im Elend versinkst."

Matthew neigte den Kopf. „Ich weiß. Ich weiß."

„Wenn du diese Dame, mit der du getanzt hast, einen Moment lang geküsst hast..."

„Du *hast* zugesehen", zischte Matthew.

„Natürlich. Ich dachte schon, ich müsste mein Vorrecht auf ein Hinterzimmer auf dich ausweiten und war begeistert." Robert zuckte mit den Schultern. „Vor allem, weil ich gehofft habe, dass du endlich ein wenig Freude finden würdest, wenn du nachgibst."

Matthew seufzte. „Um ehrlich zu sein, da war Freude. Ich habe mich nicht mehr zu einer Frau so hingezogen gefühlt seit... seit Angelica. Es war unvermittelt und stark, und ich denke, wenn sie nicht weggelaufen wäre, hätte ich vielleicht genau das getan, was du dir erhofft hast. Vielleicht hast du also recht, mich nicht aufzugeben."

„Ich würde dich nie aufgeben", erwiderte Robert. „Und jetzt komm, ich stelle dich Marcus Rivers vor."

Matthew folgte seinem Freund, der ihn wieder hineinführte. „Den Besitzer?", fragte er. „Warum?"

„Damit du dich für eine Mitgliedschaft bewerben kannst, natürlich", warf Robert über seine Schulter zurück, während er in die hintere Ecke des Raumes zu einem Mann schritt, der am Fuße einer Treppe stand.

Matthew konnte sich ein Lachen nicht verkneifen. „Du bist hartnäckig."

„Das muss ich sein. Ich bin der Einzige in unserer Gruppe, der noch bei Verstand ist", entgegnete Robert, als er vor dem Mann an der Treppe stehen blieb. „Wir möchten Mr. Rivers sprechen, um uns nach einer Mitgliedschaft für meinen Freund zu erkundigen."

Der junge Mann nickte mit dem Kopf und verschwand die Treppe hinauf. Matthew wusste, dass er der Sache Einhalt gebieten sollte, aber er tat es nicht. Am Ende hatte Robert vielleicht wirklich recht. Vielleicht war es an der Zeit, Freude zuzulassen.

Und wenn er regelmäßig hierher käme, würde er vielleicht die Frau wiedersehen, die er vorhin getroffen hatte. Diejenige, die ihn daran erinnert hatte, dass es in dieser Welt doch noch Freude gibt.

KAPITEL 3

Isabel saß am Tisch im Frühstückszimmer ihres Onkels, aber sie hatte den Teller mit Eiern und Würstchen, der vor ihr stand, nicht angerührt. Sie konnte es nicht – ihr Magen war noch von der letzten Nacht aufgewühlt.

Von dem, was sie auf einer öffentlichen Tanzfläche mit einem Fremden getan hatte, einem Mann, der keinen Namen und nur ein halbes Gesicht hatte. Es war völlig leichtfertig und falsch gewesen.

Und sie wollte das alles unbedingt noch einmal machen.

„Iss", schnauzte ihr Onkel, und sie erschrak über die plötzliche Schärfe in seinem Ton.

„Das könnte ich dir auch raten, Onkel Fenton", sagte sie vorsichtig und nutzte die ersten Worte, die sie an diesem Morgen miteinander gesprochen hatten, um seine Stimmung einzuschätzen.

Das war immer der schlimmste Teil ihres Tages, wenn sie nicht wusste, wie er sich fühlte. Fenton Winter konnte freundlich und höflich sein, mit ihr über Bücher oder Musik oder alte Familiengeschichten plaudern, die sie beide zum Lachen brachten. Oder er konnte verschlossen und tieftraurig sein und in einem Kummer ertrinken, der ihn seit drei langen, verzweifelten Jahren immer wieder in die Tiefe zog.

Er schlug die Zeitung, in der er gelesen hatte, heftig auf den Tisch, und sie zuckte zusammen. Schlechte Laune, darauf schien zumindest sein finsterer Gesichtsausdruck zu schließen.

„Stört dich etwas in der Zeitung?", fragte sie leise, während sie ihre Eier aufspießte und zum Essen ansetzte. In ihrem jetzigen Zustand schmeckten sie nach gar nichts.

„Die Gesellschaft ist völlig aus dem Häuschen wegen dieses Bastards Tyndale, das ist alles." Ihr Onkel schlug mit der Faust auf den Tisch, und das Geschirr klirrte unter der Wucht seines Zorns. „Die Zeitungen schreiben ununterbrochen über ihn, was für ein gefragter Junggeselle er ist."

Isabel nahm einen Schluck Tee und nutzte den Moment, um sich zu sammeln und ihren Onkel zu beobachten. Er war ihr ein Rätsel. Er konnte so anständig sein, so liebevoll. Er war schon gut zu ihr gewesen, als sie noch ein Kind gewesen war, und diese Freundlichkeit hatte sich nach dem Tod ihres Mannes, der sie mit so wenig Mitteln zurückgelassen hatte, wieder eingestellt. Onkel Fenton hatte sie ohne zu zögern bei sich aufgenommen und ihr ein kleines Taschengeld gegeben, damit sie nicht betteln musste.

Aber hinter dieser Freundlichkeit verbarg sich noch etwas anderes. Sein Kummer. Sein Zorn. Sein Hass auf den Duke of Tyndale, den Mann, gegen den er gerade wetterte.

Keine noch so große Zeitspanne hätte dies mildern können.

„Ich weiß, wie es ist, jemanden zu verlieren, der einem wichtig ist", begann sie vorsichtig.

Mit einem Kopfschütteln wandte er sich ihr zu. „Das tust du nicht. Wenigstens ist dein Mann nicht ermordet worden wie meine Angelica."

Sie zuckte zurück. Onkel Fenton verhielt sich so an seinen schlimmsten Tagen. Er schimpfte darüber, dass seine Tochter, ihre Cousine, ermordet worden war. Absichtlich ertränkt und nicht bei einem Unfall ums Leben gekommen, wie alle Welt glaubte. Und er beschuldigte Angelicas Verlobten. Er beschuldigte Tyndale.

Isabel wusste nicht, was sie glauben sollte. Reiche Männer hatten sicherlich die Macht und die Mittel, um ein Verbrechen zu vertuschen, das sie begangen hatten. Tyndale hatte von beidem viel. Sein Verhalten der Welt gegenüber als Mann in tiefer Trauer könnte nur ein Vorwand sein, um die Aufmerksamkeit von sich abzulenken.

Sie kannte die Wahrheit nicht. Und sie wusste nicht, wie sie ihrem Onkel helfen konnte, wenn seine Voreingenommenheit ihn in Wutausbrüchen lähmte, so wie heute Morgen.

„Nein", lenkte sie ein, in der Hoffnung, ihn mit ihrem Tonfall zu beschwichtigen. „Gregory wurde von einer Krankheit dahingerafft, die ihn während unserer gesamten Ehe geplagt hat." Diese Worte schmeckten bitter, aber sie ignorierte ihre eigenen Gefühle für den Moment. „Du hast recht, ich kann nicht nachvollziehen, was – wie du glaubst – mit Angelica passiert ist."

Er wandte sein Gesicht ab und starrte aus dem Fenster. „Es gibt keine Gerechtigkeit. Er darf sein Leben weiterleben, von seinesgleichen verehrt, während sie unter der Erde liegt."

Sie senkte den Kopf. „Es tut mir so leid, Onkel."

„Ich weiß. Ich hätte nicht so barsch zu dir sein sollen." Er schwieg lange und blieb in Gedanken versunken. „Wenn ich es nur beweisen könnte", murmelte er, mehr zu sich selbst als zu ihr. „Wenn ich ihn nur vernichten könnte, wie er mich vernichtet hat."

Sie seufzte. Und das war üblicherweise der Rest des sich ständig wiederholenden Kreislaufs im gebrochenen Herzen und Geist ihres Onkels. Sein Streben nach einer Art von Rache. Das machte ihr mehr Angst als alles andere.

„Ich wünschte, ich könnte dir helfen", flüsterte sie und meinte damit eher, diese Dämonen zu überwinden, anstatt die Wahrheit zu finden, von der er überzeugt war, sie warte da draußen.

Er zuckte mit den Schultern, und dann verließ das Gift seinen Tonfall, als er murmelte: „Ich bin nur ein alter Mann, der schwafelt. Ich rede zu viel, wie immer. Ich weiß, es ist dir gegenüber nicht fair." Er sah sie an, und sein Blick hatte sich ein wenig geklärt. „Es wäre besser für dich, wenn du das nicht mitansehen müsstest. Wir müssen einen Ehemann für dich finden, Isabel. Einen neuen Ehemann, damit du mit deinem Leben fortfahren kannst."

Sie zwang sich zu einem Lächeln, als er sich wieder dem Essen zuwandte, aber in ihrem Inneren nahm die Unruhe zu. Dies war eine weitere Sache, zu der Onkel Fenton fest entschlossen war. In zunehmendem Maße, wie es schien. Vielleicht sah er darin eine Möglichkeit, sie zu retten.

Aber sie wusste, was für eine Falle das sein würde.

„Mrs. Hayes?"

Sie drehte sich um und sah den Butler ihres Onkels an, der nun an der Tür stand. „Ja, Hicks, was gibt es?"

„Miss Carlton ist angekommen."

Isabel lächelte breit über die Ankündigung einer ihrer besten Freundinnen. „Danke. Bring sie bitte in den blauen Salon."

Hicks nickte und entfernte sich. Als er weg war, beobachtete ihr Onkel, wie sie aufstand. „Sie will also nicht mit uns frühstücken?"

Sie beugte sich hinunter und küsste seine Schläfe. „Und dich mit unserem Geschwätz über Nähen und Kleider und Liebesromane langweilen? Ich würde dich nie so quälen."

Er lächelte, aber sie konnte sehen, dass er den Wahrheitsgehalt ihrer Ausrede anzweifelte. Und er hatte auch allen Grund dazu, denn sie und Sarah sprachen sehr selten über so banale Dinge. Besonders in letzter Zeit.

Sie schlüpfte durch den Flur in den Salon und trat ein. Sie sah ihre Freundin am Fenster stehen, und deren dunkelblaue Augen waren auf den Garten hinter dem Haus gerichtet. Sie sah beunruhigt aus, und Isabels Gesicht verzog sich, als sie die Tür hinter sich schloss.

Sarah drehte sich um und die Sorge verblasste ein wenig. „Isabel", grüßte sie und trat vor, um beide Hände ihrer Freundin zu ergreifen. Sie tauschten einen Kuss auf die Wange aus, bevor Isabel sie zur Couch führte.

„Möchtest du etwas? Ich würde im Moment nicht empfehlen,

mit meinem Onkel am gleichen Tisch zu sitzen, aber ich könnte Hicks bitten, uns etwas zu bringen."

„Oh, nein, danke. Ich habe zu Hause mit Mutter gegessen." Sarahs Stimme stockte, und Isabel beugte sich vor, um ihre Hand in die ihre zu nehmen. Sarah warf ihr einen dankbaren Blick für die wortlose Unterstützung zu. „Es tut mir leid. Es ist nur so, dass es ihr… nicht besser geht."

Isabel schüttelte den Kopf. „Oh, Liebste, es tut mir so leid. Kann ich irgendetwas tun?"

„Nein", flüsterte Sarah. „Ich schwöre, mir kommt es so vor, als wären die letzten zwei Jahre eine Strafe für irgendein unbekanntes Verbrechen gewesen. Der Tod meines Vaters, unser finanzieller Ruin und jetzt die Krankheit meiner Mutter? Ich fürchte, da kann niemand etwas tun."

„Ich kann zuhören", beruhigte sie Isabel. „Das ist es, was wir füreinander tun, nicht wahr? Zuhören. Und einander verstehen."

Sarah wischte sich die Tränen weg, die sich in ihren Augen gesammelt hatten, und zwang sich zu einem zittrigen Lächeln. „In der Tat, das tun wir. Ich kann mich sehr glücklich schätzen, eine Freundin wie dich zu haben. Ich bin mir dessen bewusst, und ich hoffe, du weißt das auch."

„Mir geht es genauso", bekräftigte Isabel.

Sarah lachte. „Nun, ich denke, das Beste für mich wäre im Moment, nicht über meine missliche Lage zu sprechen. Wenn ich darüber nachdenke, überkommt mich nur Traurigkeit und Angst. Reden wir lieber über dich! Deine Abenteuer sind das Einzige, was mich in diesen schweren Zeiten aufmuntert."

Isabel errötete. Die einzige andere Person auf der Welt, die ihr Geheimnis kannte, war Sarah. Sie war noch nie so erschrocken und gleichzeitig so erleichtert über diese Tatsache wie heute.

„Ich habe tatsächlich ein Abenteuer zu berichten", erklärte sie und ließ sich auf das Sofa zurücksinken. Sarah tat es ihr gleich, ihre Miene plötzlich besorgt.

„Du weißt, dass ich mir Sorgen um dich mache, an diesem…

diesem Ort", hauchte Sarah und blickte zur Tür, als ob alle Anstandsdamen des Königreiches gleich hereinstürmen und um sie herum zusammenbrechen würden.

Isabel nickte. Sarah war natürlich noch unschuldig. Sie verstand nicht wirklich Isabels Drang, die Leidenschaften zu erforschen, die in ihr brodelten.

„Ich weiß", gab sie zu. „Ich weiß, und ich werde nicht sagen, dass sie grundlos sind. Das Donville Masquerade ist kein Ort für eine Dame der Gesellschaft."

„Und trotzdem gehst du hin", erwiderte Sarah, während sie an einem losen Faden am Saum ihres Ärmels zupfte. „Ich nehme an, du warst gestern Abend dort."

„Das war ich. Und ich muss dir erzählen, was passiert ist, denn ich stehe kurz davor, meinen Verstand zu verlieren."

Als Sarah ihre Hände stärker umfasste und einen erschütternden Seufzer ausstieß, holte Isabel tief Luft und erzählte ihr alles. Von dem Moment an, als sie belästigt wurde, bis sie vor dem starken, leidenschaftlichen Kuss eines maskierten Fremden geflohen war. Als sie fertig war, stand Sarah auf und wandte sich ab.

Isabel starrte auf den Rücken ihrer Freundin und befürchtete, dass es nun endlich so weit war, dass Sarah sich von ihr abgestoßen fühlte. Doch dann drehte sich Sarah um und ihre Wangen glühten vor strahlender Freude. „Ich weiß, ich sollte es nicht sagen, aber das klingt sehr romantisch."

Isabel neigte den Kopf. Ihre Gefühle in dieser Angelegenheit waren nicht gerade *romantisch*. Eher unerhört. Unzüchtig.

Und doch *war* der Kuss ziemlich romantisch gewesen, wenn sie die Schritte zurückverfolgte. So weggefegt zu werden, an einem Ort, wo jeder es sehen konnte… das hatte tatsächlich etwas Romantisches an sich.

„Es hat mir gefallen", gab sie zu, während ihr die Hitze in die Wangen stieg. „Oh Sarah, ich habe mir eingeredet, dass ich nur zuschauen könnte, dass es genug wäre, aber als dieser Mann mich berührte… wollte ich mehr. Was ist nur los mit mir?"

Sarah neigte den Kopf. „Vielleicht nichts. Schließlich gibt es Zeiten, in denen auch ich mehr will. Ich möchte das erleben, was ich fürchte, niemals fühlen zu können. Und ich nehme an, dass dein Onkel weiterhin mit dir über eine erneute Heirat spricht."

„Fast jeden Tag." Isabel stieß ihren Atem in einem langen Seufzer aus. „Ich weiß, dass er nicht grausam sein will und nicht anders kann, als in seinem Kummer unversöhnlich und düster zu sein. Dennoch will er mich verheiraten, mich aus diesem Haus vertreiben, damit er weiterhin den Schrein seiner toten Tochter anbeten kann. Er hat nicht die Absicht, mich mit jemandem zu verkuppeln, der mein Herz erwärmen wird. Er wird jemanden finden wollen, der zu mir passt, so wie es meine Eltern mit Gregory getan haben."

Sarah schürzte ihre Lippen. „Ich würde im Moment sogar einen älteren Kaufmann mit Geld nehmen."

Isabel schreckte zurück. „Oh, Sarah, es tut mir leid. Ich muss so oberflächlich und undankbar klingen in Anbetracht deiner Situation."

Sarah kam zurück und nahm wieder ihren Platz ein. Ihr Gesichtsausdruck war sanft, als sie sagte: „Das muss es nicht. Du und ich befinden uns in einer sehr unterschiedlichen Lage, das ist alles. Es ist nichts Falsches daran, jemanden zu begehren, der dein Herz zum Schmelzen bringt, deinen Körper... schwach macht. Das ist ganz natürlich, denke ich, egal, was man uns weismachen will. Ich mache mir nur Sorgen, dass die Dringlichkeit deines Onkels dich... leichtsinnig macht."

Isabel atmete ein paar Mal tief durch. Was sie getan hatte, was sie *jetzt* tat, war tatsächlich leichtsinnig. „Ich gehe wieder hin", flüsterte sie.

Sarahs Augen weiteten sich. „Isabel..."

„Ich weiß. Ich weiß, es ist töricht", gab Isabel zu. „Aber es ist jetzt eine Verlockung, der ich mich nicht entziehen kann."

„Und wenn dieser Mann dort auch wieder auftaucht?", fragte Sarah. „Bist du sicher, dass du nicht zu weit gehen wirst, wenn es um ihn geht? Dass du die Grenzen, die du dir selbst gesetzt hast, als du beschlossen hast, etwas so Wildes zu tun, nicht nochmal überschreitest?"

Isabel lehnte sich zurück und beschwor mit Leichtigkeit ein Bild ihres sehr gut aussehenden Fremden herauf. Von seinem Mund auf ihrem, seinen Händen auf ihr, seiner Leidenschaft, die so gedämpft und vorsichtig wie ihre eigene begonnen hatte und sich dann wie ein Lauffeuer durch ihren Körper ausgebreitet hatte.

„Ich weiß es nicht", gab sie zu. „Ich weiß nicht, was ich tun werde, wenn er wieder da ist. Ich nehme an, dass ich das an Ort und Stelle entscheiden werde. Ich werde noch viel Zeit haben, mich anständig zu verhalten und allein zu sein, wenn mein Onkel mit seinem Plan für meine Zukunft Erfolg haben sollte."

Sarah nickte langsam, und eine Weile saßen sie schweigend da und dachten beide über die düstere Zukunft nach, die ihnen ungerechterweise bevorstand. Dabei kreisten Isabels Gedanken jedoch nicht um die bevorstehende Ehe, sondern darum, was passieren würde, wenn der Fremde das nächste Mal in ihre Nähe käme.

Was sie zu tun imstande wäre, um diesen Moment des Verlangens und der Verbundenheit zwischen ihnen festzuhalten.

Warum war er hier?

Das war die Frage, die Matthew seit dem Moment durch den Kopf ging, als er zum dritten Mal in ebenso vielen Nächten über die Schwelle des Donville Masquerade getreten war. Und dennoch kam er immer wieder zurück, trotz der Stimme in seinem Kopf, die ihn immer wieder anschrie, dass es falsch war.

Die Stimme, die ihm sagte, dass Robert sich vor Lachen nicht mehr halten könnte, wenn er von Matthews verzweifelter Suche nach einer Frau wüsste, deren Namen er nicht kannte, deren Geschmack aber immer noch auf seinen Lippen lag und die in seinen heißen Träumen vorkam.

„Mein Gott", murmelte er. Er sollte einfach gehen. Er hatte die

Dame seit dieser ersten Nacht nicht mehr gesehen. Sonst hatte niemand auch nur das geringste Interesse in ihm geweckt, trotz der zahlreichen Angebote, die er für verruchte Vergnügungen erhalten hatte.

„Sir.“

Er drehte sich um und stellte fest, dass der Besitzer des Lokals zu ihm getreten war und sich neben ihm an die Wand lehnte. Marcus Rivers war ein Hüne von einem Mann, fast so groß wie Matthews Cousin Ewan, der größte ihrer Gruppe. Rivers war dick und muskulös und einer der wenigen, die keine Maske trugen.

Er brauchte natürlich keine.

„Mr. Rivers“, grüßte Matthew und reichte ihm die Hand. Er hatte Rivers an dem Abend kennengelernt, an dem er seine Mitgliedschaft erworben hatte, und obwohl ihr Gespräch nur kurz gewesen war, hatte er den Mann auf Anhieb gemocht. Er war scharfsinnig und zielstrebig, engagiert. Das schätzte Matthew an einem Menschen.

„Es ist schön, Euch wiederzusehen“, bemerkte Rivers und achtete darauf, Matthew nicht mit einem Titel anzusprechen, um seine Identität nicht preiszugeben. Er hatte sich für einen einfachen erfundenen Namen entschieden, Mr. Wallace – eine Anspielung auf seinen Namen, ohne ihn wirklich zu verraten.

„Danke“, erwiderte er und blickte wieder auf die lärmende Menge vor ihm. „Es ist viel los heute Abend.“

Rivers blickte achselzuckend in die Menge. „Es ist immer viel los. Die Leute kommen her, bekommen, was sie wollen, und tummeln sich wieder.“ Er runzelte bei Matthew die Stirn. „Außer Ihr.“

Matthew bewegte sich. „Ich? Was meint Ihr?“

„Ihr seid drei Nächte in Folge hierhergekommen. Ihr steht an meiner Wand, Ihr trinkt nicht, Ihr spielt nicht, Ihr… nehmt nicht teil.“ Er lächelte nachsichtig. „Ihr wartet. Ich frage mich nur, worauf.“

Matthew blinzelte erschrocken über diesen Mann, diesen Fremden, der ihn offenbar so einfach durchschauen konnte. „Ich bin überrascht, dass Ihr Euch so viele Gedanken über einen einzelnen Gast macht."

Rivers zuckte mit den Schultern. „Daraus besteht meine Arbeit. Ich bin immer wachsam. Wenn Ihr also etwas Bestimmtes braucht, wie kann ich Euch helfen, es zu finden?"

Matthew wich einen Schritt zurück. „Nichts, es gibt nichts, was ich…"

Er brach ab, denn in diesem Moment sah er über Rivers' Schulter hinweg die maskierte Frau. Sie betrat den Raum und hob ihre schlanke Hand, um ihre Maske zurechtzurücken. Matthew verlor auf einen Schlag die Fähigkeit zu sprechen, zu denken, sogar zu atmen, und starrte sie nur an.

Rivers blickte hinter sich und lachte. „Ah, ich verstehe. Nun, dann werde ich Euch jetzt allein lassen. Guten Abend."

Matthew murmelte etwas – er war sich nicht einmal sicher, ob es ein zusammenhängender Satz war – und ging an Rivers vorbei auf die Erscheinung zu, von der er seit Tagen geträumt hatte.

Dieses Traumbild konnte er keinen Augenblick länger entbehren.

KAPITEL 4

Isabel war sich des maskierten Mannes, der auf sie zukam, von dem Moment an bewusst, als sie den Hauptsaal des Masquerades betrat. Sie hatte ihn in der gleichen Sekunde entdeckt, in der sie ihren Blick über die Menge schweifen ließ, fast so, als würde sie von ihm wie von einem Leuchtfeuer angezogen werden. Dennoch versuchte sie, ruhig zu bleiben, als er sich einen Weg durch die Menge bahnte und zielstrebig auf sie zukam.

Auf *sie*.

Oh, aber ihr Herz raste, als ob es zerspringen würde. Als er sie schließlich erreichte, fürchtete sie, er könnte es über all dem anderen Lärm hinweg hören.

„Ihr seid weggelaufen", beschwerte er sich ohne Umschweife. Als ob sie an den Moment anknüpfen würden, an dem sie sich drei Nächte zuvor getrennt hatten.

Sie schluckte schwer. „Ich – ja", gab sie zu und erschrak darüber, wie zittrig ihre eigene Stimme klang. Es fiel ihr schwer, überhaupt noch Luft zu holen.

Er musste es gespürt haben, denn er griff nach ihrem Ellbogen, und seine warmen Finger versengten beinahe ihre empfindliche

Haut. „Geht es Euch gut?", fragte er mit tiefer, rauer Stimme. „Ihr seid ganz blass geworden."

„Es geht mir gut, ich bin nur… ich bin…"

„Möchtet Ihr etwas Luft schnappen?", schlug er vor.

Sie nickte unwillkürlich, obwohl sie das eigentlich gar nicht wollte. Aber es könnte ihr gut tun, zumindest um zu versuchen, einen klaren Kopf zu bekommen. Gerade jetzt schien sie einen klaren Kopf zu brauchen.

Er zog sie durch die Menge, wich den sich windenden Paaren und den randalierenden Glücksspielern mit der Zielstrebigkeit eines Mannes aus, der ständig hierher kam. Jetzt fragte sie sich, ob er das wirklich tat. Sie hatte ihn für einen Neuankömmling gehalten, als sie ihn zum ersten Mal gesehen hatte, aber es war auch möglich, dass sie sich darin geirrt hatte.

Es war durchaus denkbar, dass er dasselbe Spiel mit einem Dutzend anderer williger Frauen spielte. Dieser Gedanke gefiel ihr gar nicht, auch wenn das ja der eigentliche Zweck des Donville Masquerade war.

Dem Vergnügen nachzugehen.

Er öffnete die Terrassentüren und führte sie zur breiten Steinbrüstung. Sie atmete tief die kühle Nachtluft ein, während sie sich von ihm entfernte und am Terrassenrand zum Stehen kam. Sie presste ihre Hände auf die niedrige Mauer. Er stellte sich neben sie, und einen Moment lang schwiegen beide.

Ihr Umfeld tat es nicht. In einer dunklen Ecke waren gedämpfte Laute von schwerem Atem und leisen Seufzern zu hören, und Isabel errötete, als sie zum Unbekannten aufblickte. Es war klar, dass er sich der anderen, die mit ihnen draußen waren, ebenso bewusst war. Und dessen, was sie taten. Sein Kiefer spannte sich an, und er bewegte sich unbehaglich.

„Kommt Ihr oft hierher?", fragte sie und suchte verzweifelt nach etwas, das sie sagen könnte, um sich nicht ablenken zu lassen und sich zu fragen, was das andere Paar in der Dunkelheit miteinander trieb.

Zu wünschen, es wären sie und der Mann neben ihr.

Er schüttelte den Kopf. „Nein, ich habe Euch schon gesagt, dass die Nacht, in der Ihr mich gesehen habt, meine erste Nacht hier war", antwortete er. „Was ist mit Euch?"

Ihre Wangen flammten noch heißer auf. „Ich war schon früher hier", gab sie zu. „Nicht sehr oft, aber ein paar Mal vor heute Abend. Ich habe eine Mitgliedschaft."

Seine Augenbrauen hoben sich. „Ich verstehe. Die Damen zahlen also auch für ihren Einlass?"

„Weniger als die Männer, denke ich", erwiderte sie. „Aber ja. Ich habe eine kleine Summe geerbt und die Mitgliedschaft mit einem Teil davon bezahlt."

„Geerbt", sagte er leise. „Von Eurem Vater, Eurem Bruder... Eurem Mann?"

Sie drehte sich zur Seite und wandte sich von ihm ab. Er fragte sie nach persönlichen Einzelheiten über ihr Leben. Dinge, die sie nicht preisgeben sollte, wenn sie anonym zu bleiben gedachte. Und doch, was konnte es schaden, wenn sie dabei nur vorsichtig war? Mit diesem Mann zu reden, machte die Spannung zwischen ihnen ein bisschen weniger beunruhigend.

„Meinem Mann", flüsterte sie. „Er ist vor anderthalb Jahren gestorben."

Etwas in dem Mann neben ihr veränderte sich. Seine Haltung verwandelte sich, seine Hände verkrampften sich an den Seiten, seine Augen wurden weit und füllten sich mit einer Woge von unergründlichen Gefühlen. Schließlich sagte er: „Mein Beileid zu Eurem Verlust."

„Danke", entgegnete sie leise. „Es war eine arrangierte Ehe. Er war viel älter als ich, und – es ist nicht so, dass ich mir seinen Tod gewünscht hatte, aber ich nehme an, ich hätte mehr fühlen sollen, als er starb." Sie zögerte einen Moment, und dann dämmerte ihr, was sie da offenbart hatte. Sie drehte sich wieder zu ihm und blickte zu ihm auf. „Ich weiß nicht, warum ich so weit ausgeholt habe. Ich kenne Euch doch gar nicht."

Er zuckte mit den Schultern. „Es ist das Mondlicht", sinnierte er leise. „Es ist die Tatsache, dass wir Masken tragen und dass das, was wir sagen, nicht gegen uns verwendet werden kann. Diese kleine Geheimniskrämerei bringt die Wahrheit ans Licht."

Sie dachte einen Moment lang über seine Worte nach und nickte dann. „Ihr habt wahrscheinlich recht. Das Geheimnis ist der Schlüssel zur Wahrheit."

„Also, warum seid Ihr hierhergekommen?", fragte er und rückte etwas näher. Nah genug, dass seine Wärme sie reizte. Sie einlud.

„Ich –" Sie legte den Kopf schief. „Ich kann es nicht laut aussprechen."

„Doch, das könnt Ihr", beharrte er. Er berührte ihr Kinn und hob es an, so dass sie in sein Gesicht blicken musste. Seine Finger strichen über ihren Kiefer und über ihre Wange, und sie verlor sich in einem Meer aus Grautönen.

„Ich wollte nur zusehen", stammelte sie schließlich, fasziniert von ihm. „Beobachten… *sie*."

Er zeigte mit dem Kopf in Richtung der Terrassenecke, wo das Stöhnen ihrer Gefährten lauter und eindringlicher wurde. „Sie?", wiederholte er.

Sie nickte. „Ja. Bis ich Euch traf hatte ich im Masquerade noch nie mit einer anderen Person gesprochen. Natürlich habe ich auch noch nie mit jemandem getanzt oder jemanden geküsst. Ich hatte so etwas nicht erwartet."

„Ich auch nicht", überlegte er laut. „Um ehrlich zu sein, wollte ich in der ersten Nacht nicht herkommen. Mein Freund hat darauf bestanden, und es ist schwer, sich ihm zu widersetzen. Aber ich hatte erwartet, dass ich an einer Wand stehen und mich einfach unwohl fühlen würde, während ich darauf wartete, dass er tut, was immer er hier tut. Und dann wart Ihr da."

„Ihr wollt also sagen, dass wir zwei Menschen sind, die zwar nicht hierher gehören, aber als wir in die Umlaufbahn des anderen gerieten, taten wir es doch?"

Seine Finger glitten höher, in ihr Haar, gegen ihre Kopfhaut, und sie stöhnte fast so wie die Frau in der Ecke. Dies war eine so intime Berührung, die tiefere Sehnsüchte in ihr weckte, als es das bloße Anschauen je tun konnte.

Er senkte den Kopf, so langsam, dass es sich anfühlte, als wäre die Zeit stehen geblieben. Dann war sein Mund wieder auf ihr, wie schon vor drei Nächten. Diesmal war sie nicht so überrascht und stellte sich sofort auf die Zehenspitzen, schlang ihre Arme um seinen Hals und öffnete sich ihm, um den Kuss zu vertiefen.

Dabei flüsterte er etwas gegen ihre Lippen. Ein Wort, aber sie war zu betäubt, um zu erkennen, was es war. Vor allem, als seine Zunge über ihre strich und ihr ganzer Körper weich und bereit wurde für das, was als Nächstes kommen würde.

Er zog sie näher an sich heran, schmiegte ihren Körper an seinen, ließ sie seine harten Flächen an ihren weichen spüren. Und es gab eine Menge harter Oberflächen. Er war groß und schlank, aber muskulös und stark. Und ab diesem Moment war sie seinem Geschmack, seiner Berührung und seinem Geruch vollkommen verfallen.

Schließlich löste er sich von ihr, aber er hielt sie in seinen Armen fest, während er auf sie herabblickte. Sein Atem war so kurz wie ihr eigener, sein Körper zitterte wie der ihre.

„Fühlt es sich an, als ob wir dazugehören?", flüsterte er.

Sie nickte, denn sie konnte keine Worte finden. Sie konnte sich kaum an Worte erinnern.

„Würdet Ihr mit mir in ein privates Zimmer kommen?", brachte er mit zögerlichem Tonfall hervor.

Sie zog den Atem durch die Nase ein. Diese Frage war empörend, und ein Teil von ihr war in der Tat aufgebracht. Ein anderer Teil tiefer in ihr drin spürte jedoch etwas anderes. Eine Sehnsucht, die sie sich selbst verwehrt hatte, selbst wenn sie zusah. Ein Bedürfnis, das jetzt in ihrem Kopf schrie.

„Ja", antwortete sie gegen ihren Willen. Doch nachdem sie es geflüstert hatte, bereute sie ihre Zusage nicht.

Sie wollte mit ihm gehen. Sie wollte wissen, was jetzt kommen würde.

Er nahm ihre Hand und führte sie zurück ins Haus. Sie traten in den Flur, in dem sie in den Nächten, in denen sie hierhergekommen war, Dutzende von Paaren hatte verschwinden sehen. Ihr maskierter Fremder sagte etwas zu dem Wachmann, der daraufhin kurz nickte und ihm einen Schlüssel überreichte.

Der Flur kam ihnen unendlich lang vor, als sie ihn entlangschritten. Hinter den Türen waren die unverkennbaren Geräusche der Leidenschaft zu hören. Sie erschauderte bei dem Gedanken, dass ihre eigene Stimme sich bald unter diesen Chor mischen würde.

An der Tür drehte er den Schlüssel um und trat zur Seite, damit sie eintreten konnte. Sie zuckte zusammen. Sie hatte nicht übermäßig viel Zeit dafür aufgewendet, sich diese Räume vorzustellen, das hätte zu weit geführt. Wenn sie es getan hätte, hätte ihr Verstand etwas Geschmackloses erschaffen. Etwas Schmutziges und Herabwürdigendes.

Die Wirklichkeit sah ganz anders aus. Es war ein wunderschönes Zimmer mit feinen Möbeln, einem lodernden Feuer und schönen, wenn auch unanständigen Kunstwerken, die die Wände schmückten. Bilder von Männern und Frauen, die sich lustvoll ineinander verschlungen hatten. Münder und Hände bewegten sich wie in den äußeren Räumen. Sie wandte ihr Gesicht zum großen Bett, das den Mittelpunkt des Zimmers bildete.

Er schloss die Tür. Es klang wie ein Schrotflintenschuss. Sie zuckte zusammen und erschauderte, während sie weiterhin auf das Bett starrte. Sie malte sich aus, was dort als Nächstes passieren würde. Es war fast unmöglich, sich in die Fantasien hineinzuversetzen, die sie gesponnen hatte.

„Wenn Ihr Eure Meinung ändern wollt", begann er.

Sie drehte sich zu ihm um und stellte fest, dass er an der Tür lehnte und sie einfach nur beobachtete. Sie schluckte schwer. Das war ein Risiko, das sie da einging, etwas, das sich völlig gegen ihren Charakter stellte.

Und doch verspürte sie nichts als den Wunsch, es zu tun. Ihr Onkel war sich sicher, dass er ihre Angelegenheiten sehr bald regeln würde. Ein weiterer alter Mann, wie ihr Ehemann es gewesen war, ein weiteres unerfülltes Leben, in dem sie sich nach Verbundenheit und Leidenschaft sehnte und nichts davon bekam.

Sie hatte sich diese Nacht *verdient*, nach so vielen leeren Nächten. Und sie würde sie mit sich tragen, wenn sie vorbei war, als eine Erinnerung daran, dass sie in einem Mann wie diesem Begehren hatte wecken können.

„Ich weiß, dass es schamlos und sogar... falsch ist, aber ich will das", bekräftigte sie und errötete. „Ich verstehe es nicht, ich kann es nicht erklären, aber in dem Moment, als ich Euch sah, war es, als ob es so vorbestimmt war. Ich möchte meine Meinung nicht ändern."

Er starrte sie einen Moment lang an, dann stieß er sich von der Tür ab und kam mit drei langen Schritten auf sie zu. Er ergriff ihre Arme und küsste sie erneut. Aber dieses Mal war nichts Sanftes dabei, nichts Zögerliches. Er forderte sie, legte den Kopf schief, um seine Zunge in ihren Mund zu drängen und jeden Zentimeter von ihr auszukosten.

Sie presste sich an ihn, als ein neuartiges Gefühl sie durchströmte. Wärme und Verlangen. Vergnügen und Vorfreude. Aber vor allem Bedürfnis. Ein dringendes, schweres, raues Bedürfnis, das zwischen ihren Beinen pochte und den Rest von ihr kribbeln ließ.

Sie hatte schon einmal ein solches Bedürfnis verspürt. Diese Erinnerung war der Grund, warum sie überhaupt hierhergekommen war. Aber es war nie so gewesen wie jetzt. Es war immer nur ein Echo gewesen – das hier war eine Symphonie. Laut und aufrührerisch und wunderschön, während die Musik ihren Körper anhob und ihren unruhigen Geist zur Ruhe brachte.

Die Hände des Fremden krallten sich in ihren Rücken, und er stöhnte tief in seiner Kehle, während er sie mit zunehmender Leidenschaft küsste. Sie ertrank in ihm, war völlig verloren, unfähig, etwas anderes zu tun, als sich an ihm festzuhalten und mitgerissen zu werden.

„Hast du das schon einmal gemacht?", fragte er und löste sich endlich aus dem Kuss, obwohl sein Gesicht dicht an ihrem blieb, sein Atem noch immer ihre Lippen streifte und sie schwindelig machte. „Ich will dich nicht verletzen, dich nicht gefährden."

Sie schaffte es, leicht zu nicken. „Das habe ich. Ich war verheiratet, weißt du noch?"

Sein Blick verengte sich leicht, ein besorgter Ausdruck, den sie nicht einordnen konnte. Aber dann ließ er den Mund wieder sinken, und alle Gedanken oder Bedenken, die sie bezüglich seiner Reaktion hätte haben können, verschwanden. Und es war alles so perfekt. Der Kuss vertiefte sich, wurde langsamer, und jetzt war er eine Erkundung ihrer selbst. Sie schmolz dahin, ihre Beine zitterten, während er sie einfach weiter küsste.

Es war unglaublich, anders als alles, was sie je zuvor gefühlt hatte. Aber sie wollte mehr. Dies war ihre einzige Chance, mehr zu bekommen. Sie musste sie ergreifen, koste es, was es wolle.

Ihre Hände lagen flach auf seiner Brust, und sie ließ sie nach unten gleiten, um die Knöpfe an seiner Weste zu finden. Es war ein feines Kleidungsstück – der Mann war offensichtlich sehr reich – und sie hatte einen Moment lang Mühe, das perfekt sitzende Kleidungsstück zu öffnen, damit sie es und seine Jacke abstreifen konnte.

Er erstarrte, als ihre Hände über das dünne Hemd darunter glitten. Er wich zurück und sah sie wieder an. Sein Blick war ernst, nachdenklich, voller Vorfreude, aber auch zögerlich.

„*Du* hast das schon mal gemacht, nicht wahr?", neckte sie sanft.

Seine Mundwinkel verzogen sich zu einem kleinen Lächeln, etwas Verruchtes, und ihr Magen drehte sich bei diesem Anblick um. Selbst wenn er sein halbes Gesicht bedeckte, war dieser Mann ungemein attraktiv. Nicht die Art von Mann, von der sie jemals erwartet hätte, sich zu ihr hingezogen zu fühlen.

Aber vielleicht war es tatsächlich der Ort, die Masken und das Mondlicht. Was auch immer es war, sie wollte das Beste daraus machen.

„Das habe ich", bestätigte er leise, dann brachte er ein wenig Abstand zwischen sie und half ihr dabei, seine Jacke und Weste auszuziehen. Er griff nach oben und löste seine Krawatte, wobei er den Stoff immer wieder abwickelte, bis er ihn mit dem Rest zur Seite warf.

Sie hielt den Atem an, als sich sein Hemd öffnete und nur der Ansatz einer wohlgeformten Brust zum Vorschein kam. Sie schluckte schwer. Ihr Mann war weich gewesen, älter, nicht hässlich, aber auf keinen Fall *so*. War sie der Sache gewachsen?

„Hast du deine Meinung geändert?", fragte er.

Sie schob ihre Bedenken beiseite. „Nein", erwiderte sie fest.

„Gut", flüsterte er und fasste sie an den Schultern. Er hielt ihren Blick einen Moment fest und drehte sie langsam um, so dass sie mit dem Rücken zu ihm zu stehen kam. Zuerst war sie sich nicht ganz sicher, was er tat, bis seine Finger über ihren Nacken strichen und die Haarsträhnen wegschoben, die sich während des Abends aus ihrem Dutt gelöst hatten. Sein Atem war warm auf ihrer Haut, und dann spürte sie seine Lippen, sanft und weich.

Sie erschauderte vor Vergnügen und keuchte überrascht auf, als sich seine Hände von ihrem Nacken entfernten und bis zum obersten Knopf ihres Kleides wanderten.

Er öffnete ihn vorsichtig und teilte den Stoff. Sie errötete, als er diesen Vorgang immer wieder wiederholte. Sie trug keine Unterwäsche. Das war ihr anderer verruchter Vorsatz gewesen, als sie hierher kam. Und als er das Kleid ganz geöffnet hatte, erkannte er diese Tatsache und murmelte ein kurzes Wort, das sie nicht kannte.

Wahrscheinlich hielt er sie für eine Hure, aber was spielte das für eine Rolle? Sie waren Fremde, dies war eine gestohlene Nacht. Sie schob ihre Verlegenheit beiseite und stellte sich ihm gegenüber.

Ihr Kleid hing vorne ein wenig herunter, und sie hielt eine Hand hoch, um es über der Brust festzuhalten. Er starrte sie an. Er starrte sie einfach an, und sie lächelte, als sie sah, wie groß seine Augen waren.

„Änderst *du* deine Meinung?", fragte sie.

Er schüttelte den Kopf. „Daran habe ich nicht im Entferntesten gedacht, das versichere ich dir."

Seine Hand zitterte, als er nach ihr griff, ihre Finger umschloss und sie von dem Kleid wegzog. Er krallte seine Finger in den Saum und zog leicht daran. Das Kleid rollte nach vorne, die kurzen, bauschigen Ärmel rutschten an ihren Armen hinunter, und dann stand sie von der Taille aufwärts nackt vor ihm.

Sie spürte die Hitze in ihren Wangen, als er sie ansah. Ihr Mann hatte das… höchstens vielleicht zwei oder drei Mal in den Jahren ihrer Ehe getan. Wenn er sie berührte, war es normalerweise ein Zupfen an ihrem Nachthemd, ein paar Grunzlaute, und dann war er fertig. Wenn er betrunken gewesen war, berührte er sie manchmal ein wenig, aber wirkliches Vergnügen hatte sie bei ihm nie gefunden. Nur mit ihrer eigenen Hand.

Und jetzt starrte dieser Fremde auf ihre nackten Brüste. Diejenigen, die laut ihrem Mann zu klein waren. Zu rosa. Zu… na ja, *was auch immer* ihm in diesen Momenten über die kalten Lippen gekommen war.

„Schön", hauchte der Fremde, und sie ließ ihren Blick zu seinem Gesicht wandern. Er neckte oder verspottete sie nicht.

Sie schob die Ärmel von ihren Armen, und das Kleid fiel um ihre Taille und rutschte tief unter ihre Hüften. Es war bedenklich nahe daran, ganz zu Boden zu fallen und sie völlig nackt zurückzulassen, aber darauf achtete sie nicht.

Sie wollte ihn auch sehen.

Sie trat ein Stück näher und öffnete den ersten Knopf seines Hemdes. Ihre Hände zitterten so stark, dass sie es kaum schaffte.

„Hier", half er und zog es aus seiner Hose, bevor er ein paar Knöpfe öffnete und sich das Hemd in einer fließenden Bewegung über den Kopf zog. Seine Maske lag schief, als sein Kopf wieder zum Vorschein kam, und er brachte sie wieder an ihren Platz, bevor er das Hemd zur Seite warf.

Und sie starrte ihn entzückt an, ihr blieb sogar der Atem weg. Was vor ihr stand, war reine, männliche Perfektion. Sein Körper war schlank und muskulös, seine Brust hart wie Granit, verziert mit dunklen Brusthaaren, die sich zu einer Linie verengten, die im Bund seiner Hose verschwand.

Sie konnte sich nicht zurückhalten. Sie griff nach ihm und legte ihre Hand auf seine Haut. Er stöhnte und sie seufzte. Er war warm und echt – das war alles echt. Sie ließ ihre Hand über ihn gleiten, zeichnete die Muskeln nach, genoss deren Härte unter der weichen Haut. In diesem wilden Moment wollte sie nichts sehnlicher als ihn lecken, ihn berühren und alles das tun, was sie in den öffentlichen Räumen dieses Lokals jemals gesehen hatte.

Sie wollte für ihn lustvoll sein. Wild.

Es schien, als wollte er dasselbe, denn plötzlich ergriff er das Kleid, das noch immer um ihre Taille hing, und zog sie an sich. Ihre Brüste drückten sich gegen seine kräftige Brust, und sein Mund traf den ihren in hungriger Besessenheit und Verlangen. Sie presste sich an ihn, und ihre Brustwarzen wurden hart durch die Reibung an seiner Brust.

Dann wurde sie hochgehoben. Er trug sie zum Bett und setzte sie dort sanft ab. Sie hörten nicht auf, sich zu küssen, selbst als er den Rest ihres Kleides wegschob. Sie trat gegen ihre Pantoffeln und schleuderte sie zu Boden.

Sie ließ sich blindlings in die Kissen zurückfallen, als er endlich von ihr abließ. Sie war nackt und er starrte sie wortlos an, wobei sein hungriger Blick von oben nach unten glitt, als würde er sie auswendig lernen. Als würde er einen Überfall auf ein anderes Königreich planen.

Dann zog er seine Stiefel aus und streifte seine Hose ab, so dass er genauso nackt war wie sie. Sie stützte sich auf die Ellbogen, um einen besseren Blick auf ihn zu erhaschen. Großer Gott, er war überall perfekt. Seine Hüften waren schlank, seine Beine muskulös und sein Schaft war bereits hart und erhob sich in Richtung seines Bauches.

Er beugte sich auf das Bett und umschloss sie, während er sich über ihr niederließ. Sie spürte, wie sein Glied gegen ihren Bauch stieß, und erschrak darüber, wie hart es war. Wie heiß und dick und fordernd. Instinktiv spreizte sie ihre Beine und hob sie an, um ihm entgegenzukommen.

Er schaute sie überrascht an. „So weit sind wir noch lange nicht", flüsterte er.

Sie blinzelte verwirrt. Sie lagen nackt auf einem Bett. Das war mehr, als sie sonst bei diesem Akt erlebt hatte. Sie war bereits feucht, es kribbelte in ihr vor Vorfreude. Der nächste Schritt bestand doch wohl darin, dass er diesen wohlgeformten Körper mit ihrem eigenen verband, und dann würde es vorbei sein und sich für immer in ihr Gedächtnis einprägen.

„Du siehst überrascht aus", neckte er, während er ihr einen Kuss auf den Hals drückte.

„Das bin ich in der Tat", gab sie zu.

Er hob seinen Blick und suchte ihren. „Was war er bloß für ein Ehemann", raunte er. „Lass es mich dir zeigen."

Sein Mund glitt über ihre Haut, und seine Zunge nahm flüchtig ihren Geschmack wahr, als er die Säule ihres Halses hinunterwanderte, ihr Schlüsselbein nachzeichnete und dann tiefer ging. Sie lehnte sich ein wenig vor und sah zu, wie er ihre Brüste mit seinen Händen umfasste. Sie krümmte sich, als ein unerwartetes Gefühl sie durchströmte. Es verstärkte sich, als er begann, mit seinen Fingern über die Hügel zu streichen, wobei er seine Daumen gegen ihre Brustwarzen drückte, bis ihr der Atem stockte.

Und dann ließ er seinen Mund zu einer Brust sinken und fuhr mit seiner Zunge über ihre Brustwarze. Sie hatte gesehen, wie Männer auf dem Flur dies mit ihren Geliebten taten, aber sie selbst hatte es nie gespürt. Jetzt stieß sie in der Stille des Raumes unverhofft einen Schrei aus. Die feuchte Hitze seines Mundes an ihrer ohnehin schon überempfindlichen Brustwarze war zu viel. Zu viel Gefühl. Es schoss blitzschnell durch ihren Körper, und sie wölbte sich ihm entgegen.

Er lächelte an ihrem Körper – und dann saugte er. Sie zuckte zusammen, als sie es spürte, der überraschende Ausbruch von reiner Lust. Sein Mund bewegte sich perfekt, nicht zu hart, nicht genug, um Schmerzen zu verursachen, aber gerade genug, um jeden Teil von ihr aufzuwecken, von dessen Existenz sie nicht einmal gewusst hatte. Sie hörte sich selbst stöhnen, seufzen, so wie es die Frauen im Club in so vielen Nächten taten.

Und sie gab sich erneut hin, als er zu ihrer anderen Brust überging und seine Handlungen wiederholte, während er die Brust massierte, die er zurückgelassen hatte. Sie hob ihre Hüften, als er das tat, und genoss die Wärme und die Begierde, die sie durchflutete, das Verlangen, das mit jeder unerwarteten Berührung immer größer wurde. Als er schließlich ihre Brustwarze mit einem Mal losließ und an ihrem Körper hinaufschaute, spannte sie sich wieder an. Ihr Körper war jetzt ohne Zweifel bereit für ihn. Sie fühlte sich, als stünde sie in Flammen.

Und doch legte er sich nicht auf sie, um sie zu besteigen. Seine Lippen glitten tiefer, zu ihrem Bauch. Seine Hände strichen über ihre Hüften, zeichneten die Linie ihres Körpers nach, umfassten ihr Gesäß und hoben es an. Ihre Beine fielen auseinander und sie erstarrte, als er sich zwischen ihnen niederließ, sein Gesicht auf gleicher Höhe mit ihrem Geschlecht.

Ihre Wangen brannten jetzt. Das war viel zu intim, viel zu wild. Etwas, das Frauen in diesem Club taten, aber keine Damen. Sicherlich taten Damen so etwas nicht...

Ihr Gedankengang wurde unterbrochen, als er ihr Geschlecht berührte, die Falten sanft öffnete und sie vollständig enthüllte. Sie zitterte, als er einen heißen Atemstoß an ihre verborgensten Stellen blies. Ihr Mann hatte das noch nie getan. Sie hatte gesehen, wie Männer es taten, aber sie hatte sich nie vorstellen können, dass sie selbst in den Genuss kommen würde.

Dann leckte er sie.

Sie umklammerte die Laken mit beiden Händen und keuchte, als sich ihr Körper von selbst hob. Er leckte sie erneut und ihre Fersen gruben sich in die Matratze. Dann konnte sie einen Zungenschlag nicht mehr vom nächsten unterscheiden. Seine Zunge bewegte sich über sie, um sie herum, in ihr, schmeckend und aufreizend. Verlockend und quälend. Mit einem bebenden Seufzer drehte sie ihren Kopf gegen das Kissen. Sie hob ihre Hüften, presste sich in seinen Mund und gab sich dem unerwarteten und überwältigenden Vergnügen hin, das er mit jeder seiner Bewegungen auslöste. Mit jedem Lecken, mit *allem*.

Sie hatte sich schon selbst berührt. Sie hatte diesen glitschigen Punkt gefunden, der ihren Körper mit intensiven Wellen der Lust erbeben ließ. Er fand ihn auch, und plötzlich konzentrierte sich seine Zunge ausschließlich auf diese empfindliche Stelle. Er liebkoste sie, er umspielte sie, er saugte an ihr. Sie spürte, wie sie sich auf die Erlösung vorbereitete, die sie mit ihren Händen gefunden hatte, aber dieses Mal fühlte es sich anders an. Mächtiger, und mit Sicherheit unkontrollierter. Sie griff verzweifelt nach ihm, wollte ihn in diesem Moment mehr als die Luft zum Atmen oder das Leben selbst.

Und dann überkam es sie. Sie stieß einen markerschütternden Schrei aus, von dem sie wusste, dass er bis in die Halle zu hören sein würde. Aber das war ihr egal. Wellen von Empfindungen überspülten sie, ihre Hüften zuckten dagegen, gegen ihn und die Intensität, die er erzeugte. Sie wollte mehr, sie wollte weniger, sie wollte alles.

Und er fuhr fort, sie durch die Erlösung zu quälen, bis sie schwach und erschöpft auf die Kissen sank. Sie spürte, wie er sich bewegte, wie sein Mund den Weg zurück auf ihren restlichen Körper fand. Sie ließ ihre Finger in sein Haar gleiten und murmelte genüsslich, als er sich seinen Weg über jeden Berg und jedes Tal ihres Körpers leckte und knabberte. Als er ihren Mund erreichte, öffnete sie sich ihm und schmeckte den erdigen Geschmack ihres eigenen Körpers auf seiner Zunge, die er tief in ihren Mund schob.

Sie versank noch einmal in dem übermächtigen Gefühl, ihr Körper pulsierte noch immer. So etwas hatte sie noch nie erlebt, nicht allein und schon gar nicht mit ihrem Mann.

Der Fremde schob ihre Knie ein wenig weiter auseinander, und sie ließ es zu und spreizte sich wie eine Dirne unter ihm. Er drückte sich an ihren Eingang, und sie löste sich mit einem Keuchen aus dem Kuss, als er sich gegen sie presste und sie mit einem kurzen Stoß nur ein kleines Stückchen öffnete.

„Hast du es dir anders überlegt?", murmelte er, und seine Stimme war voller Verlangen.

Ihr Blick huschte zu seinem Gesicht. „Dafür ist es ein bisschen zu spät", brachte sie keuchend hervor.

Er schüttelte den Kopf. „Es ist nie zu spät, nein zu sagen."

Sie starrte ihn an. Der Blick in seinen Augen war aufrichtig. Wenn sie sich ihm jetzt verweigerte, würde er sich zurückziehen und das wäre das Ende. Er würde sie ihr Vergnügen haben lassen und ohne weitere Forderungen weggehen.

„Ich will nicht nein sagen", sagte sie leise. „Aber es ist schon so lange her."

Ein winziges Lächeln umspielte eine Seite seines Mundes und dann gestand er: „Für mich auch".

Er stieß sanft zu, während er es sagte, und dann war er in ihr drinnen. Ihr Körper dehnte sich, um ihn zu empfangen und immer mehr von ihm in sich aufzunehmen. Sie stieß dabei einen langen Seufzer aus. Es fühlte sich so wunderbar an, so richtig, als er ganz in ihr war und seine Stirn mit einem keuchenden Atemzug an ihre lehnte.

Einen Moment lang blieb er regungslos, ihre Körper ineinander verschlungen, ihr Atem im Einklang. Doch dann ließ er seine Hüften kreisen, und die stille Verbindung wurde von etwas weitaus Animalischerem und Leidenschaftlicherem abgelöst.

Wie ein Besessener stieß er zu, kreiste seine Hüften bei jedem Abwärtshub und reizte sie mit jedem Rückzug. Sie richtete sich auf und krallte sich an seinem Rücken fest, als die Lust, die sie bereits vor wenigen Augenblicken empfunden hatte, erneut in ihr aufstieg. Sie hatte keine Ahnung, ob sie mehr als eine Erlösung finden konnte, aber sie griff trotzdem danach und stieß unzusammenhängende Laute aus, während die Empfindungen durch jeden Nerv in ihrem Körper schossen.

Sie hob sich gegen ihn, als er die schlanken Hüften schwenkte und sie den nächsten Höhepunkt erreichte. Diesmal war er intensiver, und sie klammerte sich hilflos an ihren Peiniger, während er sie immer schneller und härter durch die Wellen trieb. Sie zitterte unter ihm, war befreit von Gedanken und Vernunft und von allem anderen und bestand nur aus dem mächtigen Gefühl, sich diesem Mann, den sie nicht einmal kannte, ganz hinzugeben.

Sofern das überhaupt möglich war, verstärkte das die Wirkung noch.

„Ich kann mich nicht mehr halten", keuchte er angespannt mit seiner tiefen Stimme.

„Lass los", rief sie.

Er zog sich zurück, während ihr Körper weiter vor Erregung zuckte, und stieß einen verzweifelten Laut der Lust aus. Er legte selbst Hand an und kam. Dann ließ er sich atemlos neben ihr auf das Bett fallen und holte tief Luft, als wäre er von London nach Brighton gelaufen.

Sie streckte ihre Hand aus und legte sie auf seine Brust, fast um sich zu vergewissern, dass er wirklich da war. Dieses Wunder war tatsächlich passiert.

Es fühlte sich wie ein Traum an. Und sie wollte nie mehr aufwachen.

KAPITEL 5

Matthew legte einen Arm über seine Augen, während er darum rang, wieder zu Atem zu kommen. Das hatte er nie vorgehabt, als er ein paar Nächte zuvor mit Robert und Hugh in den Club gekommen war. Hätte einer von ihnen einen solchen Ausgang vorhergesagt, hätte er ihnen entgegnet, dass sie verrückt seien. Ungehobelt.

Und doch lag er nun hier, und sein Körper kribbelte von der stärksten Befreiung, die er seit Jahren erlebt hatte, der süße Geschmack dieser Frau lag noch auf seinen Lippen, und er fühlte...

Frieden.

Er zuckte zusammen, als sich dieses Wort in seinem Kopf festsetzte. Seit Angelicas Tod war er stetig ruhelos und leer gewesen. Er dachte immerfort nach. Manchmal fühlte es sich an, als würde er sich ständig erinnern. Und doch hatte er, während er sich in dieser anderen Frau verloren hatte, Frieden empfunden.

War das Verrat?

Während er noch darüber nachdachte, legte sich ihre Hand auf seine Brust. Er senkte seinen Arm und sah auf die Hand hinunter. Schlanke Finger schmiegten sich an seinen Körper. Er spürte das Gewicht jedes einzelnen Fingers und wollte mehr davon spüren.

Mehr von diesen Händen, die über ihn strichen. Und als er der Linie ihres Arms folgte und die schöne Frau an seiner Seite anblickte, wollte er auch diesen Mund. Er wollte diese störende Maske abnehmen und ihr ganzes Gesicht sehen, wenn sie sich unter ihm vor Lust wand.

Und *das* war ein Verrat, ganz sicher. Eine gestohlene, anonyme Nacht könnte man vielleicht verzeihen. Dieses seltsame Gefühl, dass es nicht genug war, überschritt eine Grenze.

Er setzte sich auf, ergriff ihre Hand und hob sie an seine Lippen, um ihr einen Kuss auf die Handfläche zu geben. „Danke", murmelte er und hoffte, sie würde verstehen, was er meinte.

Sie hatte ein sanftes Lächeln auf ihrem Antlitz, aber das verblasste jetzt, und sie schluckte schwer. „Sicherlich", flüsterte sie. „Danke."

Als er aufstand und seine Kleidung zusammensuchte, verspürte er einen seltsamen Schmerz in seiner Brust. Er spürte, wie sie ihn beobachtete, und suchte nach einem Gesprächsthema, um das nun unangenehme Schweigen zwischen ihnen zu füllen.

„Jetzt kannst du sagen, dass du in den berüchtigten Hinterzimmern des Donville Masquerade warst", bemerkte er, während er in seine Hose stieg. „Das ist doch schon etwas."

„Nichts, womit man angeben könnte, nehme ich an. Zumindest nicht für eine Frau."

Er drehte sich um und sah, dass sie das Laken angehoben hatte, um sich zu bedecken. Über die Enttäuschung, die ihn angesichts dieser traurigen Erkenntnis durchströmte, wollte er nicht nachdenken. „Du bereust es doch nicht etwa, oder?"

Sie stieg aus dem Bett und errötete, als sie sich noch einmal entblößte. Sie drehte ihm den Rücken zu, während sie ihr Kleid hochzog, und er hielt den Atem an. Ihr Anblick, wie sie sich über das Kleid beugte, war genug, um jeden Mann in den Wahnsinn zu treiben.

Er verwandelte sich in Robert – das war die einzige Erklärung. Verrückt vor Verlangen.

„Ich bereue es nicht", erwiderte sie und unterbrach ihn in seinen Gedanken. „Ich wusste nicht, dass ich es so sehr brauchte, bis…" Sie brach ab und zog ihr Kleid an. „Machst du mir bitte die Knöpfe zu?"

Sie zu entkleiden war ein schwindelerregendes Vergnügen gewesen. Es gab keine Möglichkeit, nicht über ihre Haut zu streichen, und das würde auch jetzt der Fall sein. Er ließ sich Zeit, jeden Knopf an seinen Platz zu schieben, wobei seine Finger sanft über ihre Haut glitten. Sie versteifte sich jedes Mal, wenn er es tat, und ihr Atem wurde kürzer.

Er spürte das Pochen des Verlangens zwischen seinen Beinen, fühlte, wie sein Glied sich langsam wieder in den Vordergrund drängte. Was zum Teufel war los mit ihm? Er war nie ein lüsterner Herumtreiber gewesen, auch nicht vor Angelica. Körperliche Leidenschaft war etwas, das er genossen hatte, gewiss, aber er konnte sich nicht erinnern, dass es so in seinem Blut brannte. Dass er sie immer wieder nehmen wollte, bis nichts mehr von ihm oder der Frau in seinen Armen übrig war.

Er verstand es einfach nicht.

Sie zog sich zurück, als er den letzten Knopf zugeknöpft hatte, und ging etwas unsicher zu einem Spiegel, der über dem Kamin angebracht war. Sie betrachtete sich, und gelegentlich huschte ihr Blick zu ihm im Spiegelbild, während sie begann, ihr Haar zu richten.

„Bereust *du* es?", fragte sie.

Er schüttelte sein Hemd aus. „Nein", entgegnete er leise, bevor er es sich über den Kopf zog.

Es verhedderte sich kurz an seiner Maske, aber es gelang ihm, sich zu befreien. Doch als er den Stoff wieder glattstrich, verdeckte die Maske nur noch die Hälfte seiner Wangen. Er fluchte leise und löste den Knoten, nahm sie ab und brachte sie wieder in die richtige Form.

Er hörte sie keuchen, als er die Maske wieder aufsetzte. Er blickte auf und sah, wie sie ihn anstarrte. Sie starrte ihn einfach nur an, ihre Augen weit aufgerissen vor Schreck und Entsetzen. Ihre Hände zitterten und ihre Lippen waren halb geöffnet.

„Was ist?", fragte er.

Sie schüttelte den Kopf. „I-Ich –"

Sie brachte nichts weiter hervor, sondern stürmte aus dem Zimmer. Er starrte ihr nach und lief dann hinter ihr her. „Warte!", rief er, aber sie rannte bereits in den immer voller werdenden Flur. Barfuß würde er sie niemals einholen.

Er erreichte das Ende des Flurs und reckte den Hals, aber wie er vermutet hatte, war sie in dem Gewimmel der sich aneinanderreibenden Körper verschwunden.

Mit einem Kopfschütteln wandte er sich wieder der Kammer zu, um sich fertig anzukleiden. Während er das tat, kreisten seine Gedanken um das Vorgefallene. Sie hatte sein Gesicht gesehen. Das konnte der einzige Grund für ihren Schrecken sein, für ihre überstürzte Flucht.

Aber warum? Warum sollte sie so stark auf sein Gesicht reagieren? Es sei denn… sie kannte ihn. Oder hatte von ihm gehört. Oder er kannte sie. Sein Magen drehte sich bei diesen Möglichkeiten um.

Er setzte sich und begann, seine Stiefel anzuziehen. Es gab viele gelangweilte verheiratete Frauen, die zu diesen Soireen kamen. Die Fremde hatte ihm erzählt, dass sie früher einmal verheiratet gewesen war, dass sie eine Witwe war, aber das konnte eine Lüge sein, um zu verbergen, wer sie wirklich war. Sie könnte die Frau eines Freundes sein.

Nicht die Frau eines Dukes aus seinem Club. Das glaubte er nicht einen Moment lang. Sie alle waren in ihre Ehemänner verliebt, und er bezweifelte, dass es in ihrem Leben an Vergnügen mangelte.

Aber er hatte Freunde außerhalb dieses Kreises. Könnte es sein, dass eine ihrer Frauen fremdgegangen ist, nur um dann mit ihrer schrecklichen Tat konfrontiert zu werden, als sie sein Gesicht sah?

Das war sicherlich eine Möglichkeit. Eine, bei der ihm übel wurde, denn der Gedanke, dass er einen Freund hätte verraten können, gemischt mit der Vorstellung, dass diese geheimnisvolle Frau, die ihn so in Aufruhr versetzt hatte, nicht… frei war, war in der Tat grauenvoll.

Das war jedoch nicht die einzige Möglichkeit.

Er stand auf und schob sein Hemd zurück in den Hosenbund, bevor er seine zerknitterte Weste und Jacke aufhob.

Es könnte sein, dass sie eine Dienerin war. Jemand, der sein Gesicht kannte, weil sie ihm Tee gebracht oder Braten serviert hatte. Die Tatsache, dass er sie berührt hatte, konnte dazu führen, dass sie entlassen wurde, zumindest in ihrer Vorstellung. Oder sie in eine missliche Lage bringen, in der sie nicht mehr ihren eigenen Weg wählen konnte.

Er runzelte die Stirn, als er sein Spiegelbild betrachtete. Das schien aber nicht zuzutreffen. Die Dame, mit der er geschlafen hatte, trug ein feines Kleid und ihr Haar war frisiert, als hätte sie Hilfe dabei gehabt. Ihre Hände waren weich – sie hatte eindeutig nicht mit ihnen gearbeitet.

Dennoch war es eine Möglichkeit.

Er vermutete, dass die dritte Möglichkeit darin bestand, dass die Frau einfach erschrocken war, weil seine Identität aufgedeckt worden war. Sie hatte eine anonyme Begegnung gewollt, und er hatte gegen diese Vereinbarung verstoßen, als er seine Maske abnahm, um sie zu richten. Jetzt konnte sie das, was sie zusammen erlebt hatten, nicht mehr so einfach beiseiteschieben. Oder vergessen, wie sie es sich vielleicht wünschte.

Er betrachtete sein eigenes Spiegelbild in demselben Spiegel, in dem sie sich vor Kurzem noch betrachtet hatte. Was auch immer der Grund für ihren vorschnellen Abgang war, er konnte nicht umhin, sich um ihr Wohlbefinden zu sorgen. Und er ertappte sich dabei, wie er sein Spiegelbild anlächelte.

Er hatte vorgehabt, der Frau zu sagen, dass dies eine wunderbare Nacht gewesen war, die sie aber nicht wiederholen sollten. Aber jetzt…

Nun, jetzt wäre es unhöflich, sie nicht anzusprechen, wenn er sie wiedersah.

„Um sie zu beruhigen", rechtfertigte er sich gegenüber seinem Spiegelbild. „Das ist alles."

Er wandte sich vom Lügner im Spiegel ab und trat aus dem Zimmer. An der Tür trat ein Zimmermädchen auf ihn zu. „Seid Ihr mit dem Zimmer fertig, Sir?"

Matthew schaute in die Richtung, in die die mysteriöse Frau gelaufen war. Dann nickte er. „Für heute Abend, ja."

Sie runzelte die Stirn über die seltsame Wendung, aber ihre Miene hellte sich auf, als er ihr eine Münze zuwarf, bevor er sich zum Gehen anschickte.

Er würde zurückkommen. Auch wenn er sich eingeredet hatte, dass er es nicht tun sollte. Er würde zurückkommen, und er würde die Frau wiederfinden. Nur noch ein einziges Mal. Und dann würde alles vorbei sein.

So musste es auch sein.

Isabel bebte, Schluchzer durchzuckten ihren Körper. Der Kutscher bemerkte das natürlich nicht und fuhr weiter, bog in diese und jene Straße ein, schüttelte sie herum und machte ihr die köstlichen Schmerzen an ihrem Körper bewusst, die *er* verursacht hatte.

Sie hob den Kopf und wischte sich die Tränen von den Wangen. Sie kannte ihn. Der zauberhafte Fremde hatte sich von einem Augenblick auf den anderen von einem sanften Liebhaber in einen Mann verwandelt, den sie drei lange Jahre lang zu fürchten gelernt haben sollte. Zu hassen. Zu verdächtigen.

„Warum muss er ausgerechnet Matthew Cornwallis sein?", fragte sie sich laut. „Wie kann er der Duke of Tyndale sein?"

Die Tränen drangen erneut in ihre Augen, und sie ließ sich auf den Kutschensitz zurücksinken, während sie sie fließen ließ. Das

Leben war zu grausam. Es war so gnadenlos. Sie war zum Donville Masquerade gegangen, um einen anonymen Nervenkitzel zu erleben, der aus Dingen bestand, an die sie hatte denken müssen, während sie sich in ihrem einsamen Bett heimlich berührte oder als sie mit einem anderen Mann verheiratet gewesen war, der kein Interesse an ihr gehabt hatte.

Ein echter Liebhaber war nie infrage gekommen. Schon gar nicht einer, der sich als der größte Feind ihrer Familie entpuppte.

Sie erinnerte sich an seinen Mund auf ihr, an den sanften Genuss tiefster Freuden, von denen sie nicht gewusst hatte, dass sie sie empfinden konnte. Ihr Körper erschauderte allein bei der Erinnerung, und sie zwang sich, sie beiseitezuschieben.

„Nein!", schnauzte sie sich selbst an.

Sie konnte nicht mit Freude an diese Nacht zurückdenken. Es war falsch, dies zuzulassen. Immerhin war Tyndale einmal der Verlobte ihrer verstorbenen Cousine gewesen! Das machte das, was sie getan hatte, schlimm genug. Aber dass ihr Onkel ihn für einen Mörder hielt?

„Das ist zu viel für mich", murmelte sie, während die Angst in ihrer Brust aufstieg. „Zu viel."

Die Kutsche fuhr hinter dem Haus ihres Onkels vor, wie sie es angeordnet hatte, und der Kutscher stieg ab, um ihr die Tür zu öffnen. Sie reichte ihm etwas Geld, und er sah sie von oben bis unten an. „Ihr wart ein ungezogenes Mädchen", sagte er in einem anzüglichen Ton.

Sie starrte ihn an und versuchte so zu tun, als würden seine Worte sie in ihrer ohnehin schon aufgebrachten Laune nicht verunsichern. „Kümmere dich um deine eigenen Angelegenheiten", schnappte sie und ging zum Tor.

Sie hörte ihn lachen, als sie den Garten betrat, und rannte, so schnell ihre Beine sie tragen konnten, zur Hintertür. Aber sie konnte nicht davor weglaufen, was sie getan hatte. Sie konnte nicht davor weglaufen, wie sie sich dabei fühlte.

KAPITEL 6

„Und was verschafft mir diese große Ehre so früh am Morgen?“

Matthew drehte sich um und sah, wie Robert den Salon betrat, die Hand bereits zur Begrüßung ausgestreckt. Sein Freund hatte dunkle Schatten unter den Augen, und sein Haar war leicht zerzaust, als wäre er vor kurzem noch im Bett gewesen.

„Es ist Mittag“, korrigierte ihn Matthew und schüttelte den Kopf.

Robert zuckte mit einer Schulter. „Wenn du das sagst. Mir ist bewusst, dass die meisten Leute sich nicht an dieselben zivilisierten Zeiten wie ich halten. Möchtest du einen Drink?“

„Nein“, erwiderte Matthew und konnte sich ein Lachen nicht verkneifen, obwohl er heute nicht besonders gut gelaunt war. Das kam davon, wenn man wach lag und sich hin und her wälzte, während man an sanfte Seufzer und intensive Lust dachte.

Und hier stand er nun. Ein Akt der Verzweiflung.

„Was ist los?“, fragte Robert besorgt, seine neckische Art war verschwunden.

Matthew ließ sich auf den nächstgelegenen Stuhl fallen. „Mir graut davor, wie sehr du triumphieren wirst.“

Robert nahm auf dem Sofa Platz und lehnte sich interessiert vor. „Oh, das klingt aber *wirklich* vielversprechend."

„Ich war wieder im Donville Masquerade", gab Matthew eilig zu, als ob er alle Worte auf einmal loswerden wollte, damit Robert nicht darauf reagieren konnte.

Was natürlich von vornherein zum Scheitern verurteilt war. Die Augen seines Freundes weiteten sich augenblicklich und wurden fast tellergroß, und sein Grinsen wurde noch breiter. „Tatsächlich? Ich wusste doch, dass selbst du dich von den vielen Vergnügungen, die es dort gibt, verführen lassen würdest."

Matthew seufzte. „Es waren nicht die vielen Vergnügungen. Ich bin zurückgegangen, um die Frau zu suchen, die ich in der ersten Nacht getroffen habe."

„Die, die du geküsst hast."

„Ja." Matthew ertappte sich dabei, wie er unruhig mit dem Fuß wippte, und zwang sich, damit aufzuhören. „Als sie nicht kam, war ich enttäuscht und habe auch sonst nichts gefunden. Und dann, letzte Nacht, kam sie wieder."

Robert zog die Augenbrauen hoch. „Einem Mädchen nachzustellen war nicht *wirklich* das, was ich im Sinn hatte, als ich dich ermutigt habe, Mitglied im Club zu werden, aber es ist immer noch besser, als wenn du wie ein Gespenst durch dein Anwesen streifst. Du hast also die junge Frau wiedergesehen und dann..."

Das war der schwierige Teil. Matthew war noch nie jemand gewesen, der sich über seine Eroberungen ausgelassen hätte. Er hatte auch nicht die Absicht, zu weit zu gehen, wenn er es heute tat. Hier handelte es sich nicht um Prahlerei, sondern um eine Bitte um Hilfe. Ganz gleich, wie Robert es drehen und wenden würde.

„Was glaubst du, was passiert ist?", fragte er, und seine Stimme war schärfer, als er vielleicht beabsichtigt hatte. Aber alles in seinem Leben schien im Moment außer Kontrolle zu geraten.

Roberts Gesichtsausdruck mimte Entsetzen. „Ich wage die Vermutung, dass du mit ihr geschlafen hast." Matthew schluckte schwer, und sein Mienenspiel schien die Antwort zu geben, die

Robert brauchte. „Das ist eine gute Nachricht. Nicht wahr? Warum schaust du dann so? Warum siehst du noch unglücklicher aus als vorher? Was übrigens praktisch ein Ding der Unmöglichkeit ist."

„Du musst verstehen", begann Matthew. „Es ist schon so lange her."

„Das hast du mir vor einigen Tagen gebeichtet", erwiderte Robert leise. „Zu lange, um gesund zu sein. Willst du damit sagen, du warst schrecklich darin?"

Matthew lächelte über den neckischen Tonfall seines Freundes. Er wusste es sogar zu schätzen. Robert versuchte, die Stimmung etwas aufzulockern.

„Ich war nicht schlecht darin", gab er unumwunden zu, während er an das Wimmern und die Lustschreie der schönen Fremden zurückdachte. An die Art und Weise, wie ihr enger, glatter Eingang seinen Körper gemolken hatte, bis er fast die Kontrolle verloren hätte und tief in ihr gekommen wäre.

„Was ist dann das Problem?", fragte Robert. „Sag mir bitte nicht, dass du dich auf dem Altar der Schuld und der Reue opferst, nur weil du ein paar Stunden mit einer willigen Partnerin natürlichen und gesunden Freuden gefrönt hast."

„Wenn du das so sagst, klinge ich wie ein Narr", seufzte Matthew. „Und ich würde es nicht gerade so formulieren, dass ich mich opfere. Es ist nur so, dass... ich weiß nicht. Gerade du würdest das nicht verstehen."

Robert hielt seinem Blick einen Augenblick stand, dann begann er, hochtrabend zu dozieren: „Du dachtest, du hättest den einen Menschen gefunden, der dein Herz für den Rest deines Lebens in Anspruch nehmen würde. Wie die anderen auch. Du hast geglaubt, dass deine Zukunft in Stein gemeißelt ist. Und dann wurde sie dir auf die grausamste und schrecklichste Weise entrissen. Schlimmer noch, es gibt einige, die dir sogar die Schuld dafür geben. Du hast also die ganze Zeit über das getrauert, was hätte sein können, und das verflucht, was geblieben ist. Und jetzt hat eine junge Dame endlich dein... sagen wir mal Herz oder deinen Pimmel bewegt?" Er lachte. „Nun, wie auch immer, ich nehme an, es muss sehr beunruhigend für dich sein. Und es muss auch einige finstere und traurige Erinnerungen und Gefühle wachrufen."

Matthew starrte ihn an. „Eine solche präzise Zusammenfassung hätte ich von dir nicht erwartet."

Ein Lächeln huschte über Roberts Gesicht. „Ich glaube nicht an die Liebe für mich persönlich. Das heißt aber nicht, dass ich für sie bei anderen blind bin. Und ich bin vielleicht ein Schuft, wobei ich verdammt stolz darauf bin, und ich habe nicht die Absicht, mich jemals zu ändern, danke. Aber ich bin auch kein Idiot."

„Niemand könnte das je von dir behaupten", bekräftigte Matthew leise. „Und ja, was du sagst, ist genau richtig. Am Anfang habe ich nur getrauert. Ich habe mich damit abgefunden, was Angelica zugestoßen ist und welche Schuld ich daran hatte. Dann verging immer mehr Zeit und es war, als wäre ich… gelähmt durch meine Trauer, mein Bedauern… meine Wut und meine Enttäuschung."

„Und dann tauchte dieses Mädchen auf", setzte Robert fort. „Und plötzlich warst du wieder lebendig. Das ist bestimmt sehr verwirrend."

„Ganz recht."

„Du bist also hierhergekommen, um von mir Ratschläge zu erhalten, wie man alle tieferen Gefühle im Streben nach Vergnügen ausschließt?", fragte Robert. „Ich bin Experte darin."

„Nein." Matthew gluckste. „Ich bin hier, weil sie gestern Abend, als alles vorbei war, mein Gesicht gesehen hat. Und sie ist weggelaufen."

Robert lehnte sich kopfschüttelnd in seiner Couch zurück. „Mein Gott, das ist wie ein Roman. Oder eine Kindergeschichte mit einer sehr unanständigen Wendung. Denkst du, sie hat dich erkannt?"

„Das ist die logischste Erklärung. Sie kennt mich irgendwoher, und das hat ihr Angst gemacht. Also ist sie weggelaufen. Und ich… will herausfinden, wer sie ist. Wirst du mir dabei helfen?"

Robert wölbte eine Augenbraue. „Ich? Warum fragst du mich?

Ich gehöre zu denen, die erleichtert aufseufzen würden, wenn eine Dame nach dem Beischlaf wegläuft. Das erleichtert das unnötige Absitzen ungemein."

„Irgendwie bezweifle ich, dass es deinem Ego gefallen würde, wenn eine Frau praktisch schreiend aus deinem Bett rennt", erwiderte Matthew. „Und ich frage dich, weil Hugh anderweitig beschäftigt ist, Kit... mit der Krankheit seines Vaters klarkommen muss, und alle anderen sind so..."

„Aufdringlich", beendete Robert. „Sehr aufdringlich, seit sie verheiratet sind."

Matthew nickte. „Das ist ein passendes Wort dafür. Wenn ich auch nur ein leichtes Interesse an einer Frau erwähne, egal wie unappetitlich der Anfang auch war, fallen sie über mich her und drängen mich, aus Liebe zu heiraten, wie sie es getan haben. Einer von uns vieren muss in ihren Augen der nächste sein."

Robert schreckte zurück. „Nun, ich werde es auf keinen Fall sein. Wir haben das schon besprochen."

„Ich *kann* es nicht sein", meinte Matthew. „Ich habe mir gestern Abend kaum erlaubt, mich ein wenig zu vergnügen. Meine Pläne erstrecken sich nicht auf die Ewigkeit."

„Und doch willst du sie finden", entgegnete Robert.

Matthew rollte mit den Augen. „Fang du nicht auch noch damit an. Ich will sie finden, weil mich ihre Reaktion beunruhigt hat. Ich muss wissen, warum sie so erschrocken war, als sie mein Gesicht sah."

„Aus keinem anderen Grund", beharrte Robert.

Matthew spürte eine aufsteigende Hitze in seinen Wangen. „Ich habe keine Ahnung, wovon du sprichst. Es war eine Nacht der reinen Freude – ich hatte keine höheren Erwartungen. Gerade du solltest dieses Gefühl kennen."

Robert hob beschwichtigend die Hände. Dann lächelte er. „Es ist schön zu sehen, dass dich etwas anderes als Trauer antreibt. Ich werde dir helfen. Aber es wird nicht leicht sein. Rivers hütet seine Mitgliederliste wie einen Schatz."

„Es ist natürlich in seinem besten Interesse, dies zu tun", gab Matthew zu. „Aber bedeutet das, dass es keinerlei Hoffnung gibt herauszufinden, wer sie ist?"

„Ich kann mich umsehen, ein paar Fragen stellen, ein paar Hände schmieren", bot Robert an.

„Ich möchte nicht, dass du…"

„Wage es nicht, mir die Freude an diesem kleinen Spionageauftrag zu nehmen", unterbrach ihn sein Freund. „Ich habe mehr als genug zum Spielen. Das Beste wäre allerdings, wenn du einfach weiter zum Donville Masquerade gehst. Sie war schon früher einmal dort, wir wissen von mindestens zwei Malen."

„Glaubst du, sie würde nach einem so abrupten Abgang zurückkehren?", fragte Matthew hoffnungsvoll, und sein Herz machte bei dem Gedanken einen Sprung.

Robert zuckte mit den Schultern. „Ich habe keine Ahnung, was in den Köpfen von Frauenzimmern vor sich geht. Aber da diese Begegnung zwischen euch mächtig genug war, um dich zur Jagd zu inspirieren und sie zur Flucht zu bewegen… dann folgt daraus, dass sie zum Ort des… *Verbrechens* zurückkehren könnte."

„Ja, du hast recht", lenkte Matthew ein. „Nun gut. Das kann ich tun. Ich werde zum Donville zurückkehren und die Suche nach ihr fortsetzen. Und wenn du ihre Identität herausfinden kannst, bevor ich sie wiedersehe, umso besser."

„Was gedenkst du zu tun, wenn du sie wiedersiehst?", fragte Robert.

Matthew öffnete und schloss seinen Mund ein paar Mal. Das war eine Frage, die er mit Mühe versuchte, nicht zu beantworten, nicht einmal sich selbst gegenüber. Nach ihr sehen, war die glaubwürdigste, die ihm über die Lippen kam, aber er wusste, dass sein Verlangen weitaus tiefer ging als das. Tief genug, sodass er nicht allzu sehr darüber nachdenken wollte.

Er würde sie finden. Und dann würde sich zeigen, was zu tun war.

I sabel beobachtete, wie ihr Onkel vor dem Porträt von Angelica auf und ab ging. Die Tatsache, dass er darauf bestanden hatte, dass sie ihren Tee in diesem Salon trinken sollten, vor dem Schrein, den er für die Tochter, die er verloren hatte, errichtet hatte, trug nicht gerade zur Beruhigung von Isabels Nerven bei.

Jedes Mal, wenn sie Angelicas wunderschönes Gesicht betrachtete, dachte sie an Tyndale, der zwischen ihren eigenen Schenkeln gelegen und dessen wunderbare Zunge wilde, lustvolle Dinge mit ihr getan hatte.

Sie dachte daran und an den Moment, als seine Maske verrutscht war und sie erkannt hatte, dass der Mann, der ihr so viel Freude bereitet hatte, genau derjenige war, über den Onkel Fenton jahrelang hergezogen war. Derjenige, von dem er glaubte, dass er ihre Cousine getötet hatte.

Dem Mann, den er mehr verachtete als jeden anderen Menschen auf dieser Welt.

„Onkel?", hob sie an und unterbrach ihn beim Gehen.

Er zuckte zusammen, als hätte er vergessen, dass sie da war, und wandte sich ihr zu. Er sah müde aus. Erschöpft. Er schlief nicht viel, das wusste sie. Der Kummer hatte ihn fest im Griff, und manchmal fühlte es sich an, als würde er an Wahnsinn grenzen. Aber sie hatte keine Ahnung, was sie für ihn tun sollte.

„Was ist?", fragte er.

Sie schluckte schwer. Mit ihm darüber zu sprechen, bedeutete, die Büchse der Pandora zu öffnen. Und doch musste sie es tun. Um ihres eigenen Verstandes Willen.

„Glaubst du wirklich, dass Tyndale meine Cousine getötet hat?"

Er versteifte sich schlagartig, und sein Blick wurde distanziert. Trüb. „Sie ist ertrunken", begann er, das Zittern in seiner Stimme war schwer. „Sie ist ertrunken, und es war seine Schuld. Er hat ihr das angetan. Er hat es getan."

Isabel faltete die Hände in ihrem Schoß. Das war nicht gerade eine zufriedenstellende oder gar klare Antwort. Sie kannte nur wenige Einzelheiten zu Angelicas Tod. Sie war ertrunken, das wusste sie. Ihr plötzlicher Tod war von der Gesellschaft als tragischer Unfall bezeichnet worden. Die Leute hatten mit der Zunge geschnalzt und ihrer Familie und dem Duke selbst ihr Mitleid kundgetan.

Nur Onkel Fenton hatte angedeutet, dass Tyndale stärker darin verwickelt war. Dass er irgendwie schuld am Unglück war. Aber er machte nie deutlich, was es mit dieser Anschuldigung auf sich hatte. Isabel hatte sich nie veranlasst gefühlt, näher darauf einzugehen. Er hielt Tyndale für verantwortlich, und das hatte schließlich herzlich wenig mit ihr zu tun.

Bis jetzt. Jetzt, da sie mit Matthew ins Bett gestiegen war und sich ihm ganz und gar hingegeben hatte, schienen die Fakten jener schrecklichen Nacht viel wichtiger. Und der Glaube ihres Onkels schien weit weniger überzeugend. Tyndale war nichts anderes als sanft zu ihr gewesen. Leidenschaftlich, aber zärtlich.

Es war schwer zu glauben, dass er ein Mörder war, wie Onkel Fenton ihn nannte.

Sie wippte mit dem Fuß unter ihrem Gewand und betrachtete Angelicas Porträt. Sie hätten sich nicht weniger ähnlich sein können. Ihre Cousine war blond und groß gewesen. Isabel war dunkel und zierlich. Angelica war beliebt und reich, Isabel stammte aus einer Kaufmannsfamilie. Ihre einzige Verbindung zur Gesellschaft war ihr Onkel mütterlicherseits.

Natürlich hatte sie ihre Cousine *gemocht*. Angelica war ein paar Jahre älter gewesen, und so kultiviert und schön. Wie könnte man sich nicht von ihr verzaubern lassen?

Jetzt betrachtete sie das Porträt mit anderen Augen und fragte sich, in welcher Beziehung sie zu Matthew gestanden hatte. Nicht nur in Bezug auf die Einzelheiten ihres Todes, sondern auch auf die ihres gemeinsamen Lebens. Hatte Angelica ihn geküsst, wie Isabel es getan hatte? Hatte sie sich ihm hingegeben?

Sie kannte die Antworten nicht. Als Angelica sich mit diesem

Mann verlobte, führten sie beide schon sehr unterschiedliche Leben. Isabel war gerade in der Gesellschaft eingeführt worden, und ihr Vater hatte bereits ihre eigene Hochzeit arrangiert. Sie schrieben sich kaum noch, und wenn Angelica von sich hören ließ, dann waren ihre Briefe voller hochtrabender Angaben über Leute, die Isabel nicht einmal kannte, und vagen Hinweisen auf ihre persönliche Zukunft.

Sie schien auf jeden Fall glücklich zu sein, und Isabel hatte kein Interesse daran, in eine Welt einzudringen, zu der sie keine Verbindung hatte. Jetzt wünschte sie, sie hätte damals anders gehandelt.

„Würde es dir etwas ausmachen, wenn ich Sarah besuche?", fragte Isabel.

Ihr Onkel hörte auf, auf und ab zu gehen und starrte sie an. Er zuckte mit den Schultern. „Was immer du willst. Nimm die Kutsche, aber ich brauche sie bis sechs Uhr zurück. Ich habe eine Verabredung."

„Natürlich", erwiderte Isabel. „Danke, Onkel."

Er ignorierte sie und drehte sich um, um erneut das Porträt seiner Tochter zu betrachten. Sie runzelte die Stirn. Wenn er das tat, konnte er sich manchmal stundenlang in seinem Kummer verlieren. Und trinken. Und Gott wusste, was noch alles.

Sie schlüpfte aus dem Zimmer und bat, die Kutsche vorzufahren. Schon bald ratterte sie durch die Straßen, die Hände im Schoß gefaltet, und überlegte, wie sie Sarah erzählen sollte, was passiert war.

Und sie fragte sich, was sie wohl als Nächstes tun würde.

„Der Duke of Tyndale?" Sarah schnappte nach Luft. „Der, von dem dein Onkel überzeugt ist, dass er deine Cousine getötet hat?"

„Ja", seufzte Isabel, während sie sich in den nächstgelegenen Sitz sinken ließ und die Augen bedeckte. Sie war seit gerade mal zehn

Minuten in Sarahs Haus, und schon war die ganze Geschichte aus ihr herausgesprudelt. „Oh Gott. Ich wollte nie so weit mit einem Mann gehen. Aber warum ausgerechnet er, Sarah? Warum nur?"

„Das ist ein gewaltiger Zufall", gab ihre Freundin mit zitternder Stimme zu. „Aber wie... war es?"

Isabel starrte sie mit großen Augen an. Sarah war nie verheiratet gewesen – sie war noch unberührt -, und doch schien sie wirklich an den Einzelheiten von Aktivitäten interessiert zu sein, von denen Isabel wusste, dass sie nicht darüber sprechen sollten. Aber wie sehr hatte sie das Bedürfnis, genau das zu tun.

„Wunderbar. Sinnlich", gab sie mit tiefer Errötung zu. „Erschreckend."

Sarahs Kinnlade krampfte sich vor Unbehagen über diese letzte Beschreibung zusammen. „Weil er bedrohlich war?", fragte sie misstrauisch.

Isabel schüttelte den Kopf. „Nein, ganz und gar nicht. Er war sanft. Er war sogar zärtlich."

„Da bin ich aber froh." Die Anspannung schien aus Sarahs Gesicht zu weichen. „Aber es stellt sich die Frage, *warum* du es getan hast."

Isabel erhob sich und schritt durch den Raum. „Weil... meine Zukunft bereits vorgezeichnet ist. Mein Vater hat mit der arrangierten Heirat den Anfang gemacht. Jetzt hat mein Onkel die Absicht, dasselbe zu tun. Keiner von beiden kümmert sich um mein Herz, meinen Körper... nur um meine finanzielle Sicherheit. So ist das in unserer Welt, aber es ist so..."

Sarah seufzte. „Deprimierend. Der Gedanke, dass es niemals... Liebe oder Leidenschaft geben wird."

Isabel drehte sich um und betrachtete Sarahs gebeugten Kopf. Sie trat zu ihr und hielt ihre Hände fest. „Wie schlimm ist es?"

Sarah schürzte ihre Lippen. „Du willst offensichtlich das Thema wechseln, und das werden wir auch gleich, aber jetzt noch nicht. Ich verstehe, warum du es getan hast, wirklich. Und du hast recht. Aber was wirst du nun tun?"

„Ich weiß es nicht", rief Isabel händeringend. „Was kann ich tun nach… *dem hier*? Ich will nicht glauben, dass Tyndale ein Mörder ist. Nicht nach der letzten Nacht. Ehrlich gesagt, nicht einmal vorher. Aber jetzt habe ich… ich habe mich ihm hingegeben und das war nie meine Absicht gewesen. Was *soll* ich also tun?"

„Weiß er, wer du bist?", fragte Sarah.

„Ich glaube nicht. Meine Maske blieb irgendwie an ihrem Platz. Und selbst wenn sie heruntergefallen wäre, wir sind uns nie persönlich begegnet."

„Ach nein?" Sarah schien überrascht.

„Wir beide kommen aus unterschiedlichen Welten." Isabel zuckte mit den Schultern. „Ich bin nicht dazu erzogen worden, auf gesellschaftliche Anlässe zu gehen, so wie du. Vielleicht hätte ich das dank der familiären Beziehung meiner Mutter zu Onkel Fenton tun können, aber mein Vater war dagegen. Ein Snob aus der Unterschicht, wie mein Onkel ihn nannte."

„Aber trotzdem gehörst du zur Familie. Zumindest steht ihr euch nahe genug, dass dein Onkel dich aufnahm, als dein Mann starb und deine Mutter und dein Vater nicht mehr da waren."

An Sarahs Gesichtsausdruck konnte Isabel ablesen, dass sie an ihre eigene Mutter dachte, die in diesem Moment krank in einem Zimmer über ihnen lag. Isabel drückte die Hände ihrer Freundin fester, um ihre Unterstützung zu bezeugen.

„Nein, wir haben uns nie getroffen. Wenn sie geheiratet hätten, hätte ich ihn wohl kennengelernt. Ich war zur Hochzeit eingeladen. Aber natürlich ist Angelica gestorben, bevor es dazu kam. Ich kenne ihn nur von Porträts und von meinem Onkel, der mich jedes Mal auf ihn aufmerksam machte, wenn wir in einer Kutsche oder im Park an ihm vorbeifuhren."

„Ist es nicht möglich, dass er ein Porträt von dir gesehen hat?", schlug Sarah vor.

„Ich nehme an, das könnte sein. Aber ich zweifle daran. Angelica trug keine Miniaturen von mir mit sich herum, das versichere ich dir. Wenn er eine von mir im Haus meines Onkels gesehen hat, dann war es eine, die gemacht wurde, als ich noch ein kleines Mädchen war. Er hätte mich auf keinen Fall wiedererkannt."

Sarah schien einen Moment darüber nachzudenken. Dann warf sie Isabel einen Blick zu. „Könntest du… könntest du vielleicht die Gelegenheit nutzen, um die Sache zu untersuchen?"

Isabel wich zurück. Sie war so sehr mit dem Schrecken und der Verwirrung und den lustvollen Erinnerungen an den Mann beschäftigt gewesen, dass sie diese Möglichkeit gar nicht in Betracht gezogen hatte. „Wie meinst du das?", fragte sie stirnrunzelnd.

„Er wollte dich", setzte Sarah an. „So sehr, dass er dir eine wunderbare und sinnliche Nacht in seinen Armen bescherte."

Isabel erschauderte leicht. „Du hast den Schrecken vergessen. Wenn du mir schon meine eigenen Worte an den Kopf werfen willst, dann wirf sie alle."

„Aber es war nur erschreckend, weil du, die immer beherrschte Isabel, diesmal die Kontrolle verloren hast und nicht vorhersehen konntest, was passiert, ja?", drängte Sarah.

Isabel seufzte. „Ja. Es war das Entsetzen darüber und die Entdeckung seiner Identität, die mich erschreckt haben."

„Nun, dann hat dein Weglaufen sein Verlangen wahrscheinlich nur gesteigert."

Isabel runzelte zweifelnd die Stirn. „Wie das?"

Sarah starrte einen Moment lang mit verkniffener Miene zum Fenster hinaus. „Wenn die Damen davonlaufen, jagen ihnen die Herren nach."

Isabels Lippen öffneten sich leicht. Die Bitterkeit im Tonfall ihrer Freundin erinnerte sie daran, dass Sarah schon einmal in der Welt von Matthew und seinen Freunden eingetaucht war. Und es hatte tragisch geendet.

„Denkst du dabei an den Duke und die Duchess von Crestwood?", fragte sie. „Diese Situation vor zwei Sommern?"

Sarah blickte sie an. Isabel wusste, dass es nur wenige Menschen gab, denen sie diese Geschichte anvertraut hatte. Dass ihre Freundin einen Moment lang gedacht hatte, Crestwood könnte an ihr interessiert sein, aber seine Leidenschaft für Meg war zu stark gewesen, trotz ihrer Verlobung mit seinem Freund. Die ganze Situation hatte sich zugespitzt, und in einem schwachen Moment hatte Sarah etwas zu Meg gesagt und war daraufhin zur Rede gestellt worden.

Jetzt färbten sich Sarahs Wangen vor Verlegenheit dunkel. „Sie passen gut zueinander", gab sie schließlich zu. „Es ist offensichtlich, dass sie sich sehr lieben. Ich… ich habe seitdem so viel verloren. Ich glaube, ich bedauere eher die letzte Gelegenheit, die ich hatte, als den Mann an sich."

„Ich wünschte, ich könnte dir helfen."

„Das geht leider nicht", seufzte Sarah. „Es ist so, wie es ist. Es gibt nichts, was man dagegen tun kann. Aber du bist in einer *anderen* Lage. Man wird sich um dich kümmern, egal was passiert. Du kannst also etwas tun und handeln, damit du weder die Gelegenheit noch den Mann verpasst."

„Meinst du damit die Möglichkeit, die Sache mit Tyndale, wie du sagst, zu untersuchen, oder einen Vorwand zu haben, ihn wiederzusehen?", fragte Isabel.

Sarah lächelte, und etwas von ihrem Ärger wich aus ihrem Blick. „Beides. Das eine führt zweifellos zum anderen."

Isabel stand auf. „Du redest davon, dass ich ihn verführe, um herauszufinden, ob er meiner Cousine etwas angetan hat."

Sarah nickte. „Es wäre gefährlich, nehme ich an."

„Ich kann immer noch nicht glauben, dass die Anschuldigungen meines Onkels wahr sind", sinnierte Isabel. „Nachdem ich ein wenig Zeit mit ihm verbracht habe, noch dazu auf so intime Weise, sehe ich ihn nicht als die Art von Mann, die jemandem wehtun würde, den er liebt. Oder überhaupt jemanden verletzen würde."

„Du *willst* es nicht glauben", warf Sarah ein.

„Ich *will* es nicht glauben", wiederholte Isabel. „Aber wenn ich seine Unschuld beweisen könnte, wäre mein Onkel dann nicht frei?"

„Er ist besessen", gab Sarah zu. „Ich habe den Altar gesehen, den er für Angelica errichtet hat, ich habe gehört, wie er verzweifelt darüber klagte, dass sie ihm genommen wurde. Wenn du ihn von der Vorstellung befreien könntest, dass seine Tochter ermordet wurde, besteht die Hoffnung, dass er trauern und vielleicht endlich loslassen kann."

„Ja." Isabels Gedanken hellten sich mit diesem Argument auf, während sie alle positiven Aspekte analysierten. „Das wäre ein selbstloser Grund, etwas so Kühnes zu tun."

„Und du willst ihn wiedersehen", ergänzte Sarah lakonisch, verschränkte die Arme und warf Isabel einen vielsagenden Blick zu.

Jetzt war sie an der Reihe zu erröten. „Ich… ja. Ich möchte ihn wiedersehen. Ich habe die Nerven verloren, als mir klar wurde, wer er ist, aber das ändert nichts an dieser Nacht und daran, wie ich mich gefühlt habe. Es ändert auch nichts daran, dass ich diese Empfindungen bald nicht mehr haben werde. Es gibt keinen Grund für ihn herauszufinden, dass ich es bin, oder? Ich werde mich nie in seinen Kreisen bewegen. Es kann nichts Schlimmes dabei herauskommen."

Sie sagte es mehr, um sich selbst zu überzeugen, und hatte Erfolg damit.

„Es scheint ein guter Plan mit sehr wenigen Nachteilen zu sein", bekräftigte Sarah. „Es sei denn, er entpuppt sich tatsächlich als Mörder."

Isabel zuckte bei dem Gedanken zusammen und schob ihn beiseite. „Nun, wenn er wirklich einer ist, dann könnte ich vielleicht dazu beitragen, dass er vor Gericht gestellt wird. Du hast recht. Ich werde es tun. Es ist meine einzige Chance."

Sarah lächelte sanft. „Ich habe meistens recht. Du kannst nicht vor ihm weglaufen."

„Und das werde ich auch nicht", verkündete Isabel. „Ich werde zurück zum Masquerade gehen und Tyndale wieder treffen. Und dieses Mal werde ich die Sache mit offenen Augen und einem festen Plan angehen."

„Aber du wirst ein paar Tage warten", mahnte Sarah.

Isabels Herz schlug viel schneller, als es sollte. „Warum?"

„Weil du wegläufst, Isabel", lachte Sarah. „Und je länger du das tust, desto verzweifelter wird er in seiner Verfolgung sein. Und in dem, was passiert, wenn er dich endlich erwischt."

Isabel schluckte schwer, als sie sich an seine Hände auf ihr erinnerte, seinen Mund auf ihr, seinen großen Körper, der sich über und in ihr bewegte. Verzweiflung schien eine willkommene Sache zu sein, wenn es ums Verlangen ging.

Und sie wollte sehen, wie sie sich beim Duke of Tyndale ausdrücken würde.

KAPITEL 7

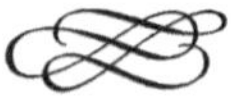

Drei Nächte später betrat Isabel den Saal des Donville Masquerades, und ihr Herz machte einen Sprung. Alles um sie herum fühlte sich plötzlich anders an. Bunter. Lebhafter.

Als sie das letzte Mal hierhergekommen war, hatte sie sich umgeschaut, gestarrt, gespürt, wie ihr Körper reagierte. Sie hatte gewusst, dass sie nach Hause zurückkehren und ihr Verlangen mit ihrer eigenen Hand stillen würde, nichts weiter.

Jetzt, als sie die sich windenden Körper betrachtete, die dunkle und verzweifelte Begierde, als sie die Lust in der Luft roch, fühlte sie etwas anderes. Eine tiefere Verbundenheit zur Leidenschaft, zum Spiel, dazu, Dinge zu tun, die man nicht tun sollte aber tun konnte, und sei es nur dank des Schutzes einer dünnen Maske.

Es war immer noch prickelnd, aber jetzt suchten ihre Augen etwas Bestimmtes. Sie wollte… wollte…

Ihn.

Da stand er, am anderen Ende des Raumes, an der Bar mit dem Duke of Roseford. Matthew trug eine Maske, aber er war sofort zu erkennen, und ihr Herz schlug ihr bis zum Hals, als sie zu entscheiden versuchte, ob sie ihren kühnen und gewagten Plan in die Tat umsetzen sollte.

Oder ob sie besser wieder einmal in die Nacht entfloh.

Er war es, der die Entscheidung traf. Plötzlich fiel sein Blick auf sie, und er richtete sich auf. Seine Augen trafen die ihren und zogen sie wie ein Magnet durch den Raum zu ihm hin. Fast gegen ihren eigenen Willen. Er war ein Feuer, und sie konnte dem Drang nicht widerstehen, direkt in die Flamme zu springen.

Als sie bei ihm ankam, konnte sie kaum noch atmen, und sie ballte ihre zitternden Hände an den Seiten, damit sie nicht zu sehr auffielen, als er sie von oben bis unten musterte.

„Du bist hier", hauchte er.

Sie hatte keine Gelegenheit zu einer Antwort, denn sein Freund drängte sich zwischen sie und lächelte sie an. Es war ein ziemlich umwerfendes Lächeln, und sie konnte verstehen, warum alle Frauen im Raum Roseford anhimmelten. Sie verspürte kein Verlangen, das gleiche zu tun, auch wenn sie seine Ausstrahlung und seinen Charme zu würdigen wusste.

„Das sind Sie in der Tat, Miss Swan", grüßte er.

Sie erstarrte. Das war ihr geheimer Name. Der Name, den sie jedes Mal angab, wenn sie den Club betrat. Er hätte ihn nicht wissen dürfen.

„E-Euer Gnaden", stotterte sie.

Er lachte und stieß Matthew mit dem Ellbogen an. „Das bin ich. Der Duke of Roseford, zu Euren Diensten, vor allem, wenn Ihr das hier ertragt. Ihr kennt also meinen Namen. Aber Euren herauszufinden, war ziemlich schwierig."

Sie schluckte. Er hatte versucht, ihren Namen herauszufinden? Sie warf einen Blick auf Matthew, dessen Kinnlade hart zusammengepresst war und der Roseford mit zusammengekniffenen Augen von der Seite anblickte.

„Genug, Robert", knurrte er. „Wenn die Dame anonym bleiben will, ist das ihr gutes Recht."

„Ah ja", murmelte Robert und zwinkerte ihr zu. „Die Sinnlichkeit der Anonymität. Ich würde es nie wagen, ihr abträglich zu sein." Er lächelte. „Ich nehme an, ich bin nur neugierig, mehr über die Dame zu erfahren, die meinen Freund von den Toten zurückge-holt hat."

Isabel zuckte bei dieser Wortwahl zusammen in Anbetracht dessen, was ihr Onkel von ihm vermutete. Als sie ihr Gesicht zu Tyndale drehte, sah sie, dass seine Lippen dünn und weiß waren und er sich über die gnadenlosen Sticheleien seines Freundes ärgerte. Doch dahinter verbarg sich etwas anderes. Etwas Tieferes.

Aber sie konnte noch nicht sagen, was es war. Sie kannte ihn nicht gut genug, um zu erkennen, was er zu verbergen suchte. Schuldgefühle? Liebeskummer? Wut?

„Geht weg, *Euer Gnaden*", stieß er hervor.

Robert lachte, neigte den Kopf zum Gruß, verschwand in der Menge und ließ die beiden allein.

„Es tut mir leid wegen ihm", murmelte Tyndale. „Er ist… nun, er ist Roseford. Er meint es nicht böse."

„Versucht er wirklich, meine wahre Identität aufzudecken?", fragte sie und wünschte, ihre Stimme würde nicht so zittern.

Er wandte seinen Blick ab und seufzte. Sie konnte die Antwort bereits erahnen. „Ich war mir nicht sicher, ob du zurückkommen würdest. Und ich wollte wissen, warum du weggelaufen bist, als du mich erkannt hast."

Ihr stockte der Atem. „*Du* hast ihn gebeten, herauszufinden, wer ich bin?"

„Robert hat Möglichkeiten zu ermitteln, die ich nicht habe", rechtfertigte er sich. „Also ja, ich habe ihn gebeten, es zu versuchen."

„Weiß er es? Weißt *du* es?" Ihr Herz pochte bei dem Gedanken und der Frage, was er jetzt tun würde, wenn er wüsste, wer sie war. In welcher Beziehung sie zu der Frau stand, die er zu heiraten gewillt gewesen war.

Seine Stirn legte sich in Falten. „Warum hast du solche Angst? Warum bist du das letzte Mal, als wir zusammen waren, so erschro-cken? Woher kennst du mich? Oder, was noch wichtiger ist, woher kenne ich dich?"

Sie wollte sich abwenden, aber er hielt ihren Arm fest. Sie

erschauderte förmlich, als seine Finger über ihre nackte Haut glitten. Langsam hob sie ihren Blick zu ihm und stellte fest, dass er trotz der zwiespältigen Ausgangslage im Gespräch zwischen ihnen sehr aufmerksam auf ihren Mund blickte. Sie leckte sich über die Lippen und spürte, wie er daraufhin zusammenzuckte.

Die Tatsache, dass sie ihn körperlich erregen konnte, verlieh ihr ein gewaltiges Machtgefühl, auch wenn seine Verfolgung immer noch furchterregend war.

„Wie kommst du darauf, dass ich dich kenne?", fragte sie und versuchte, ihren Tonfall locker zu halten.

„Lüg mich nicht an", flüsterte er. „Als du mich ohne meine Maske gesehen hast, war deine Reaktion augenblicklich und stark. Nachdrücklich. Du bist weggelaufen, ohne dich noch einmal umzusehen. Ich weiß, dass du weißt, wer ich bin."

„Ich...", begann sie, konnte aber nicht mehr sagen.

Er lehnte sich näher zu ihr. Sein Atem berührte ihre Haut, und sie wollte sich so verzweifelt zu ihm hinneigen, *ihn* spüren, nur noch einmal. Ihr Verstand verließ sie, und ihr Körper sang verführerisch, dass sie mit ihm verschmelzen sollte. Sich ihm auf jede erdenkliche Weise hingeben.

„Sag es", forderte er.

„Bitte nicht..."

„Sag es. Sag, wer ich bin", wiederholte er, und seine grauen Augen wurden fordernder als je zuvor.

„Tyndale", hörte sie ihre Stimme sagen. „Der Duke of Tyndale. *Matthew.*"

Er bewegte sich, als sie den letzten, seinen Vornamen sagte, und sein Blick huschte noch einmal über ihren Körper. Es war, als ob eine Seite in ihm geweckt worden war, die sich nicht richtig anfühlte.

„Das stimmt", bestätigte er, und seine Stimme wurde plötzlich rauer und leiser. „Du kennst mich *doch*. Aber wenn du weggelaufen bist, dann nur, weil du dachtest, ich könnte dich kennen. Bist du..."

Er brach ab und schien sich zu sammeln. „Bist du die Frau eines Freundes?"

Sie löste ihren Arm aus seinem, der Bann zwischen ihnen war zwar noch nicht ganz gebrochen, aber angesichts seiner Andeutung schwächer geworden. „Was wirfst du mir vor?"

„Viele unglückliche Frauen kommen an diesen Ort, um anonym Vergnügen zu suchen, wie du es getan hast", erklärte er. „Aber wenn dein Mann ein Freund von mir ist, würde das diese Nacht zwischen uns ändern. Es würde sich in…"

„Nein!", unterbrach sie ihn. „Ich habe dir bei unserem letzten Treffen gesagt, dass ich Witwe bin. Und ich war nicht mit jemandem verheiratet, den du kennen würdest. Zumindest nicht mit jemandem, den du wahrscheinlich wiedererkennen würdest, selbst wenn du ihn ein Dutzend Mal gesehen hättest."

Er legte den Kopf schief. „So wie du das sagst, kommt mir ein anderer Gedanke… war er ein Diener? Oder jemand, dem ich geschäftlich begegnet bin?"

Sie versteifte sich. Er war sich so sicher, dass ihre Gründe für die Flucht mit ihrem verstorbenen Mann zu tun hatten. Es gab keinen Grund, ihn von dieser Vermutung abzubringen. Wenn er glaubte, dass Gregory der Grund für ihre Flucht war, würde er sich nicht auf die Suche nach ihrem Onkel machen.

„Ja", log sie. „*Ja*, du kanntest ihn. Ich hatte dich schon einmal gesehen, nur im Vorbeigehen. Unsere Welten hätten sich nie so kreuzen sollen wie in jener Nacht, Euer Gnaden."

„Matthew", korrigierte er leise.

„Wie bitte?"

„Wenn ich meine Zunge schon zwischen deinen Schenkeln vergrabe, dann denke ich, dass wir den Punkt überschritten haben, an dem du mich Euer Gnaden nennen solltest."

Sie hielt seinem Blick einen Moment lang stand und erschauerte über die direkte Art, wie er ihre Begegnung beschrieb. Über die Wärme, die seinen Tonfall und seinen Gesichtsausdruck auch jetzt noch durchzog.

„*Wirst* du das noch einmal tun?", rutschte es aus ihr heraus. Kühn, zu kühn.

„*Du* bist weggelaufen", raunte er, und seine Finger hoben sich, um der Haut ihrer Wange knapp am Rand ihrer Maske entlangzufahren. Sehr gefährlich. „Warum solltest du zurückkommen wollen?"

Sie schluckte, und dieses Mal musste sie ihn nicht anlügen. „Ich war... *entsetzt*, als ich dich ohne Maske erkannte. Ich hatte Angst davor, was als Nächstes geschehen würde. Also bin ich weggelaufen. Aber ich konnte nicht aufhören... darüber nachzudenken, was in jener Nacht zwischen uns passiert ist, Euer Gnaden." Er warf ihr einen mahnenden Blick zu. „Matthew", flüsterte sie und genoss das Gefühl seines Namens auf ihrer Zunge. „*Deshalb* bin ich zurückgekommen. Aber ich will nicht, dass du weißt, wer ich bin."

Seine Finger lösten sich von ihr. „Du hast mich durchschaut und möchtest dich trotzdem weiterhin schützen."

Sie zögerte einen Moment. „Wenn du den Grund dafür wüsstest, würdest du verstehen, dass ich das tun *muss*. Es ist nicht fair, nehme ich an, und wenn du weggehen willst, zu einem Vergnügen, das weniger kompliziert ist, verstehe ich das."

Sie hielt den Atem an, als sie auf seine Antwort wartete. Sie redete sich ein, dass es nur um die Ermittlungen ging, wegen derer sie hergekommen war. Aber das war natürlich Unsinn. Sie wollte, dass er zustimmte, mit ihr weiterzumachen, und zwar aus weitaus trivialeren Gründen. Das Verlangen trieb sie genauso an wie die Wahrheit. Das Bedürfnis ebenso wie die Gerechtigkeit.

Er hatte das irgendwie in ihr geweckt.

„Ich hätte nicht gedacht, dass du zurückkommst", erwiderte er leise und rückte näher an sie heran. Nahe genug, dass sie gerade ihre Hand heben und sie gegen seine starke Brust drücken konnte. Als sie das tat, hörte sie einen zischenden Laut der Freude. „Ich *wollte*, dass du zurückkommst."

Er beugte sich jetzt vor, und sein Mund bewegte sich auf ihren zu. „Wirklich?", brachte sie atemlos heraus. „Warum?"

Er antwortete nicht mit Worten, sondern strich mit seinem Mund über den ihren. Alle Gedanken, alle Fragen, alle Ängste lösten sich mit dieser Berührung in Luft auf. Sie schlug ihre Hand gegen seine Brust, als seine Arme sie umschlossen, sie näher an sich zogen, während er den Kuss vertiefte. Sie war verloren, hatte sich gefunden.

Und in diesem Moment war es ihr völlig egal, ob sie mehr als nur diesen Funken zwischen ihnen erforschen wollte. Der Rest konnte warten.

~

Matthew betrat das Zimmer, das ihm und der Fremden zugewiesen worden war, und stieß einen Stoßseufzer aus. Er war außer sich vor Verlangen. Wild vor Verlangen, und das war etwas, was er wirklich noch nie erlebt hatte. Es schwoll in ihm an, laut und überwältigend. Es verdrängte alle Schuldgefühle, verschluckte all sein Zögern. Es sprach zu ihm in einer gutturalen Sprache, die so alt und mächtig war wie die Zeit selbst.

Und diese Stimme sagte ihm, er solle diese Frau nehmen. Sie beanspruchen. Sie als seine Eroberung kennzeichnen.

Er schauderte und verdrängte diesen Gedanken zusammen mit all den anderen.

„Komm her", flüsterte er, während er sich auf das Bett zubewegte.

Sie folgte seiner Bitte schweigend, aber ihre Hand zitterte, als sie nach ihm griff. Er lächelte. Er erregte sie also ebenso sehr wie sie ihn erregte. Trotz allem, was sie hinter dieser Maske verbarg, war ihr Verlangen echt.

Er wollte in ihr baden. Ihr Liebesspiel sollte ihn reinigen und befreien, wie beim letzten Mal. Sie sah zu ihm auf, und ihm stockte der Atem, als er ihren Anblick in sich aufnahm. Sie war wirklich etwas Besonderes. Ihre Züge waren zart, zumindest die, die er sehen konnte. Ihre dunklen Augen funkelten, als sie sie nervös über ihn schweifen ließ. Sie passten farblich perfekt zu ihrem seidigen Haar, und er hob eine Hand, um sanft über den lockeren Dutt zu streichen. Kleine Strähnen fielen von der Frisur herab und bahnten sich ihren Weg über ihr entblößtes Schlüsselbein und die Säule ihres Halses.

Er beugte sich vor, um eine dieser Bahnen mit seinen Lippen nachzuzeichnen. Sie gab ein leises Stöhnen von sich, und ihre Hände fuhren hoch, um sich in seinem Haar festzukrallen. Seine Maske stieß an ihren Hals, und er hob mit einem Stirnrunzeln den Kopf.

„Da du weißt, wer ich bin", erklärte er und griff nach oben, um die Maske zu lösen, „denke ich, dass ich sie abnehmen kann."

Sie hielt den Atem an, als er den Worten Taten folgen ließ, und beobachtete jede seiner Bewegungen, bis er die Maske auf dem Nachttisch ablegte. Als er seine Lippen wieder auf ihren Hals legte, seufzte sie erneut, und er widmete sich dem Knabbern und Saugen entlang der sinnlichen Linie. Sie schmeckte wie… Honig, wie gewürzter Wein. Süß und berauschend. Ein Geschmack, in dem er sich verlieren wollte.

Und das würde er auch. Für eine Weile. Seine Hände glitten über ihren Rücken, und während er sie weiter küsste, fand er die Knopfreihe an ihrem Kleid. Langsam öffnete er jeden einzelnen und ließ seine Finger über die unerwartet nackte Haut darunter streichen.

„Warum keine Unterwäsche?", murmelte er an ihrem Hals.

Sie bewegte sich. „Ich – es fühlte sich u-unverschämter an", stammelte sie, ihre Stimme war angespannt, als er sanft an ihrem Hals saugte. „Oh…"

Er hob den Kopf und begegnete ihrem unsicheren Blick. „Du mochtest die Gefahr, hierherzukommen", bemerkte er leise. „Die Ungewissheit."

Sie nickte langsam. „Mein Leben war schon immer… geregelt. Meine Zukunft wird es auch sein, schon bald. Hierher zu kommen war ein Aufbegehren. Damit konnte ich mich behaupten und tun, was ich will, wenn auch nur für kurze Zeit."

Er starrte sie an. Dies sollte ein gestohlener Moment sein, eingehüllt in Anonymität. Nur wusste sie jetzt, wer er war. Und sie gestand ihm Geheimnisse, die tiefgründig waren.

Geheimnisse, die ihn dazu brachten, loszulassen und zu vergessen, dass er ein vernunftgesteuerter Mann war, der nie die Beherrschung verlor. Mit ihr wollte er mehr sein.

„Was wollt Ihr, Miss *Swan*?", fragte er und benutzte den Decknamen, den Robert bei seinen Nachforschungen über ihre Identität herausgefunden hatte.

Ihr Herz flatterte bei der Frage, und sie starrte zu ihm auf. Ihre Lippen bebten, ihr Atem kam kurz, so dass sich bei jedem Einatmen ihre äußerst köstlichen Brüste hoben.

„Ich will dich", flüsterte sie, und mit jedem Wort erröteten ihre Wangen noch tiefer. „Was zwischen uns passiert ist..., das war mit meinem Mann nie so. Es war nie so, nur mit... nur mit meiner... meiner Hand."

Er stockte, als er sich ausmalte, wie sich diese Frau vor ihm ausbreitete und sich zu seinem Vergnügen berührte. Zu ihrem eigenen. Er schüttelte diese Gedanken ab.

„Wie willst du mich?", raunte er, während er mit seinen Fingern in den Ausschnitt ihres Kleides griff und es sanft nach vorne zog, sodass Isabel von der Taille aufwärts entblößt wurde.

Sie schluckte. „Hart", keuchte sie. „Schnell. Mit deinem Mund, mit deinen Fingern, mit allem. Es ist mir egal. Ich will nur dich. Ich kenne nichts weiter, als dass ich nach mehr fragen könnte."

„Dann lass es mich dir zeigen", knurrte er, schockiert über seine eigenen Worte. So hörte sich wohl Robert in seiner besten, verführerischsten Manier an... oder in seiner schlimmsten. Aber so war Matthew nie gewesen. Und doch war er jetzt hier, erpicht darauf, dieser Fremden den Rest des Kleides vom Leib zu reißen. Versessen darauf, ihren nackten Körper an den seinen zu pressen, während er seine Zunge tief in ihren Mund schob und ihr zeigte, wie sehr er sie begehrte.

Er stellte sich dabei jede verruchte, wilde Position vor, die er sich je ausgedacht hatte, und plante, wie er diese Fantasien verwirklichen konnte, bis sie erlöst unter ihm zitterte.

Er ergriff ihre Hüften und hob sie hoch, dann umfasste er ihren Po, wobei er sie über seine schmerzende Erektion drückte. Mit einem Keuchen warf sie ihren Kopf zurück, und ihre Beine legten sich um sein Becken. Er lächelte, als er sie auf diese Weise quer durch den Raum trug und sie dann hart gegen die Wand drückte. Sie stemmte sich gegen ihn und gab leise Laute von sich, die sich auf seiner Zunge verloren, während er an seiner Hose herumfummelte. Schließlich gelang es ihm, die Knöpfe zu lösen, und sein Glied sprang frei, wobei es ihren Hintern streifte. Er zischte bei der Berührung zwischen heißer Härte und ebensolcher Weichheit.

Er begehrte sie. Wollte in ihr sein. Und sein Verstand schrie immer wieder *jetzt. Jetzt. Jetzt!* Alles andere war unwichtig. All seine übliche Beherrschung war über Bord gegangen, und er griff zwischen sie, um seine Finger gegen ihr Geschlecht zu drücken. Sie war feucht und einladend, und er erschauderte, als er sich in Position brachte und hart in ihren wartenden Körper stieß.

Sie schrie auf und presste sich gegen ihn, wahrscheinlich aus reinem Instinkt. Aber der Schrei trennte ihre Münder, und als sie ihn ansah, ihre Gesichter so nah beieinander, verstärkte die Intensität dieser Vereinigung nur die Kraft des anderen. Er hielt ihren Blick fest, während er sie gegen die Wand presste, seine Hüften schwenkte, sich so weit zurückzog, wie er konnte, und dann wieder und wieder zustieß.

Er beobachtete sie, als sie seinem Rhythmus zu folgen begann. Er schaute zu, wie sich das Staunen in ihrem Gesicht in wollüstiges Verlangen verwandelte und sich bis zum Abgrund der Erlösung vertiefte. Und dann sah er zu, wie sie sich über diese Klippe stürzte. Ihr Körper pulsierte an ihm, während sie ihre Nägel in sein Hemd grub und die Lust auskostete. Erst als sie in seinen Armen schlaff wurde, trug er sie zurück zum Bett, trennte ihre Körper und legte sie auf die Kissen.

Sie starrte zu ihm auf, ihre dunklen Augen glasig, als sie an seinem Körper hinunterglitten und auf seinem immer noch harten und jetzt sehr feuchten Glied innehielten. „Du bist nicht...", krächzte sie.

Er schüttelte den Kopf. „Noch nicht. Ich genieße das hier. Du würdest es doch nicht wagen, mir das zu verweigern, oder?"

Sie setzte sich auf, griff nach seiner Krawatte und zog ihn mit einem Ruck zu sich heran. „Ich denke, es ist offensichtlich, dass ich dir nichts verweigern kann."

Sie küsste ihn. Langsam, innig. Und er ließ sie mit ihrer Zunge über seine Lippen fahren. Ließ sie in ihn eindringen und ihn sanft und vorsichtig erforschen, so wie er sie erforscht hatte. Sie legte ihre Hand auf seine Brust und drückte ihn zurück, bis er quer auf dem Bett lag und sie sich über ihn beugte. Erst dann löste sie sich von seinem Mund und begann, seine Krawatte aufzubinden und sein Hemd zu öffnen. Er legte die Arme unter seinen Kopf und lächelte zu ihr auf.

„Die Verführungskunst steht Euch gut, Miss Swan."

Sie errötete. „Es klingt so albern, wenn du mich so nennst."

Sie öffnete sein Hemd und schluckte schwer. Er schnaubte fast vor Stolz, und das fühlte sich so seltsam an. Er gehörte nicht zu denen, die sich aufplustern, aber bei ihr hier tat er es, als sie eine zitternde Hand hob und sie auf seine kräftige Brust legte.

„Willst du mir deinen richtigen Namen verraten?", neckte er und versuchte, sich auf das Gespräch zu konzentrieren und nicht auf die Tatsache, dass sie mit ihrer weichen, zarten Hand über seinen Bauch strich, zum Bund seiner offenen Hose, immer näher an seine Erektion heran, die immer noch pochte und sich nach Aufmerksamkeit sehnte.

Wenn er nicht aufpasste, würde er sich in dem Moment, in dem sie sie berührte, ergießen. Und das war nicht das, was er für diese Nacht im Sinn hatte.

„Nein", entgegnete sie, wandte ihren Blick von seinem Gesicht ab und richtete ihn auf seinen Schaft. „Das wäre eine sehr schlechte Idee."

Er runzelte die Stirn, ging aber nicht weiter darauf ein. Anonymität, so schien es, war zumindest für sie oberstes Gebot. Und dann berührte sie ihn, und plötzlich war ihm alles egal, das und alles weitere.

Sie nahm sein Glied in die Hand und strich mit den Fingern von der Spitze bis zum Ansatz. Er hob ihr sein Becken mit einem leisen Stöhnen entgegen, und sie lächelte. Ein verruchtes kleines Lächeln auf einem ansonsten sehr süßen und damenhaften Gesicht. Zumindest was den Teil betraf, den er sehen konnte.

„Ich habe die Menschen um mich herum an diesem Ort beobachtet", bemerkte sie sanft. „Und zwar mit großem Interesse."

Er wölbte eine Augenbraue, als sie ihn erneut streichelte und ein Blitz durch seinen ganzen Körper raste. „Ach ja?"

„Ich habe mehr gesehen, als ich mir je hätte vorstellen können, aber ich war vor allem an einem ganz bestimmten Akt interessiert."

Er stützte sich auf die Ellbogen und beobachtete, wie sie sich ein Stückchen weiter nach unten bewegte. „Was ist das für ein Akt?"

Sie beugte sich vor, bis sich diese vollen, üppigen Lippen direkt neben seinem Schaft befanden. Sein Herz hatte zu pochen begonnen. „Das hier", flüsterte sie, streckte ihre Zunge heraus und wirbelte sie um seine Spitze. Sie blickte auf und begegnete seinen Augen. Ihre waren weit geöffnet. „Ich schmecke mich auf dir."

Er keuchte. „Du wirst mich umbringen."

Sie lächelte wieder und senkte dann ihren Mund ein zweites Mal über ihn. Doch dieses Mal war es keine zärtliche Liebkosung. Was auch immer sie im Masquerade beobachtet hatte, wusste oder nicht wusste, aber gesehen hatte… sie war eine ausgezeichnete Schülerin in der Kunst der Wollust. Sie nahm ihn so tief wie möglich in den Mund und streichelte ihn im Takt mit ihrer Hand.

Die Lust durchzuckte ihn bei jeder Bewegung, und er ließ seinen Kopf mit einem langen, zittrigen Laut nach hinten fallen. Es war lange her, dass er eine solche Erfahrung gemacht hatte, und er hatte vergessen, wie gut sich die Zunge einer Frau um sein Glied anfühlte, welche Art von Verlangen ihr Druck hervorrufen konnte. Wie es einen Mann dazu brachte, jedes bisschen Macht bereitwillig aufzugeben, und jede Frau anzubeten, die ihm so selbstlos Freude bereitete.

Sie trieb ihn zur Erlösung, als wäre es ein Rennen, und er hatte keine Kontrolle mehr, auch wenn er sich hätte wehren wollen. Sein Verstand leerte sich, seine Hüften hoben sich, er stieß nur noch unzusammenhängende Laute aus, während sich seine Hoden anspannten und die Lust ihren Höhepunkt erreichte.

Als es so weit war, stöhnte er auf und zog sich gerade rechtzeitig aus ihrem Mund, bevor er kam. Sie wich nicht zurück, sondern bearbeitete ihn weiter mit ihrer Hand, bis er keuchend aufgab und zu einem schlaffen, kribbelnden Haufen zusammensackte.

Erst dann kuschelte sie sich an seine Seite und legte ihren Arm um ihn, während sie in zufriedenem Schweigen beieinander lagen. Und für einen Moment fühlte sich das Leben perfekt an.

KAPITEL 8

Isabel wusste nicht, wie lange sie in der Stille des warmen Zimmers zusammenlagen. Es fühlte sich wie eine Ewigkeit an, als seine Hände ihre nackte Hüfte abtasteten und die ihren ebenfalls Spuren auf seiner Brust und seinem Bauch hinterließen. Schließlich blickte sie zu ihm auf. Seine Augen waren geschlossen und sie prägte sich diesen Anblick ein.

Er war vollkommen entspannt, und das verlieh seinem Gesichtsausdruck einen wärmeren Ausdruck als dem ernsten, den er normalerweise an den Tag legte. Sein kurzgeschnittener Bart bedeckte einen gut ausgeprägten Kiefer und betonte die ebenso scharfen Wangenknochen. Er war wirklich ein schöner Mann. Als wäre er einem Gemälde entstiegen.

Es bestand kein Zweifel, warum Angelica ihn geliebt hatte.

Dieser Gedanke durchbrach den behaglichen Nebel, dem Isabel sich hingegeben hatte, und sie verkrampfte sich ein wenig, als sie wieder zur Realität zurückfand. Vergnügen war wunderbar, aber sie hatte hier auch eine Pflicht zu erfüllen.

„Darf ich dir eine Frage stellen?" Ihre Stimme brach und sie schluckte schwer.

Er öffnete seine Augen nicht, aber seine vollen Lippen schürzten sich ein wenig. „Der perfekte Zeitpunkt, um einen Mann zu verhören, ist nach einem solchen Erlebnis. Ich würde dir die Schlüssel zum Königreich geben, wenn ich sie hätte."

„Warum hat dein Freund gesagt, dass du von den Toten zurückgeholt wurdest?"

Er versteifte sich neben ihr, und langsam öffneten sich seine grauen Augen. Die Anspannung stand ihm sofort wieder ins Gesicht geschrieben, und sie merkte, wie das eine Distanz zwischen ihnen schuf. Eine, die ihr überraschenderweise sehr missfiel, trotz ihrer angeblich wahren Gründe, hier zu sein.

Sie zog den sinnlichen, unbekümmerten Mann demjenigen vor, der plötzlich… gebrochen aussah.

„Was ist nur aus der gestohlenen Nacht geworden?", seufzte er, sein Tonfall war plötzlich neutral, absichtlich unergründlich. „Aus der Anonymität?"

„Aber du bist nicht anonym", erwiderte sie. „Euer Gnaden".

Er setzte sich auf und stieß sich vom Bett und ihren Armen ab. Er zog sein Hemd zu und begann, es zuzuknöpfen, bevor er es in seine Hose steckte und auch diese schloss.

„Nein, das bin ich wohl nicht", bekannte er schließlich und wandte sich von ihr ab. Sie beobachtete jede seiner Bewegungen und tat ihr Bestes, um sich nicht zu regen. „Und da dem so ist, wundert es mich, dass du diese Frage stellst."

„Warum?"

Er sah sie an, eine Augenbraue hochgezogen und die Lippen schmal vor Verärgerung. „Jeder kennt meine Geschichte, oder nicht? Sie ist das einzige, worüber man spricht. *Der tragische Duke of Tyndale.* Sie gehört praktisch schon zum Folklore."

Bei seinem spröden Tonfall stockte ihr der Atem. Aber war er traurig oder wütend? Sie konnte es nicht sagen. Das verbarg er zu gut.

„Ich gebe zu, ich weiß… ein wenig darüber, was passiert ist", begann sie vorsichtig, während sie an die Cousine dachte, die sie vor all den Jahren gekannt und mit der sie als Kind gespielt hatte.

Sie versuchte, sich Angelica mit diesem Mann vorzustellen und spürte einen schmerzhaften Stich, den sie geflissentlich ignorierte.

Er schüttelte den Kopf. „Ich bin sicher, dass du das tust. Deshalb bin ich auch verwirrt, warum du nach Rosefords Kommentar fragst. Wenn ich von den Toten auferstanden bin, dann deshalb, weil ein Teil von mir mit meiner Verlobten begraben wurde." Er wandte sich ab. „So erzählt man es sich jedenfalls."

„So wird es erzählt", wiederholte sie und stand auf. Sie wickelte sich in das Laken und ging auf ihn zu. „Heißt das, es stimmt nicht?"

Er starrte weiter aus dem Fenster in der Kammer, sein Blick war leer. „Manchmal fühlt es sich an, als wäre mehr als ein Teil von mir mit ihr gestorben. Und doch bin ich noch hier. Und ich muss mit den Folgen meiner Taten leben."

Sie ballte eine Faust an ihrer Seite. Seiner Taten? Das klang wie ein Geständnis. Eines, das ihrem Onkel Recht geben könnte, wenn er seinen Hass und seine Wut auf diesen Mann ablud. Ihr drehte sich der Magen um bei dem Gedanken, dass Tyndale… Matthew… wirklich ein Mörder sein könnte.

„Was hast du getan?", flüsterte sie.

Er richtete sich auf und sah sie langsam an. „Das ist kein Thema, das ich mit einer Fremden besprechen möchte", entgegnete er leise. „Aber es ist das, worauf Robert sich bezog. Ich nehme an, dass es mir in seinen Augen besser geht, wenn ich hierherkomme, wenn ich mit dir zusammen bin."

„Und in deinen eigenen?", fragte sie und begegnete nun genau diesen Augen. Verzweifelt versuchte sie zu erkennen, ob hinter ihnen ein Opfer oder ein Schurke steckte. Sie war jedoch unfähig, etwas anderes festzustellen, als dass sie vor erneutem Verlangen geweitet waren. Sie schaffte es auch nicht, ihre eigene Reaktion auf diese Sehnsucht zu unterdrücken, trotz der unbefriedigenden Antworten auf ihre Fragen.

„Ich fühle mich wieder lebendig, wenn du mich berührst", flüsterte er. „Und ich will das. Genauso wie ich dich will."

Er nahm ihre Hand, die das Laken hielt, und zerrte daran, so dass es wegfiel und sie nackt vor ihm stand. „Ich nehme an, wir müssen es darauf ankommen lassen, wie lange sie uns erlauben, dieses Zimmer zu benutzen".

Sie lächelte und legte ihre Fragen beiseite. Sie musste nur näher an ihn herankommen, um mehr Informationen zu erhalten. Und näher war genau das, was sie im Moment wollte.

„Ich habe eine Bitte", murmelte sie, als er sich ihr näherte und seine Lippen auf die Wölbung ihres Schlüsselbeins presste.

„Und die wäre?", fragte er mit gedämpfter Stimme, während er ihre Haut küsste.

„Diesmal brauche ich dich nackt", keuchte sie und war schockiert, wie wollüstig ihre Worte klangen.

„Ich würde einer Dame niemals etwas abschlagen", erwiderte er, während er sie zurück zum Bett zog. „Heute nicht und niemals."

Isabels Hände zitterten, als sie in der Kutsche die letzten Kilometer zum Haus ihres Onkels zurücklegte. Es war spät, weit nach drei, und ihr Körper schmerzte von all den Freuden, die sie in dieser Nacht mit Matthew erlebt hatte. Als Liebhaber war er sanft und doch leidenschaftlich, fordernd und doch großzügig. Er bereitete ihr immer wieder Vergnügen, und wenn er sich sein eigenes verschaffte…

Nun, wenn er die Beherrschung verlor, war das ein beeindruckender Anblick. Ein Anblick, der ihr Geschlecht noch einmal vor Verlangen pochen ließ.

Wie sehr wünschte sie sich, sie könnte sich einfach auf diese lustvollen Erinnerungen konzentrieren. Genau jene, die sie hatte schaffen wollen, als sie anfing, das Donville Masquerade aufzusuchen. Solche, die sie warm halten und befriedigen sollten, wenn sie gezwungen war, ein kaltes Bett mit dem oberflächlichen Händler oder niederen Herrn zu teilen, mit dem ihr Onkel sie schließlich verkuppeln würde.

Leider drängte sich das andere Thema ihrer gemeinsamen Nacht immer wieder vor ihre angenehmen Erinnerungen. Und dieses Thema war Angelica.

Ihr Herz machte einen Sprung, als sie daran dachte, dass dieser Mann einst ihre Cousine geliebt hatte. Sicherlich hatte sie auch seinen Körper genossen. Wie könnte jemand mit ihm zusammen sein und ihn nicht berühren wollen?

Doch Angelica war tot, und Matthews Antworten auf Isabels Fragen hatten sie nicht ganz befriedigt. Wenn er von ihr sprach, dann mit einem scharfen Unterton. Aber lag das daran, dass er es als ungerecht empfand, sie so jung verloren zu haben? Oder zeugte das vom Ärger darüber, dass ihr Tod immer noch mit ihm in Verbindung gebracht wurde, und er somit diese Erinnerungen nie hinter sich lassen konnte?

Oder war es am Ende doch das, was ihr Onkel vermutete? Dass die Erwähnung von Angelica Matthew aus einem schlechtem Gewissen heraus auf die Palme brachte? Der Hass eines Mörders?

Das schien irgendwie nicht richtig zu passen. Es stimmte nicht mit der Wahrheit in ihrem Herzen überein.

Sie wischte sich mit einer Hand über das Gesicht. „Blödsinn", murmelte sie leise, denn niemand durfte sie fluchen hören.

Angelica. Wie umwerfend sie gewesen war mit ihrem honigfarbenen Haar und den großen blauen Augen. Sie war eine seltene Schönheit gewesen, und Isabel hatte sich neben ihr immer etwas unscheinbar gefühlt. Angelica war wie geschaffen für den ganzen Prunk ihrer gesellschaftlichen Stellung, und sie trug ihn mit beneidenswertem Selbstbewusstsein.

Als Mädchen hatten sie sich nahe gestanden. Aber als Angelica ihren Platz in der Gesellschaft eingenommen, als sie die Aufmerksamkeit von Dukes, Earls und Viscounts auf sich zu ziehen begonnen hatte, war Isabel immer stärker in den Hintergrund geraten. Die Besuche wurden weniger, die Briefe kamen nicht mehr wöchentlich, sondern nur noch einmal im Monat, nur noch alle Jahre. Angelica hatte ihre Bestimmung gefunden, und Isabel gehörte nicht dazu. Sie war inzwischen mit Gregory verheiratet und hatte sich an das Leben als Ehefrau eines Anwalts gewöhnt.

Ein sehr langweiliges Leben war das gewesen, während Angelica die Aufmerksamkeit von... *ihm* erregt hatte. Matthew. Und wieder pochte Isabels Herz stärker, und sie verfluchte sich dafür. Für das, was sie fühlte, was sie immer und immer wieder gefühlt hatte.

Eifersucht. Tief und hässlich.

Die Droschke hielt hinter dem Haus ihres Onkels, und sie bezahlte den Fahrer, bevor sie tief durchatmete und zum Haus hinaufblickte. Das war nicht ihr Zuhause. Sie erinnerte sich nicht mehr an den letzten Ort, an dem sie sich wirklich zu Hause gefühlt hatte. Vielleicht bei ihren Eltern, vor Jahren. In einem anderen Leben.

Sie seufzte und schlich den Weg zum Dienstboteneingang hinauf, wobei sie einen Lakaien dafür bezahlte, nicht abzuschließen, wenn sie diese kleinen Eskapaden unternahm. Sie schlüpfte in die Küche und schloss die Tür hinter sich ab, bevor sie die Nacht und die beunruhigenden Gedanken und Erinnerungen abschüttelte, die sie heraufbeschworen hatte. Sie war wieder hier, sie musste wieder in ihr normales Leben zurückkehren und durfte sich unter keinen Umständen anmerken lassen, dass sie durch Matthews Berührung verändert worden war. Von den Fragen über ihn, die sie nun verfolgten.

Durch ihre eigenen Reaktionen auf beides.

Sie ging in Richtung Halle und auf die hintere Treppe zu, die sie in ihr Schlafgemach führen würde, aber sie hatte die Halle noch nicht erreicht, als sie hinter sich ein Räuspern hörte. Sie erstarrte und drehte sich langsam um, um ihren Onkel zu sehen, der am Eingang seines Arbeitszimmers stand. Seine Arme waren verschränkt, und er blickte sie mit einem stummen Vorwurf an.

„Onkel Fenton", keuchte sie, wobei ihr das Herz bis zum Hals schlug und dort hängen blieb, so dass es fast unmöglich war, ganze Worte hervorzubringen. „Ich... ich war... das heißt, ich brauchte... ich will sagen..."

„Erstick nicht an deinen Lügen, Mädchen", unterbrach er sie und trat zur Seite, damit sie ihm in sein Arbeitszimmer folgte.

Sie neigte ergeben den Kopf und stapfte auf ihn zu. Sie war gefangen, es gab keinen Ausweg. Und das ausgerechnet heute Nacht.

„Setz dich", befahl er, während er die Tür hinter ihnen schloss.

Sie ließ sich auf dem Sofa nieder und beobachtete, wie er zur Anrichte ging und sich einen Scotch einschenkte. Zu ihrer Überraschung schenkte er auch ein zweites Glas ein, diesmal mit Sherry. Letzteres reichte er ihr und nahm ihr gegenüber Platz.

Er nippte an seinem Getränk, bevor er fragte: „Wo bist du gewesen?"

Sie schluckte schwer. Sie war noch nie eine besonders gute Lügnerin gewesen. Das lag nicht in ihrer Natur, trotz der Heimlichtuerei und des skandalösen Verhaltens, das sie sich in letzter Zeit erlaubt hatte. Diese waren aus der Verzweiflung geboren, nicht aus ihrem Charakter heraus. Jetzt kämpfte sie darum, Worte zu finden, die sie irgendwie retten würden.

Denn die Wahrheit würde in diesem Fall ganz sicher nicht helfen.

„Ich nehme an, wenn ich behaupte, dass ich nur in der Küche war, um mir einen Happen zu holen, wirst du mir nicht glauben?", flüsterte sie.

Er schüttelte den Kopf. „Das würde ich nicht. Du warst weg. Ich habe dich zu allem Übel in einer Droschke zurückkehren sehen. Wo warst du?"

Sie verschränkte die Arme. „Ich war unterwegs... um Sarah zu treffen", log sie. „Ihrer Mutter geht es nicht gut, und ich gehe manchmal nachts hinaus, um ihr zu helfen."

Er wölbte eine Augenbraue, als könne er das nicht so recht glauben. „Und dafür nimmst du eine Droschke, anstatt einfach eine meiner Kutschen zu verlangen?"

Sie schürzte ihre Lippen. „Ich wollte deine Gastfreundschaft nicht noch mehr in Anspruch nehmen, als ich es ohnehin schon tue", erwiderte sie. „Oder dich und deine Bediensteten belästigen."

Er starrte sie lange an, und diese Augen, die denen ihrer Cousine so ähnlich waren, bohrten sich in sie hinein. Sie wankte unter der Schwere dieses Blicks und der Lügen, die ihn verursacht hatten.

„Vielleicht willst du einfach nicht, dass ich weiß, wohin du gehst", argwöhnte er. „Oder was du in Wahrheit tust."

Ihr Mund war so trocken, dass ihre Lippen fast zugeklebt schienen. Sie nahm einen großen Schluck ihres Sherrys, bevor sie leise beteuerte: „Ich versichere dir, dass das nicht der Fall ist, Onkel".

Er zuckte die Achseln. „Lüge mich weiter an, wenn du willst, aber es hat keinen Sinn. Wie lange lebst du schon hier?"

Sie presste ihre Lippen aufeinander. „Seit etwas mehr als einem Jahr", erwiderte sie. „Eine mehr als großzügige Gastfreundschaft, für die ich sehr dankbar bin, das versichere ich dir."

„Das stimmt." Ihr Onkel klang plötzlich weit weg. „Du bist dreizehn Tage nach ihrem zweiten Todestag in mein Haus eingezogen."

Isabel zuckte zusammen. Da war wieder Angelica, immer dieses Gespenst in jedem Raum, den sie betrat. Es gab ein vor und ein nach Angelica. „Ja", flüsterte sie.

„Und du trauerst nicht mehr um den Ehemann, den dein Vater für dich arrangiert hat, ja?", fuhr Onkel Fenton fort. „Ist die Trauerzeit jetzt offiziell vorbei?"

„Äh, ja", gab Isabel zu. „Es ist etwa achtzehn Monate her, dass er gestorben ist."

„Gut." Er stand auf und schritt zum Fenster. „Sehr gut. Ich denke, es ist an der Zeit, dich wieder auf den Heiratsmarkt zu schicken, Isabel."

Sie schnappte nach Luft. Zwar war das etwas, worauf er immer wieder herumtanzte. Der Gedanke, sie wieder zu verkuppeln, war die treibende Kraft gewesen, die sie überhaupt erst zum Donville Masquerade gedrängt hatte. Aber heute Abend schien ihr Onkel von der Idee… besessener zu sein. Als wäre sie jetzt ein fester Plan und nicht nur ein flüchtiges Vorhaben.

„Oh, Onkel Fenton", beteuerte sie. „Es ist natürlich sehr nett von dir, dass du an meine Zukunft denkst. Aber ich weiß nicht, ob ich schon bereit bin…"

„Bereit?", wiederholte er, als wäre er verwirrt. „Was hat das mit „bereit" zu tun? Du kannst nicht ewig hier bleiben, meine Melancholie kann nicht gut für dich sein. Es ist an der Zeit, eine neue Lösung für dich zu finden. Sicherlich eine bessere als die letzte. Dein Vater hätte damals zu mir kommen sollen. Du hättest einen Ritter oder sogar einen geringeren Baron heiraten können. Aber er bestand darauf, dass mein Geld und mein Name keinen Einfluss haben durften. Nun, das ist jetzt vorbei. Wir werden einen wahren Gentleman für dich finden."

„Du willst… du willst mich in die *Gesellschaft* bringen?"

Er blinzelte. „Natürlich, wo sollte ich euch sonst verkuppeln? Ich weiß wenig über Kaufleute und dergleichen. Es wird Zeit, dass du einen Partner findest, und das werden wir auch tun. Ich gebe dir eine kleine Mitgift mit, und du wirst aus allen Schwierigkeiten heraus sein, und zwar noch bevor diese Saison vorbei ist."

Ihr Herz schlug heftig. Die Vorstellung, in der Gesellschaft präsentiert zu werden, in die Enge und Einsamkeit zurückgeworfen zu werden, die eine Ehe mit sich brachte… ach, ihr ganzer Körper begann sich zu verkrampfen.

„Bitte", flehte sie. „Könnte ich nicht einfach eine Witwe bleiben? Ich habe sehr wenig, ich weiß, aber ich müsste nicht hierbleiben. Ich könnte mir etwas anderes einfallen lassen, vielleicht sogar eine Anstellung in einem Haushalt annehmen oder –"

Er rümpfte die Nase. „Eine Stellung? Ich will nicht, dass man sagt, ich hätte meine Nichte in *Anstellung* geschickt. Du solltest dich freuen, Isabel. Bald wirst du einen Ehemann haben, vielleicht sogar einen mit einem kleinen Titel. Die meisten jungen Frauen würden sich um solche Zukunftsaussichten reißen. Und jetzt geh hoch ins Bett. Genug von diesem Unsinn."

Er winkte sie zur Tür, bevor er sich wieder an seinen Schreibtisch setzte. Er beugte den Kopf, nahm eine Feder und begann zu schreiben, womit er ihr unmissverständlich klar machte, dass ihre Unterredung beendet war.

Isabel zitterte, als sie aufstand und aus dem Zimmer schritt. Diese Nacht hatte mit Ungewissheit begonnen und auch so geendet. Selbst die überwältigende Leidenschaft und das wunderbare Vergnügen in der Mitte konnten diese Tatsache nicht abschwächen.

Auch nicht den Umstand, dass ihr gerade die Kontrolle über ihr Leben entrissen worden war. Und nun war sie der Gnade eines Mannes ausgeliefert, der tief in Trauer versunken und voller Rachegelüste war. Einem Mann, der zerbersten würde, wenn er jemals herausfände, wohin sie wirklich gegangen war.

Und mit wem sie ihre Nächte verbracht hatte.

KAPITEL 9

Matthew saß im Wohnzimmer seines Cousins Ewan. Er schwieg, während sein Cousin, der seit seiner Geburt stumm war, sich mit Gebärdensprache ausdrückte und seine Frau Charlotte ihre Geheimsprache übersetzte. Neben dem Paar saßen Ewans und Matthews engster Freund aus Kindertagen, Baldwin, und seine Frau Helena, die erst seit einem Jahr verheiratet waren. Normalerweise genoss Matthew diese Zeit mit ihnen, mit all den Dukes ihres Clubs. Und diese beiden Dukes so glücklich zu sehen, war besonders schön.

Aber heute musste er immer wieder an die Fremde im Donville Masquerade denken. Seine Miss Swan. Es war zwei Tage her, dass er sie gesehen, berührt hatte, und seine Nächte waren seither unruhig gewesen, weil er immer wieder von ihr geträumt hatte. Tagsüber wurde er von eben diesen Träumen heimgesucht.

„Meinst du nicht auch, Matthew?", fragte Charlotte.

Er schreckte bei seinem Namen hoch und blickte auf, um zu sehen, dass alle vier ihn erwartungsvoll ansahen. Natürlich hatte er keine Ahnung, worum es bei dieser Frage ging.

„Äh, ich… es tut mir leid, Charlotte. Ich gebe zu, ich war etwas abwesend", erklärte er mit einem entschuldigenden Neigen des Kopfes. „Verzeih mir."

Charlotte war immer freundlich, und ihr sanfter Ausdruck verwandelte sich nun in Besorgnis, ebenso wie die Gesichter der anderen. Sie tauschten sogar Blicke untereinander aus, und sein Magen zog sich zusammen. Seit Angelicas Tod gab es eine Menge solcher Blicke zwischen seinen Freunden. Gott, wie sehr er ihr Mitleid hasste.

„Charlotte, du hast mir vom Kinderzimmer erzählt", fiel Helena mit einem Lächeln für Baldwin ein. „Ich würde gerne sehen, was du daraus gemacht hast."

Charlotte schmunzelte, und da ihre Schwangerschaft schon weit fortgeschritten war, fiel es ihr schwer, aufzustehen. Ewan kam ihr zur Hilfe und zog sie auf die Beine, bevor er ihr sanft eine Hand auf den Bauch legte. Er lächelte, aber sein Gesicht war angespannt, als sie sich zu ihm beugte, um seine Wange zu küssen.

„Ja, ihr werdet uns doch entschuldigen, meine Herren, oder?", fragte Charlotte.

Inzwischen waren alle aufgestanden, und Matthew neigte den Kopf, als die beiden Damen weggingen und ihn mit seinen beiden besten Freunden allein zurückließen. Es hätte so gemütlich sein sollen. Ewan war von Matthews Vater und Mutter aufgezogen worden. Weil er nicht sprechen konnte, war seine eigene Familie abscheulich zu ihm gewesen, und Matthews verstorbener Vater hatte das nicht geduldet. Schließlich waren sie wie Brüder aufgewachsen, nicht nur als Cousins oder Freunde.

Und Baldwin stand ihm fast genauso nahe. Sein Vater war mit Matthews gut befreundet gewesen. Die beiden Familien pflegten immer engen Kontakt miteinander. Baldwin und seine Schwester Charlotte waren seit jeher fester Bestandteil ihres Lebens gewesen. Ewan hatte sich sogar in Charlotte verliebt, als sie noch Kinder waren.

Sie waren eine eingeschworene Gruppe innerhalb des größeren Kreises ihrer Freunde. Und doch war es alles andere als unbeschwert, mit ihnen allein zu sein, denn sie wussten nichts von Matthews jüngsten Problemen.

Baldwin seufzte, als er zur Salontür ging und sie schloss. Dann drehte er sich zu ihnen um und schüttelte vorwurfsvoll den Kopf. „Ich weiß nicht, mit welchem von euch beiden ich anfangen soll. Ihr wirkt heute beide wie Gespenster. Geht irgendetwas Schreckliches vor, von dem ich nichts weiß?"

„Fang mit ihm an", schlug Matthew vor und deutete auf Ewan.

Ewan starrte ihn an, zog dann aber das kleine silberne Notizbuch hervor, das er zur Kommunikation benutzte. Das gravierte Büchlein, das ihm seine Frau geschenkt hatte, spiegelte den Schein des Feuers wider, als er eine zittrige Nachricht hineinkritzelte. „*Es ist das Baby.*"

Matthew las den Zettel laut vor, und ihm wurde flau im Magen, als er sein Gesicht wieder zu Ewan wandte. „Stimmt etwas nicht?"

Ewan schluckte und schrieb: „Charlotte ist gesund und das Baby bewegt sich und strampelt. Ich sollte mich freuen. Ich bin erfreut. Aber..."

Er hörte mitten im Satz auf zu schreiben, legte das Notizbuch ab und schritt zum Fenster. Sowohl Matthew als auch Baldwin lasen die Nachricht, und Matthew tauschte einen Blick mit seinem Freund aus.

„Ewan", sagte er leise und schob seine eigenen Sorgen beiseite, um sich voll und ganz auf Ewan zu konzentrieren. „Bist du immer noch besorgt, dass dieses Kind dein... Leiden erben könnte?"

Ewan brauchte nicht schriftlich zu antworten. Die Art und Weise, wie sich sein Nacken versteifte, wie seine Fingerknöchel bleich wurden, war genug.

„Das ist ja auch der Grund, warum du meine Schwester so lange abgewehrt hast", knüpfte Baldwin an, und sein Ton war genauso freundlich wie der von Matthew. „Warum du sie beinahe nicht geheiratet hättest, obwohl ihr so viel füreinander empfindet."

Ewan nickte nur, und Matthew war schockiert, als er die Tränen in den Augen seines Cousins aufblitzen sah. Er ging auf ihn zu und umfasste seine Arme mit beiden Händen. „Du weißt, dass wir alle dieses Baby anbeten, beschützen und verwöhnen werden, egal was passiert. Er oder sie wird nur Liebe erfahren, immer eine Familie haben."

Ewan schluckte schwer und tätschelte Matthews Hand, bevor er zum Notizbuch zurückkehrte. „Ich weiß. Ich mache mir aber immer noch Sorgen. Charlotte sieht es. Sie tröstet mich auch. Aber manchmal kann ich nicht anders, als mir Sorgen um die Zukunft zu machen."

„Du bereust doch nicht etwa deine Entscheidung, dieses Leben an der Seite meiner Schwester zu führen, oder?", fragte Baldwin, und sein Ton wurde plötzlich schärfer.

Ewan zuckte zusammen und schrieb in Großbuchstaben: *„NIEMALS!"* Er holte ein paar Mal tief Luft, als ob er sich beruhigen wollte, und schrieb dann. *„Das Baby kommt in ein paar Wochen. Diana wird Charlotte bei der Geburt helfen. Und dann werden wir sehen."*

Matthew nickte. Diana war die Frau ihres Freundes Lucas und eine begabte Heilerin. „Ja, das werden wir. Letztendlich ist das alles, was wir tun können, weißt du. Eine Tragödie kann jeden von uns im Handumdrehen treffen. Man sollte nicht danach suchen, wenn man es vermeiden kann."

„Das hat deine Mutter auch zu mir gesagt, als ich noch wegen einer Zukunft mit Charlotte mit mir gerungen habe." Ewan lächelte.

Matthew erwiderte den Blick. „Nun, sie hat, wie du weißt, immer recht."

„Bist du deshalb so beunruhigt? Wegen Angelica?"

Baldwin wölbte eine Braue. „Zu diesem Thema habe ich so meine eigenen Gedanken."

„Gedanken?", wiederholte Matthew. „Wirklich?"

Baldwin warf Ewan einen Blick zu. „Ich habe gehört, dass er mit Robert Zeit im Donville Masquerade verbringt."

Matthews Augen wurden groß. „Wer behauptet das?"

„Hugh erzählte mir, dass ihr drei dorthin gegangen seid, als ihr euch von James und Emmas Party weggeschlichen habt. Aber ich weiß, dass ihr *immer wieder* zurückgegangen seid." Baldwin verschränkte die Arme. „Willst du es etwa leugnen?"

„Nein", erwiderte Matthew. „Warum sollte ich?"

Zu seiner Überraschung gab ihm Ewan einen kräftigen Klaps auf den Arm. „Gut. Es ist Zeit, zu deinem Leben zurückzukehren, Matthew. Wir haben uns alle danach gesehnt."

„Ist es also die *Schuld*, die dich so zerlumpt aussehen lässt?", fragte Baldwin.

Matthew seufzte. In Tat und Wahrheit war er nicht abgeneigt, mit den beiden über seine Probleme zu sprechen. Obwohl beide wahrscheinlich schockiert sein würden, sorgten sie sich um ihn und würden ihn nicht verurteilen. Und er brauchte eine zusätzliche Meinung zu diesem Thema, die nicht von Robert und seiner verkorksten Sichtweise auf das Leben und die Leidenschaft stammte.

„Da ist eine… Dame", begann er.

Beide Männer wichen zurück, und ihr Entsetzen war ihnen deutlich anzusehen. „Eine Dame?", wiederholte Baldwin.

„Eine Frau", korrigierte Matthew. „Sie wirkt manchmal wie eine Dame, obwohl sie andeutete, dass sie eine Dienerin sein könnte oder vom Handel kommt. Ich habe sie an dem Abend kennengelernt, als ich mit Hugh und Robert zum ersten Mal da war. Ich bin ihretwegen dorthin zurückgekehrt."

Ewan holte tief Luft und begann zu schreiben. „Nicht, dass ich viel Erfahrung mit solchen Dingen hätte, aber selbst ich habe schon vom Donville Masquerade gehört. Ist es so verrucht wie alle sagen?"

Matthew schürzte die Lippen, als ihm Bilder von nackten Körpern, wandernden Händen und gekrümmten Rücken durch den Kopf gingen. Bilder von seinem Schwan, der sich unter ihm hob, während sie ihre Lust herausschrie. Das brachte seinen Körper in Erregung und er stieß ein leises „Ja" aus.

„Heißt das, sie ist deine Geliebte?"

Matthew schüttelte sich bei der Frage, die ihm schwarz auf weiß dargelegt wurde. Er gehörte nicht zu denen, die mit ihren Eroberungen prahlen, nicht dass er in seinem ganzen Leben welche gehabt hätte.

„Ja."

„Großer Gott", hauchte Baldwin. „Das ist auf keinen Fall das, was ich erwartet hatte. Ich dachte, du lehnst nur an der Wand und verfluchst Robert für seine Einmischung."

„So hat es angefangen", beteuerte Matthew und fuhr sich mit der Hand durch die Haare, um etwas von der Unruhe zu vertreiben, die dieses Thema tief in seinem Bauch erzeugte. „Er hat mich dorthin gezerrt, und du weißt, wie schwer es ist, ihm etwas abzuschlagen. Aber *das* hatte ich nicht vorgehabt."

„Wie hat es angefangen?", schrieb Ewan.

Matthew schloss die Augen. Er konnte sich diese erste Nacht noch genau vor Augen führen. „Sie wurde belästigt", erzählte er. „Das konnte ich nicht hinnehmen. Ich habe mich eingemischt, wir haben geredet, und ich erschrak über dieses sofortige Band zwischen uns."

Baldwin lächelte sanft. „Das kenne ich."

Matthew schüttelte den Kopf, denn er glaubte nicht, dass das Band, das ihn mit seiner Geliebten verknüpfte, mit Baldwins tiefer und beständiger Liebe zu Helena zu vergleichen war.

„Wir sind auf der Terrasse gelandet", fuhr er fort.

„Auch darüber weiß ich etwas", warf Baldwin ein und lachte diesmal.

„Nun, eines kam zum anderen", seufzte Matthew. „Wir küssten uns. Und das nächste Mal, als ich sie sah, war es mehr als nur ein Kuss. Wir haben uns geliebt, trotz all meiner Vorbehalte und Zweifel. Und nun kann ich nicht aufhören, an sie zu denken. Von ihr zu träumen."

„Das ist doch gut, oder?", fragte Baldwin. „Es ist natürlich, dass ein Mann eine Frau begehrt. Warum zögerst du?"

„Erstens trägt sie eine Maske", wandte Matthew ein. „Ich weiß nicht, wer sie ist."

Ewans Augen waren groß, aber er schrieb nichts, sondern starrte nur. Baldwin sah sogar entgeistert aus. „Na, das ist doch zu erwarten", sagte er langsam. „Es ist das Masquerade. Du musst das Gleiche tun."

„Das habe ich", erwiderte Matthew. „Aber sie weiß, wer ich bin. Das ist eine lange Geschichte. Ich zögere, weil sie mich kennt, ich aber nichts über sie weiß."

„Das ist nachvollziehbar", schrieb Ewan. „Aber es steckt noch mehr dahinter."

Matthew schürzte seine Lippen. „Du kennst mich zu gut. Das vergesse ich manchmal, bis du mich so unhöflich daran erinnerst. Nein, das ist noch nicht alles." Er schritt im Zimmer umher. „Mit dieser Frau zusammen zu sein, trotz der verborgenen Identitäten und des ungestümen Anfangs… es fühlt sich an, als würde ich ins Leben zurückkehren. Aber es fühlt sich auch wie Verrat an."

Baldwin zuckte zusammen. „Angelica ist schon lange weg, Tyndale", brachte er sanft an.

„Du denkst, ich sollte meine Gefühle für sie einfach aufgeben und weiterziehen?", schnauzte Matthew.

Baldwin schüttelte den Kopf. „Natürlich nicht. Niemand erwartet, dass der Schmerz, sie verloren zu haben, jemals ganz verschwindet. Ich kann mir nicht vorstellen, welchen Kummer du ertragen musstest, ich bin mir dessen umso bewusster, seit Helena in mein Leben getreten ist. Aber ich kann mir auch nicht vorstellen, dass Angelica gewollt hätte, dass du in deinem Elend versinkst und für den Rest deiner Tage die Erinnerung an sie hochhältst."

Matthew ging zur Anrichte. Er rückte die Flaschen umher, ohne sich einen Drink einzuschenken. Er wollte keinen – er wollte nur die beiden Männer, die ihn am besten kannten, nicht ansehen müssen. Nicht, wenn sie sehen könnten, was er selbst nicht zu tief erforschen wollte.

„Ich weiß ja, dass du recht hast", gab er leise zu.

Mehr konnte er nicht sagen. Sie drängten ihn nicht, sondern ließen das Schweigen einen Moment lang zwischen ihnen schweben. Dann stellte sich Baldwin neben ihn und legte ihm einen Arm um die Schultern.

„Hast du die Einladung zum Ball von Lord und Lady Callis am Samstagabend erhalten?"

Matthew runzelte die Stirn. „Ja, ich glaube schon. Mutter hat es auch erwähnt, als ich vor ein paar Tagen bei ihr war. Was ist damit?"

„Nun, wir werden alle hingehen. Du weißt, dass er letztes Jahr seine Mätresse geheiratet hat und die Duchesses scheinen entschlossen zu sein, ihr den Zugang zur Gesellschaft zu erleichtern."

Matthew neigte den Kopf angesichts der Freundlichkeit seiner Freunde und ihrer schönen Frauen. „Das klingt ganz nach den Duchesses."

„Warum kommst du nicht mit? Geh raus, schüttle die Melancholie und Verwirrung in Gesellschaft deiner Freunde ab. Mach deine Mutter glücklich."

Matthew blickte zu Ewan hinüber, der zustimmend nickte. Er seufzte. „Nun gut. Ich habe schon zu viel Zeit damit verbracht, in der Hölle zu grübeln. Ein Abend mit Freunden würde mir sicherlich gut tun."

Baldwin grinste. „Ich glaube, das wird genau das Richtige für dich sein. Du nimmst dir eine Nacht frei von dieser Frau und machst deinen Kopf frei. Vielleicht siehst du dann die Dinge klarer."

Matthew nickte zustimmend, und in diesem Moment kehrten Helena und Charlotte gemeinsam in den Salon zurück. Er beobachtete, wie seine Freunde ihre Frauen begrüßten, und das Leuchten, das in beide Männer zurückkehrte, war offensichtlich.

Sie hatten natürlich recht, dass ihm eine Nacht fernab der Hölle, fernab der besessenen Suche nach der Fremden, wahrscheinlich gut tun würde. Aber die Vorstellung, dass er dadurch einen klaren Kopf bekommen würde, erschien im Moment ziemlich töricht. Denn seine Gedanken waren verworren, und es schien keinen Weg zu geben, sich Klarheit zu verschaffen. Noch nicht. Oder vielleicht auch gar nie.

KAPITEL 10

Isabel trat unruhig von einem Fuß auf den anderen und ließ ihre Hände nervös über ihren Rock gleiten. Der Ball geschah um sie herum, eine vertraute schwindelerregende Mischung aus lauter Musik, Stimmengewirr und wirbelnden Röcken. Theoretisch war er genauso wie ein Dutzend anderer Bälle, die sie im Laufe der Jahre besucht hatte.

Heute fühlte es sich jedoch ganz anders an, denn dies war ein Ball, der von einem Viscount und seiner Frau veranstaltet wurde. Der Saal war voller Earls und Dukes, deren Söhne und solchen, die alles, was sie besaßen, geerbt hatten.

Sie fühlte sich furchtbar fehl am Platz.

„Was hältst du von Callis?", fragte ihr Onkel, während er ihr ein Getränk reichte.

Sie nippte behutsam daran, bevor sie antwortete: „Der Viscount und seine Frau waren ganz reizend."

Zumindest das traf zu. Der Viscount war ein gutaussehender Mann, und seine Frau war schön und freundlich. Sie waren eindeutig ineinander verliebt, was Isabel überraschte, denn sie wusste, dass viele Ehen in der Gesellschaft arrangiert und lieblos waren.

Nicht, dass sie das beurteilen könnte.

Onkel Fenton brummte. „*Sie* war nie versnobt und mächtig“, murmelte er.

Isabel ließ ihren Blick wieder zu der Viscountess gleiten. „Ach nein?“

„Es ist ungehörig, darüber zu sprechen“, gestand ihr Onkel kopfschüttelnd. „Ich hätte es nicht erwähnen sollen. Aber da es einen kleinen Skandal um das Paar gibt, dachte ich, es wäre kein schlechter Anfang für dich in der Gesellschaft.“

Isabel presste die Lippen zusammen, als sie die offensichtliche Beleidigung hörte. „Danke, Onkel.“

Er zuckte mit den Schultern. „Ich meine nicht wegen irgendeines Skandals, der dich betreffen könnte“, beschwichtigte er sie. „Es sei denn, du verheimlichst mir etwas. Aber weil alle über sie urteilen, würdest du das Urteil, dass sie über dich bilden, vielleicht weniger spüren.“

Isabel seufzte. Sie nahm an, dass er auf seine eigene verschrobene Art und Weise freundlich sein wollte. Er versuchte, es für sie einfacher zu machen. Aber das war es ganz und gar nicht.

Sie standen einen Moment lang schweigend beieinander, während sie ihren Blick über die Menge schweifen ließ. Sie fühlte sich so fremd in dieser Welt. Gegen das durchsichtige Glas gepresst, aber unfähig, auch wirklich einzutreten. Sie hatte eigentlich gehofft, dass Sarah heute Abend kommen würde, aber die Krankheit ihrer Mutter hatte das verhindert.

Isabel war also wirklich allein, selbst in dem überfüllten Raum.

„Isabel!“

Auf den Ruf von Onkel Fenton hin drehte sie sich um und stellte fest, dass er nicht mehr allein war. Ein Gentleman stand neben ihm. Er war groß, breitschultrig und nicht unansehnlich. Aber er war wahrscheinlich ein Zeitgenosse ihres Onkels und mindestens fünfundzwanzig Jahre älter als sie.

Ihr Herz sank.

„Darf ich Euch Mrs. Isabel Hayes vorstellen", setzte ihr Onkel an. „Isabel, das ist Sir Daniel Goodacre."

„Sir Daniel", grüßte sie und streckte ihre Hand aus.

Er ergriff sie und hob sie an seine Lippen. Als er ihr über ihre behandschuhten Knöchel strich, versuchte sie, ihr Lächeln zu bewahren. Er starrte auf ihre Brüste. Natürlich tat er das.

„Mrs. Hayes", murmelte er. „Sie sind eine Augenweide."

Onkel Fenton lächelte den Mann an. „Sir Daniel ist ein alter Freund", erklärte er.

„Es ist mir ein Vergnügen, Euch kennenzulernen", erwiderte Isabel, während sie ihre Hand aus seinem Griff löste.

Sie kämpfte gegen den Drang an, ihn abzuschütteln. Sogar seine Berührung widerte sie an. Bei Gott, sie befand sich auf demselben Weg, auf den ihr Vater sie geschickt hatte. Ihr Onkel verheiratete sie vielleicht mit jemandem in einer höheren Stellung, aber es war praktisch dieselbe Art von Mann.

„Ich habe mich gefragt, ob Eure Tanzkarte heute Abend schon voll ist, Mrs. Hayes", fragte Sir Daniel mit einem Seitenblick auf ihren Onkel.

Sie schluckte. „Nein, das ist sie nicht, denn wir sind gerade erst angekommen."

„Darf ich dann so kühn sein und Euch zum nächsten Tanz auffordern?", bat er und wies auf die Tanzfläche, wo sich die Paare nach dem beschwingten Ende des vorherigen Stückes gerade voneinander verabschiedeten.

Isabel legte den Kopf schief. Das war das Schlimmste an diesen Veranstaltungen. Eine Frau wurde zwar gefragt, ob sie tanzen wollte, aber sie konnte nur in Theorie ablehnen. In Tat und Wahrheit hatte sie beim Donville Masquerade mehr freien Willen als hier in einem öffentlichen und vorzeigbaren Umfeld.

„Sicherlich", antwortete sie mit zusammengebissenen Zähnen. „Es wäre mir eine Ehre."

Er streckte seinen Arm aus und sie nahm ihn. Als sie einen Blick zurückwarf, entdeckte sie ein zufriedenes Lächeln auf dem Gesicht ihres Onkels. Er sah fast so aus, als wäre alles bereits unter Dach und Fach. Für ihre Zukunft war gesorgt, so dass er sich wieder rücksichtslos in die Vergangenheit zurückziehen konnte.

Und ihr Herz sank, als die Töne eines Jigs erklangen und sie gezwungen war, fröhlich und leichtfüßig zu tanzen, während sich ihr ganzes Wesen so verzweifelt schwer anfühlte.

~

Matthew stand an der Wand, während der Ball vor ihm weiterging, aber er achtete nicht wirklich auf die Gäste. Seine Gedanken kreisten um einen anderen Raum, eine andere Tanzfläche, eine, die die Leute in diesem Raum schockieren würde, wenn sie sie sähen.

Er dachte an seine Fremde. Seinen Schwan.

„Matthew!"

Er drehte sich um und schüttelte diesen müßigen Gedanken ab, als er sah, wie seine Mutter auf ihn zukam. Die Duchess sah reizend aus in ihrer Ballkleidung, aber er sah Besorgnis in ihrem Gesicht aufblitzen, bevor sie sich zu ihm hinaufbeugte, um ihn auf die Wange zu küssen.

„Mama", grüßte er, während er ihre Hand nahm und sie in seine Armbeuge steckte. „Ich bin so froh, dass du mich gefunden hast. Möchtest du eine Runde auf der Tanzfläche tanzen?"

Sie lachte trocken auf, als ob diese Idee absurd wäre. „Ich denke, das überlasse ich anderen Damen. Du weißt, ich tanze nicht."

„Das solltest du aber", erwiderte er und warf ihr einen Seitenblick zu. „Du warst immer sehr gut darin."

„Mit deinem Vater als Partner", berichtigte sie mit einem traurigen Lächeln. „Ich bezweifle, dass ich mit jemand anderem gut zurechtkäme."

„Sagt die Frau, die unbedingt eine neue Tanzpartnerin für mich finden will", neckte er, während sie gemeinsam in die Menge blickten.

Sie drückte sanft seinen Arm. „Ich dränge dich zu sehr, nicht wahr?"

Er schaute auf sie herab, in das freundliche Gesicht, das er so sehr liebte. Dieses Antlitz hatte ihn durch so viel Kummer begleitet, wünschte sich für ihn eine Zukunft, von der er befürchtete, dass sie außerhalb seiner Reichweite bleiben würde.

„Überhaupt nicht", entgegnete er leise. „Du hast nur mein Bestes im Sinn. Wie könnte ich mich darüber beschweren?"

„Das kannst du tatsächlich nicht", meinte sie. „Aber du kannst meine Methoden beanstanden."

„Das würde ich nie wagen", stichelte er. „Und deinen Zorn auf mich ziehen?"

Seine Mutter verdrehte die Augen. „Mein Zorn, der legendär ist?"

Er kicherte und spürte, wie er sich entspannte. Er fühlte sich eher er selbst, wenn er mit Familie und Freunden zusammen war. Das Selbst, an das er sich seit Angelicas Tod gewöhnt hatte. Das hatte eine gewisse Leichtigkeit, die er in dem Moment verloren hatte, als er das Masquerade betreten und das brennende Verlangen gespürt hatte, das beim Anblick der Fremden in ihm aufgeflammt war.

„Du bist heute Abend sehr weit weg", beklagte sich die Duchess. „Langweilst du dich etwa auf dem Ball?"

Er zuckte mit den Schultern. „Es ist ein Ball. Ich nehme an, das ist eine genauso schöne Art, die Zeit zu verbringen wie jede andere auch."

„Wie begeistert du klingst", schnaubte sie. „Es gibt hier also niemanden, der dein Interesse weckt?"

Matthew seufzte, als er seinen Blick durch den Raum schweifen ließ. Er sah jede Menge Freunde, denn die meisten Dukes waren zur Party gekommen und standen entweder in Gruppen zusammen, unterhielten sich mit den anderen Gästen oder tanzten mit ihren Bräuten auf der Tanzfläche. Aber es waren auch andere Männer zugegen, Freunde außerhalb seines engen Freundeskreises, einschließlich des Gastgebers.

Aber das war nicht das, was seine Mutter mit Interesse meinte. Sie meinte Damen. Ungebundene, heiratsfähige Damen. Solche, die schließlich die Erbfolge seines Vaters weiterführen würden, indem sie ihn heirateten und seine Söhne zur Welt brachten.

„Ich weiß nicht…", begann er und hielt dann inne. Die Menge hatte sich für einen kurzen Moment ein wenig gelichtet und offenbarte nicht etwa eine Dame, sondern jemand ganz anderes. Jemand weitaus Schlimmeres.

„Was ist los?", fragte die Duchess, während sie sich auf die Zehenspitzen stellte, um seinem Blick über die Menge hinweg zu folgen.

„Fenton Winter", hauchte er.

Der Name brachte bei seiner Mutter eine unwillkürliche Wirkung hervor. Sie hielt den Atem an und griff mit beiden Händen nach seinem Arm. „Matthew", flüsterte sie.

Es gab einen bestimmten Grund für diese starke Reaktion. Winter war Angelicas Vater. Jahrelang hatten sich ihre Familien gut verstanden. Der Mann hatte ihre Verbindung gutgeheißen. Aber als sie starb, war Winter wirklich am Boden zerstört gewesen. Er hatte Matthew mit seiner Wut und Schmerz sowie mit Anschuldigungen überschüttet.

Normalerweise besuchten sie nicht dieselben gesellschaftlichen Anlässe. Dafür hatte Matthew gesorgt. Aber ausgerechnet heute Abend war der Mann da. Im Laufe der Jahre war er dünner geworden. Sogar hager. Sein Kiefer war angespannt, als er auf die Tanzfläche blickte, eine Miene des Unmuts, die Matthew sehr gut kannte.

Aber er hatte Matthew offensichtlich noch nicht gesehen, denn er hatte keinen Zweifel daran, dass Winter in diesem Fall bereits quer durch den Ballsaal gestürmt wäre, um ihn öffentlich zur Rede zu stellen.

„Vielleicht sollte ich gehen", murmelte er.

Seine Mutter antwortete ihm etwas, aber er hörte sie nicht. In diesem Moment trat nämlich eine Dame von der Tanzfläche und blieb vor Winter stehen. Sie stand mit dem Rücken zu Matthew – er konnte ihr Gesicht nicht sehen, aber das brauchte er auch nicht.

Die Art, wie sie sich bewegte, wirkte vertraut. Die Art, wie ihr Kleid an ihren schlanken Schultern hing. Der dunkle, seidige Glanz ihres perfekt frisierten Haares.

Das war... sie sah aus wie sein Schwan. Seine Fremde. Seine Geliebte. Und sie sprach mit Fenton Winter im Ballsaal eines Viscounts, keine fünfzehn Meter von Matthew entfernt.

„Matthew!" Der Tonfall seiner Mutter war scharf und durchdrang seinen lähmenden Nebel.

„Ja?", fragte er und zwang sich, sie anzuschauen.

„Was ist los?", fragte sie. „Abgesehen davon, dass Winter hier ist, meine ich. Ich habe dich dreimal beim Namen genannt."

Er schüttelte den Kopf. „Es tut mir leid, wirklich, Mama. Ich weiß es nicht." Er blickte zurück zu Winter und seiner Begleiterin. Sie sah ihn immer noch nicht, und in seinem Kopf begann es sich zu drehen. „Es tut mir leid. Entschuldige mich."

Er entfernte sich von seiner Mutter und nahm schwach wahr, wie sie noch einmal seinen Namen rief. Er ignorierte es, zu sehr war er im hämmernden Trommelwirbel des Schreckens gefangen, den die Situation vor ihm auslöste. Eine, die er noch nicht ganz verstand, aber er hatte eine dunkle Ahnung, dass sie nicht gut ausgehen würde. Wie sollte sie auch?

Er taumelte zu James und Emma, die dicht neben der Tanzfläche standen und miteinander flüsterten und kicherten. Als er sie unterbrach, verfinsterte sich James' Miene sofort.

„Was ist los?", fragte er und hielt Matthew am Arm fest.

Matthew war froh über den Griff. Es brachte ihn zumindest teilweise wieder in die Realität zurück. „Ich – Winter", murmelte er.

James warf einen Blick in die Richtung, in die Matthew schaute, und seine Augen weiteten sich. „Mein Gott, das tut mir leid. Ich hatte keine Ahnung, dass er hier sein würde."

„Ich auch nicht", stieß Matthew hervor. „Wer ist die Frau bei ihm?"

James und Matthew sahen sich erneut um, und plötzlich drehte sich die Frau um, um sich neben Winter zu stellen, und Matthew konnte zum ersten Mal einen Blick auf ihr Gesicht werfen. Es gab keinen Zweifel und keine Hoffnung mehr, dass sie nicht seine Fremde war. Er erkannte sie an der Form ihrer Lippen, der Rundung ihres Kiefers und der Farbe ihrer dunklen Augen.

Sie war es.

James begann den Kopf zu schütteln, als Emma einen langen Atemzug machte. „Das ist Isabel Hayes", erklärte sie sanft. „Sie ist… sie ist Angelicas Cousine, Winters Nichte. Sie wohnt seit etwa einem Jahr bei ihm. Sie hat die meiste Zeit um ihren verstorbenen Mann getrauert."

Matthews Ohren begannen zu klingeln, als er die Dame, den Schwan… *Isabel*, noch einmal anstarrte. Sie war sogar noch schöner, wenn ihr Gesicht nicht halb von einer Maske verdeckt war.

„Nein." Er verschluckte sich an dem Wort. „Nein."

„Matthew", drängte James. „Matthew, was ist los?"

Matthew brachte kein Wort heraus. Er starrte ohne zu blinzeln darauf, wie Winter etwas zu Isabel sagte und dann von ihr weg in die wogende Menge trat. Sie bewegte sich, ein Ausdruck des Unbehagens huschte über ihr Gesicht. Ihr verlogenes, trügerisches, absolut hinreißendes Gesicht.

Er blieb James eine Antwort schuldig und ging quer durch den Raum auf sie zu. Der Raum war überfüllt, aber das machte nichts. Alles, was er sah, war sie. Alles, woran er denken konnte, war sie. An sie und ihre Lügen und an den schrecklichen Plan, den sie in ihrem Kopf ausgeheckt hatte.

Als er sich durch eine Gruppe beieinander stehender Gäste drängte, drehte sie sich um, und ihr Blick blieb auf ihm haften. Er sah, wie sich ihre Miene schlagartig veränderte. Ihre Augen weiteten sich ins Unermessliche, ihre Wangen wurden blutleer, und in ihrem Blick sah er blankes Entsetzen.

All das bewies nur noch mehr, was er wusste. Sie war seine Geliebte. Und sie hatte genau gewusst, wer und was er war.

Er ging die letzten Schritte auf sie zu, und sie drehte sich um, als wolle sie davonlaufen. Er ließ es nicht zu. Er ergriff ihren nackten Ellbogen und zerrte sie zurück, wobei er verzweifelt versuchte, das Aufflammen von Lust und Verlangen zu ignorieren, das ihn durchströmte, als seine Haut die ihre berührte.

„Komm mit mir", knurrte er leise. „*Mrs. Hayes.*"

Isabel konnte kaum atmen, als sie durch die verwinkelten Gänge von Lord Callis' riesigem Haus geschleift wurde. Ihre Sicht war verschwommen, und sie konnte vor lauter Herzklopfen nichts anderes mehr hören. Sie taumelte, aber Matthew verlangsamte sein Tempo nicht, er hielt sie fest in seinem Griff, während er sie in einen Salon schob. Als er sie losließ, stolperte sie vorwärts und zuckte zusammen, als er die Tür hinter ihnen zuschlug.

Sie wollte ihn nicht ansehen, und so stand sie da, die Augen zusammengekniffen, die Hände an den Seiten geballt, mit dem Rücken zu ihm. Dieser Moment dehnte sich zu einer Ewigkeit aus, bevor er schnauzte: „Dreh dich um."

Sie zitterte von Kopf bis Fuß und Tränen stachen ihr in die Augen, als sie langsam tat, was er befahl. Er stand immer noch an der Tür und starrte sie mit vor seiner breiten Brust verschränkten Armen an.

Vorbei war es mit dem Liebhaber, der sich so gründlich um ihre Bedürfnisse gekümmert hatte, immer und immer wieder. Vorbei war es mit dem Mann, der ihr gestand, dass er von der körperlichen Anziehung zwischen ihnen genauso verwirrt war wie sie selbst. Vorbei war all die Sanftheit und Zärtlichkeit, die sie glauben ließ, dass er nicht in der Lage war, ihrer Cousine wehzutun.

Zurück blieb die Wut, die unmittelbar unter der Oberfläche

brodelte. Und Verachtung, die seine herrlichen grauen Augen in stürmische Meere verwandelte.

„War das alles eine Falle?", schnappte er mit schneidender Stimme. „Ein Komplott?"

Bei dieser Anschuldigung stockte ihr der Atem. Bei den starken Gefühlen, die sich dahinter verbargen. Einen wilden Moment lang dachte sie daran, zu lügen, zu leugnen, dass sie etwas von dem wusste, wonach er fragte. So zu tun, als wäre sie nie seine Fremde gewesen.

Nur konnte sie das nicht. Er wölbte eine Augenbraue, und es war klar, dass diese Lüge sie ebenso wenig retten würde wie all die anderen. Es war Zeit für die Wahrheit und dafür, die Torheit, die sie in seine Arme geführt hatte, abzulegen.

„Nein", keuchte sie, ihre Stimme klang so rau und fremd. „Ich wusste es nicht, nicht am Anfang. Ich schwöre es dir."

Er lachte, aber es war ein hässlicher Laut. „Schwörst du, *Isabel*? *Mrs. Hayes*. Soll dein Schwur einen Wert für mich haben?"

Sie ließ den Kopf sinken. Sie hatte seinen Missmut verdient, das wusste sie. Trotzdem schmerzte es sie viel mehr, als es hätte tun sollen, wenn man bedenkt, dass sie ihn kaum kannte. Sie konnte diesen Mann nicht für sich beanspruchen. Nicht zuletzt wegen der Tatsache, dass jetzt alles zwischen ihnen vorbei war.

„Ich wusste es nicht, als ich dich zum ersten Mal traf", wiederholte sie.

„Aber danach", knurrte er und schritt an ihr vorbei weiter ins Zimmer. „Wann? War es, bevor ich meine Maske abgenommen habe? War es, bevor du mit mir geschlafen hast?"

Die Härte der Anschuldigung traf sie tief ins Herz, und sie hatte Mühe, die Fassung zu bewahren, als sie ihn zum Feuer gehen sah. Er drehte sich um und stand nun ihr gegenüber, mit finsterem Blick und wütend. Und doch immer noch völlig unwiderstehlich.

„Nein", entgegnete sie. „Nicht vorher. Es war wirklich, als du dich danach angezogen hast... nach dem ersten Mal, als wir zusammen waren und du deine Maske abgenommen hast, da wusste ich es. Du erinnerst dich an meine Reaktion, wie ich weggelaufen bin. Wenn ich es vorher schon gewusst hätte, warum hätte ich dann so etwas tun sollen?"

Für den Bruchteil eines Augenblicks verblasste der Zorn in seinem Gesicht. Er nickte langsam. „Ich nehme an, das ist ein gutes Argument."

Sie trat auf ihn zu, und ihre Wangen wurden heiß, als er zusammenzuckte. „Ja", gab sie zu. „Ich war entsetzt, als ich dein Gesicht sah. Von allen Männern auf der Welt, mit denen ich hätte nur… nur…"

„Ficken können", beendete er den Satz.

Sie schreckte vor diesem harten Wort zurück, das eine Dame nicht hören sollte. Vielleicht benutzte er es deshalb, um ihr zu zeigen, dass er sie nicht mehr für eine Dame hielt. Und warum sollte er das auch?

„Ja", sagte sie mit zitternder Stimme. „Du warst meiner Cousine…"

Sie hielt inne, denn sie konnte es nicht aussprechen. Es steckte zu viel Kraft darin.

Er schien nicht dieselben Vorbehalte zu haben. „Deiner Cousine Verlobter?", fragte er spöttisch. „Ihr Mörder?"

Bei diesen Worten stockte ihr der Atem. „Was?"

Er bewegte sich nun vorwärts, und sie ballte die Fäuste, um sich zu zwingen, an ihrem Platz zu bleiben. „Das ist es, was dein Onkel denkt, nicht wahr? Was er dir über die Jahre eingetrichtert hat? Hältst du mich wirklich für so dumm, dass ich nicht vermute, dass *das* der Grund ist, warum du zurückgekommen bist und mich aufgesucht hast, nachdem du meinen Namen erfahren hast?"

Sie neigte den Kopf. „I-ich kann es nicht leugnen. Aber das war nicht der einzige Grund, dass ich zurückgekommen bin. Ich habe dich einerseits wieder aufgesucht, um… um…"

„Sag es, Isabel", knurrte er. „Hör jetzt nicht auf."

„Um dich auszufragen", beendete sie mit einem Schluchzen.

Bei diesem Wort verzog sich sein Gesicht vor Abscheu. „Du hast dich an mich herangemacht, um herauszufinden, ob ich Angelica getötet habe. Auf Anweisung deines Onkels?"

„Nein!", rief sie. „Er weiß nichts davon. Er darf *niemals* wissen, was ich getan habe."

Seine Augen verengten sich und blickten sie voller Argwohn an. Das hatte sie natürlich verdient. Sie hatte seine Verachtung verdient. Seinen Hass. Aber sie sträubte sich dagegen. Sie wollte das nicht von dem ersten Mann überhaupt, der ihr verborgenes Verlangen geweckt hatte. Vom Mann, der ihr so viel Freude bereitet hatte.

„Du hast es also aus eigenem Interesse getan", sinnierte er. „Und bist du zu einem Urteil über meine Schuld oder Unschuld gekommen?"

„Wir sind uns nicht oft genug begegnet." Ihre Stimme zitterte und sie konnte sie nicht kontrollieren. „Aber ich konnte nicht glauben, dass ein Mann, der..."

„Dir Vergnügen bereitet hat", ergänzte er, und seine Stimme war immer noch hart, während sein Blick über sie huschte.

Sie nickte, und ihre Wangen flammten erneut auf, weil er so unverblümt war. „Ja. Aber du tatest es so... sanft. Mit so viel Aufmerksamkeit und Fürsorge, obwohl beides nicht nötig gewesen wäre... Ich konnte nicht glauben, dass ein Mann, dessen erste Tat es war, mich zu beschützen, Angelica etwas antun könnte."

Sein Kiefer wurde hart. Sie wünschte, sie könnte diese Wange berühren, sie mit ihren Fingern nachzeichnen, wie sie es einmal getan hatte und nun nie wieder tun würde.

„Du hast gesagt, dass deine Ermittlung ein Grund für deine Rückkehr war, dafür, dass du mich auf dem Maskenball erneut gesucht hast", stieß er schließlich hervor. „Was war der andere?"

Ihre Lippen kräuselten sich bei dieser Frage. Sie hatte nicht erwartet, dass er ihre Formulierung weiterverfolgen würde. Sie war sich nicht einmal bewusst gewesen, dass sie es so gesagt hatte. Aber jetzt, da sie es getan hatte und er danach fragte...

„Weil ich das, was wir in diesen zwei Nächten erlebt haben, nicht aufgeben wollte", flüsterte sie, und ihre Stimme war in dem stillen Raum kaum zu hören. „Ich konnte es einfach nicht, obwohl ich wusste, dass das, was ich tat, falsch war."

Er antwortete nicht, sondern starrte sie nur an. Sein Gesicht war jetzt unergründlich. Nicht wütend, nicht verächtlich, einfach... leer. Kühl.

„Mein Onkel wird eine neue Ehe für mich arrangieren", erklärte sie und konnte irgendwie nicht verhindern, dass ihr diese Worte über die Lippen kamen. „Ich bin mir sicher, dass sie so sein wird wie meine letzte."

„Wie war deine letzte?", fragte er.

Ihre Wangen glühten. „Ich wurde mit einem älteren Mann verheiratet, eine Verbindung wegen der Position, nicht aus Leidenschaft. Es war der Mangel an letzterer, der mich überhaupt erst zum Masquerade geführt hat. Nur um... diese Leidenschaft zu sehen. Nur ein bisschen. Und dann hast du mich berührt, und plötzlich erfuhr ich am eigenen Leib eine überwältigende Leidenschaft. Eine Welle, die mich mitgerissen hat."

„Und so hast du mir die Möglichkeit genommen, meine eigene Entscheidung zu fällen, nur um deine eigenen Wünsche zu erfüllen", schloss er.

Als er es so ausdrückte, erkannte sie plötzlich, was sie angerichtet hatte. Und sie hasste sich dafür. „Ja. Das habe ich. Und ich hatte Unrecht damit. Ich wünschte, ich könnte es rückgängig machen."

„Tust du das wirklich?", fragte er und trat einen Schritt vor.

Der Abstand zwischen ihnen schloss sich mit diesem langen Schritt. Er berührte sie jetzt fast, und seine Wärme umschloss sie wie damals, als er sie ins Bett getragen hatte. Sein Atem strömte über sie. Seine Augen bohrten sich in ihre.

Sie hielt diese Augen fest und erinnerte sich daran, wie sie ausgesehen hatten, als er sie noch begehrte. Selbst jetzt, in diesem feindseligen, gefühlsgeladenen Moment, sah sie einen Schatten desselben Ausdrucks. Und bevor sie es sich anders überlegen konnte, kam ihr die Frage über die Lippen: „Wie hättest du dich entschieden, wenn du es gewusst hättest?"

Seine Wange zuckte wieder, aber diesmal war sein Ausdruck nicht von Zorn geprägt. Diesmal war es etwas anderes. Etwas, das sie schon einmal gesehen hatte, in dem kurzen Moment, bevor er sie berührte, sie nahm, in jenem verbotenen Raum im Masquerade.

Sie sah es, und sie wusste, was er als Nächstes tun würde, noch bevor er seine Lippen auf die ihren presste. Der Kuss hatte nichts Sanftes an sich. Sie spürte immer noch seine Wut in der Art, wie er mit seiner Zunge forderte, und seine Hände, die sich um ihre Unterarme schlossen und sie noch enger an sich zogen.

Aber sie spürte auch sein Verlangen. Sie schmeckte es auf seiner Zunge, als er sie hart in ihren Mund schob. Sie konnte die Leidenschaft, nach der sie sich sehnte, ebenfalls nicht leugnen. Sie konnte den Mann nicht verleugnen, der die Lust so tief in ihr entfachte. Ein leises Stöhnen entkam ihrer Kehle, und sie hob sich auf die Zehenspitzen, um ihm näher zu kommen. Ihre Zunge traf auf seine, und der Kuss vertiefte sich, überwältigte sie, brach wie Wellen an der Meeresküste. Zerstörerisch und schön zugleich. Sie wollte mitgerissen werden.

Er löste sich von ihr und fluchte. Er stieß sie von sich, während er sich die Hand vor den Mund hielt, als hätte er sich an ihr verbrannt. Er starrte sie einen Herzschlag lang an, zwei, bis es ihr wie eine Ewigkeit vorkam. Dann machte er auf dem Absatz kehrt, trat aus dem Salon und ließ sie allein zurück.

Allein und atemlos und völlig verwirrt.

KAPITEL 11

Matthew betrat sein Arbeitszimmer und schloss die Tür hinter sich. Wie er hierhergekommen war, war ihm schleierhaft. Alles war verschwommen, von dem Moment an, als er der heißen Versuchung von Isabels Kuss entkommen war, bis zu diesem Augenblick.

Er hatte das Haus der Callis verlassen, seine Kutsche gefunden, war nach Hause zurückgekehrt... aber die Einzelheiten dieser Handlungen? Seine Erinnerungen daran waren bestenfalls undeutlich.

Die Einzelheiten des Kusses? Kristallklar und scharf in einem sich wiederholenden Zyklus in seinen schwindelerregenden Gedanken. Ihr Hintergrund bestand aus einem Trommelschlag aus Schuld und Scham.

Er war früher immer in der Lage gewesen, seine Gefühle zu beherrschen. Dafür hatte er in seinen geliebten Eltern gute Vorbilder. Er ließ keine Leidenschaft aufkommen, hielt sie ständig im Zaum. Selbst als Angelica starb, hatte er seine Gefühle nach innen gekehrt, sie für sich behalten, weil die Welt sich ohne ihn weiterdrehen musste. Ohne sie.

Aber jetzt fühlte sich all diese Selbstbeherrschung nichtig an. All die Gefühle, das Verlangen, der Verrat sprudelten hoch, und mit einem Fluch fegte er mit den Händen über die Schreibtischplatte und ließ Papiere, Federkiele und Tintenfässer auf den Boden um sich herum fallen. Das brachte ihm jedoch keine Ruhe.

Er dachte an Isabel, die ihm in die Augen schaute. In einer Maske, dann unmaskiert, mit ihrem Onkel zusammen, dann nur sie selbst. Er dachte daran, wie er vor ihr weglaufen wollte, so weit und so schnell er konnte, aber auch daran, wie er sie an eine Wand drücken und sie wie ein wildes Tier nehmen wollte. Sein Kopf pochte von all den überwältigenden und widersprüchlichen Wünschen, und er schritt zur Anrichte. Er schenkte sich einen Drink ein und hob das Glas an seine zitternden Lippen.

Er trank es in einem Zug leer und drehte sich dann, um das Glas gegen die Wand zu schleudern. Es zersplitterte mit einem sehr befriedigenden Klirren, das die aufwühlende Erregung in seiner Brust fast zu dämpfen vermochte. Er warf das nächste, dann das nächste und wollte gerade ein viertes werfen, als die Tür zu seinem Arbeitszimmer aufflog und seinen Butler Portman und hinter ihm Baldwin zum Vorschein brachte.

Matthew stellte das Glas langsam zurück und sah sich im Raum um, während die anderen dasselbe taten. Die Zerstörung war deutlich zu sehen, und er war sich sicher, dass seine eigenen Gefühle es auch taten.

Baldwin trat ein, hielt aber eine Hand hoch, um Portman aufzuhalten. „Das wäre alles für heute Abend."

Portman blickte an ihm vorbei, sein Gesicht war von Sorge gezeichnet. Matthew wandte sich von ihm ab, von dem Ärger, den er sowohl in diesem Zimmer als auch in seinem Leben verursacht hatte. Er hörte, wie der Butler etwas zu Baldwin murmelte, dann schloss sich die Tür.

„Du hast die Party verlassen", setzte Baldwin in einem sehr vorsichtigen Ton an. „Es war offensichtlich, dass du in großer Aufregung warst. Und ich bin derjenige, der geschickt wurde, um sicherzustellen, dass es dir gut geht."

Matthew lachte auf, obwohl er kein Vergnügen empfand. „War das so offensichtlich? Ich habe das verdammte Recht dazu, zu tun und zu lassen, was ich will."

Baldwin holte tief Luft. „Früher hätte ich diese Art von unbesonnenem Verhalten vielleicht von, sagen wir, Graham oder vielleicht Lucas erwartet. Vielleicht würde ich es von Hugh angesichts seiner Stimmung in letzter Zeit immer noch erwarten. Aber bei meinem Freund Matthew? Niemals. Es muss also etwas sehr Schlimmes auf diesem Ball passiert sein, und ich verlange, dass du mir jetzt sofort sagst, worum es geht."

Endlich stand Matthew ihm gegenüber. Baldwins Gesicht war angespannt vor Sorge. Ein Ausdruck, den er nicht mehr auf dem Gesicht seines Freundes gesehen hatte, seit er Helena im Jahr zuvor geheiratet hatte.

„Du hast doch nicht etwa deine Braut verlassen, nur um mich zu suchen, oder?"

Baldwin wölbte eine Braue. „Versuch nicht, mich abzulenken, das wird nicht funktionieren. Helena war genauso besorgt um dich wie die anderen. Sie ist zurückgeblieben und wird von James und Emma nach Hause begleitet werden. Sie erwartet mich nicht vor morgen früh zurück, also hast du Zeit genug, um mir zu sagen, was zum Teufel mit dir los ist."

Matthew sackte zusammen und lehnte sich schwer gegen die Anrichte. „Ich habe nur noch dieses eine Glas. Drink gefällig?"

„Sicher, wir können ihn uns teilen. Setz dich hin und rede." Baldwin schritt durch den Raum und setzte sich auf einen Sessel vor dem Feuer. Er richtete seinen düsteren Blick auf Matthew, der das Getränk einschenkte, bevor er sich ihm gegenüber niederließ und ihm das Glas reichte.

„Ich weiß nicht, wo ich anfangen soll", sagte er leise.

Baldwin legte den Kopf schief. „Ich weiß, dass du Fenton Winter heute Abend auf dem Ball gesehen hast. Hat er mit dir gesprochen? Hat er dieselben alten Anschuldigungen vorgebracht, die er seit drei Jahren wiederholt?"

„Nein", flüsterte Matthew. „Ich habe Winter zwar gesehen, und es hat mich aufgeregt, wie es das immer tut. Aber es ist nicht er. Es ist… *sie.*"

„Angelica?", sagte Baldwin.

Matthew verkrampfte sich. *Sie* war immer Angelica gewesen, von dem Moment an, als er ihren schlaffen Körper aus dem See getragen hatte und sein Leben in die Luft gesprengt worden war. Sie war die *Sie,* die er stets in jeden Winkel seines Lebens mitnahm.

Er hatte angenommen, dass sie es immer sein würde. Aber heute Abend, jetzt, war *sie* jemand ganz anderes.

„Nein", stieß er hervor. „Ich spreche von meinem Schwan. Meiner Fremden."

Baldwins Augen weiteten sich, und er sah sich noch einmal im Raum um und betrachtete die Zerstörung. „Eine Frau, die du kaum kennst, hat… das ausgelöst?"

„Ich habe sie heute Abend gesehen", gab Matthew zu, lehnte seinen Kopf zurück und schloss die Augen. „Ich weiß, wer sie ist."

Baldwin stockte der Atem. „Wer?"

Es laut auszusprechen, war nicht einfach. Es zwang ihn, jeden verdammten Moment dieser fürchterlichen Nacht noch einmal zu erleben. „Sie ist… Isabel Hayes."

„Wer?", fragte Baldwin erneut. „Ich kenne diesen Namen nicht, und ich weiß auch nicht, warum er all das in dir hervorbringen sollte."

„Sie ist Angelicas Cousine. Fenton Winters Nichte und sein verdammter Hausgast."

Baldwin blieb völlig still, und Matthew wartete einen Moment, bevor er ihn wieder ansah. Das Gesicht seines Freundes war blass, sein Mund stand vor Schreck offen und seine Augen waren groß wie Untertassen.

„Ja, das war auch meine Reaktion", murmelte Matthew und nahm Baldwin das Glas aus der Hand. Er trank es zur Hälfte aus, bevor er es zurückgab. Baldwin trank den Rest, seine Hände zitterten dabei.

„Ich weiß nicht, was ich sagen soll, was ich mit dieser Information anfangen soll", meinte Baldwin schließlich. „Das kann doch kein Zufall sein, oder?"

Matthew stand auf und ging zurück zur Anrichte. Diesmal kam er mit der Flasche zurück. Er füllte das Glas erneut und nahm dann einen Schluck aus der Flasche selbst, bevor er sie auf den Boden neben seinem Stuhl abstellte.

„Ich habe sie in einen Salon geschleppt, um sie mit genau dieser Frage zu konfrontieren. Und ich war… grausam."

Baldwin wich zurück. „*Du*? Nicht, dass ich nicht denke, dass sie ein wenig Grausamkeit verdient hat, nachdem sie dich betrogen hat, aber es fällt mir schwer, mir das bei dir vorzustellen."

„Genauso wie es dir schwerfällt, dir vorzustellen, wie ich in einem Wutanfall mein Arbeitszimmer zerstöre und… nun ja, gewisse andere Dinge?", fragte Matthew und wies mit dem Kopf auf den Schaden hinter ihm. „Natürlich habe ich sie nicht körperlich verletzt. Aber ich bin sicher, dass sie sich bedroht gefühlt hat. Ich war… grob. Ich bin nie grob. Aber ich war so erschlagen."

„Das kann ich mir denken", beruhigte Baldwin ihn. „Immerhin kannte sie deine Identität, nicht wahr?"

Matthew nickte. „Obwohl sie darauf besteht, dass sie es erst wusste, nachdem meine Maske in der ersten Nacht, in der wir…" Er zitterte. „Ich würde sagen, *uns geliebt haben*, aber das ist nicht ganz richtig. Ich habe nicht mit einer Fremden in einer Maske geschlafen. Ich habe sie genommen. Habe sie beansprucht. Habe etwas in sie hineingebrannt, so wie sie etwas in mich hineingebrannt hat. Und jetzt weiß ich, dass die Person, mit der ich das getan habe, die Cousine meiner Verlobten ist. Eine Frau, die mit einem Mann lebt, der mir ins Herz schießen würde, wenn er die Gelegenheit dazu hätte."

„Stecken sie unter einer Decke?", fragte Baldwin.

Matthew atmete lang und schwer. „Das war meine erste Vermutung. Er verachtet mich, gibt mir die Schuld, obwohl er im letzten Jahr oder so ruhiger geworden ist."

„Das heißt aber nicht, dass er nicht immer noch seinen Hass pflegt", erwiderte Baldwin.

Matthew seufzte. „Und wie könnte man besser an mich herankommen als über Isabel? Aber sie hat das verneint."

„Natürlich würde sie das tun", spottete Baldwin. „Um sich selbst zu schützen."

Matthew merkte, wie sich seine Fäuste in seinem Schoß ballten. Ein Anflug von Beschützerinstinkt stieg in seiner Brust auf, der ihm sehr missfiel. Den hatte Isabel sicher nicht verdient.

Und doch...

„Sie schien aufrichtig entsetzt über diese Anschuldigung zu sein. Sie sagte, er dürfe niemals erfahren, was sie getan habe. Dass sie zuerst zu mir kam, weil sie... es spielt keine Rolle, was sie wollte. Als sie die Wahrheit über meine Identität kannte, kam sie das zweite Mal, um gegen mich zu ermitteln. Jedoch aus eigenem Antrieb."

Baldwin schürzte seine Lippen. „Und du glaubst ihr?"

Matthew schloss die Augen. Er konnte Isabel jetzt so deutlich sehen, diese großen, dunklen Augen, die die seinen festhielten. Diese vollen Lippen, die zitterten, als sie ihn anflehte, ihr zu glauben, obwohl sie zuvor gelogen hatte. Und dann das Gefühl dieser üppigen Lippen, als er sie noch einmal stürmisch küsste. Trotz allem, was sie getan hatte. Trotz dessen, was und wer sie war.

Er schüttelte die Gedanken ab und richtete sich auf.

„Ich weiß nicht, was ich glauben soll", gab er zu.

Baldwin nickte langsam. „Ich denke, das ist verständlich. Es nicht zu wissen, meine ich. Schließlich ist es eine komplizierte Situation. Vielleicht musst du nicht sofort wissen, was du glauben kannst, wenn du von all den Aspekten dieser unerwarteten Entwicklung überwältigt bist. Ich denke, eine bessere Frage wäre: Was hast du nun vor?"

Matthew erhob sich, ging zum Feuer und starrte in die Flammen. Alles war erst vor Kurzem geschehen. Seine Welt war plötzlich auf den Kopf gestellt worden, sowohl durch die Erkenntnis, was und wer Isabel war, als auch durch die Tatsache, dass dies nichts an dem pulsierenden Verlangen änderte, das er irgendwie für sie empfand.

Und er hasste sich dafür. Zutiefst.

„Das weiß ich auch nicht", flüsterte er. „Mein Bauchgefühl sagt mir, dass ich Abstand nehmen muss."

Er hörte diese Worte über seine Lippen kommen, und sofort klangen sie falsch. Wegbleiben war nicht das, was er wollte. Er wollte weiter in die Sache eintauchen. Ihre Beweggründe besser verstehen. Er wollte herausfinden, warum er sich so sehr zu ihr hingezogen fühlte, obwohl er so etwas schon lange nicht mehr empfunden hatte.

Baldwin richtete sich auf, ohne die Gedanken in Matthews Kopf zu kennen. „Ich verstehe das", sagte er langsam. „Ich stimme sogar zu, dass es das Beste wäre."

„Ja, das ist das Beste." Seine Stimme klang hohl und weit weg.

„Und es sollte nicht so schwer sein, diese Frau zu meiden. Du hast das mit ihrem Onkel jahrelang getan. Die Party heute Abend war ein unerwartetes Ereignis, aber wir werden von nun an bei Einladungen aufmerksamer sein."

Matthew ertappte sich dabei, wie er nickte, aber er zweifelte an dem, dem er da zustimmte. In Tat und Wahrheit hatte er den Eindruck, dass es schwieriger sein könnte, Isabel zu meiden, als sein Freund sich das vorstellte. Vor allem, weil das aufgewühlte Verlangen in ihm ihn in einen Wolf verwandelte, der Robert ähnlicher war als irgendeinem seiner anderen Freunde.

Und der Wolf in seinem Inneren forderte nur eines: Ihr nachzustellen. Nicht wegzulaufen.

Isabel taumelte, als sie den Ballsaal wieder betrat, in ihrem Kopf drehte sich alles, und ihre Lippen waren heiß und kribbelten noch von Matthews hartem und leidenschaftlichem Kuss. Ihr Herz flatterte, als sie den Raum absuchte, doch sie fand ihn nicht. War er

gegangen? Hatte er sich versteckt? Wollte er sie öffentlich bloß-
stellen?

Sie hatte noch keine zwei Schritte in den Raum getan, als ihr
Onkel neben ihrem Ellbogen erschien.

„Da bist du ja", brummte er, sein Tonfall war seltsam, hallend
und weit entfernt.

Sie drehte sich zu ihm um und stellte fest, dass er sie mit einem
Ausdruck anstarrte, der ebenso seltsam war wie der Ton seiner
Stimme. Hitze stieg ihr in die Wangen, denn sie befürchtete, dass ihr
die Stärke ihrer Gefühle ins ganze Gesicht geschrieben stand.

Sie musste sich zusammennehmen.

„Hallo, Onkel Fenton", grüßte sie mit zitternder Stimme. „Hast
du mich gesucht?"

„Du bist aus dem Ballsaal verschwunden", klagte er.

Sie schluckte. „Ich wollte dich nicht beunruhigen. Ich bin in den
Ruheraum gegangen, um mich zu sammeln. Ich habe ein wenig
Kopfschmerzen." Die Lüge kam ihr ein wenig zu leicht über die
Lippen. Aber das war es schließlich, was sie geworden war: Eine
Lügnerin. Matthew dachte das jedenfalls.

Ihr Onkel legte den Kopf schief. „Komisch, ich habe dich auch im
Ruheraum gesucht."

Sie erstarrte. Wenn Fenton wüsste, was sie mit dem Mann getan
hatte, den er so sehr verachtete... oh, das wäre in der Tat sehr
schlimm. Er durfte es nie erfahren. Niemals.

„Wir haben uns wohl gerade verpasst", hauchte sie.

Er schaute sie genauer an. „Ja. Nun, wenn dich deine Kopfschmerzen immer noch quälen, sollten wir unseren Abend vielleicht
etwas früher beenden."

Sie brach vor Erleichterung fast zusammen. „Oh, danke, Onkel!"
Sie umklammerte seinen Arm mit beiden Händen. „Du weißt nicht,
wie sehr ich mir genau das wünsche."

Er wölbte eine Braue und sah sie von oben bis unten an. „Dann
werde ich meine Kutsche rufen. Gehen wir."

Er schob sie zur Tür, durch die sie gerade eingetreten war. Sie konnte nicht umhin, einen letzten Blick über ihre Schulter zu werfen, aber sie fand keinen Matthew. Seine Freunde, all diese Dukes und ihre Frauen, waren jedoch in einer Traube versammelt, redeten miteinander und runzelten dabei die Stirn. Hatte er mit ihnen gesprochen? Wussten sie es?

Übelkeit stieg in ihrem Magen auf, sie wandte sich ab und konzentrierte sich stattdessen darauf, es bis ins Foyer zu schaffen, ohne sich zu übergeben. Ihr Onkel rief nach seinem Wagen, und sie starrte auf ihre Pantoffeln, während sie warteten, und dabei durchlebte sie noch einmal jeden Moment mit Matthew im Salon.

Seine Wut war so mächtig gewesen, dass sie das ganze Zimmer ausfüllte. Aber das Verlangen war auch noch da. Wie sich bekriegende Gegner, die beide Anspruch auf ihn erheben wollten. Die Begierde hatte für einen Moment gesiegt, aber sie fürchtete, dass die Wut, der Hass, den sie durch den Betrug an ihm geschürt hatte, den Krieg letztendlich gewinnen würde. Natürlich hatte sie es verdient, aber der Gedanke, dass das Gespräch, das sie gerade geführt hatten, wahrscheinlich ihr letztes gewesen war, brach ihr das Herz.

„Isabel."

Der Tonfall ihres Onkels war scharf, und sie sah, dass er sie genau beobachtete. Sein Gesichtsausdruck war unergründlich, aber äußerst merkwürdig. „J-ja?"

„Die Kutsche", erklärte er und wies auf sie.

Sie schüttelte den Kopf. „Es tut mir leid."

Sie folgte ihm zum Wagen und ließ sich von ihm hineinhelfen. Er setzte sich ihr gegenüber, und sie fuhren in die Nacht hinaus, weg vom Ball. Weg von den Momenten, die ihr Leben wirklich verändert hatten.

„Was ist los?", fragte er.

Sie zuckte mit dem Gesicht zu ihm. „Entschuldigung?"

„Du bist sehr abwesend, Isabel", tadelte er in hartem Ton. „Weit mehr, als man von bloßen Kopfschmerzen erwarten würde."

Sie schluckte. Wenn sie diesen Schlamassel überleben wollte, würde sie lernen müssen, ihre Gefühlsregungen besser zu verbergen. Sie zwang sich zu einem Lächeln. „Es war lediglich eine sehr anspruchsvolle Nacht, Onkel. Mehr nicht."

„Anspruchsvoll. Ja, ich stimme zu. Es war ein sehr interessanter Abend." Er lehnte sich mit verschränkten Armen gegen den Kutschensitz, den Blick immer noch auf sie gerichtet. „Du hast Aufsehen erregt, nicht wahr? Sogar noch mehr, als ich dachte."

Sie runzelte die Stirn, und ihre Gedanken an Matthew verblassten. Das Verhalten ihres Onkels war jetzt so seltsam, dass ihr Herz zu klopfen begann. „Was meinst du damit?"

„Noch nicht", entgegnete er mit einer abweisenden Handbewegung. „Ich muss ein bisschen nachdenken, bevor wir darüber reden."

„Nachdenken?", wiederholte sie. „Worüber nachdenken?"

„Über deine Zukunft", antwortete er. „Mir ist heute Abend klar geworden, dass du vielleicht eine viel vielversprechendere vor dir hast, als ich ursprünglich erhofft hatte. Das ändert meine Pläne, das ist alles."

„Was meinst du mit einer vielversprechenderen Zukunft?"

„Vielleicht ist ein Baron oder ein zweiter Sohn einfach nicht vornehm genug", erklärte er achselzuckend.

Ihr Herz sank, und sie sackte in ihrem Sitz ein wenig zusammen. Und sie war so entsetzt über ihre Auseinandersetzung mit Matthew gewesen, dass sie dachte, Onkel Fenton könnte sie ihr ansehen. Dabei war er nur auf die Heirat konzentriert, die er für sie plante. Diese Zukunft, die sie zu ignorieren versucht hatte, eilte mit jedem Augenblick schneller auf sie zu.

Jetzt war sie fast schon da. Sie musste einen Weg finden, ihr Schicksal zu akzeptieren. Und sich damit abfinden, dass die Fantasie, die sie um Matthew herum aufgebaut hatte, nie wieder Wirklichkeit werden würde. Ihre Erinnerungen, selbst die schrecklichen von heute Abend, würden wahrscheinlich alles sein, was sie ab morgen über Wasser halten würden.

KAPITEL 12

Seit dem Ball bei den Callis waren lediglich drei Tage vergangen, aber für Matthew fühlte es sich wie eine Ewigkeit an. Die Tatsache, dass er kaum geschlafen hatte, ließ die Zeit natürlich nicht schneller verstreichen. Genauso wenig wie der Umstand, dass jeder seiner Duke-Freunde in der Stadt ihn aufgesucht hatte, um ihn auszufragen. So musste er die Geschichte von der Aufdeckung von Isabels Identität immer und immer wieder erzählen, sie jedes Mal neu durchleben.

Aber das Schlimmste und das Beste an der Art und Weise, wie er seine Tage verbracht hatte, waren die zudringlichen Gedanken an seine Begegnung mit Isabel. Der Kuss. Isabel, die ihn anlog. Und die ihn berührte.

„Herrgott", murmelte er, als er sein Pferd kurz vor Mattigan's Buchladen anhielt und abstieg. Er befestigte die Stute an einem Pfosten in unmittelbarer Nähe und klopfte ihr auf den Hals, bevor er lächelnd am Haus hinaufblickte.

Mattigan's war einer seiner Lieblingsläden. Wenn er las, vergaß er alles um sich herum. Alles, was ihn bedrückte. Er brauchte diese Flucht jetzt mehr denn je, und deshalb war Mattigan's Nachricht, dass ein paar der von ihm gewünschten Bücher eingetroffen waren, wie ein Geschenk des Himmels. Matthew brauchte nichts dringender, als seine Sorgen zu vergessen.

Als er die Tür öffnete, klingelte die kleine Glocke, und sein Lächeln wurde breiter. Mr. Mattigan, ein korpulenter Mann mittleren Alters, blickte von seinem Hauptbuch hinter dem Stehpult auf der anderen Seite des Raumes auf, und sein Gesicht erhellte sich. „Ah, Sir, willkommen."

Matthew durchschritt mit ausgestreckter Hand den Raum, und der Besitzer schüttelte sie in seiner Begeisterung nicht gerade sehr sanft. „Mr. Mattigan, ich habe mich so sehr über Eure Nachricht gefreut. Meine Bücher sind da?"

„Endlich sind sie angekommen, und ich möchte mich für die Verspätung entschuldigen", sagte Mr. Mattigan zerknirscht und mit einem tiefen Neigen des Kopfes. „Die Franzosen sind sehr niederträchtig, dass sie uns unsere Unterhaltung vorenthalten."

Matthew lachte. „Ich glaube, das ist ein bisschen übertrieben. Ich denke, ich werde mich ein wenig umsehen, bevor ich die Rechnung begleiche und mein Paket mitnehme."

„Natürlich", säuselte Mattigan und tätschelte seinen Arm. „Lasst Euch Zeit."

Matthew sog die Luft ein, als Mattigan an seinen Platz am Schreibtisch zurückkehrte und seinen Stift wieder in die Hand nahm. Der Geruch von Papier und Tinte erfüllte seine Lungen, und zum ersten Mal seit Tagen fand Matthew etwas Frieden. Er schritt auf die Regale zu und hörte das leise Gemurmel der anderen Kunden in den Gängen. Büchermenschen. Die allerbesten Menschen, wie er immer gedacht hatte.

Er fuhr mit den Fingerspitzen die Buchrücken entlang, neigte den Kopf leicht zur Seite, um die Titel der Werke und deren Autoren zu lesen. Die meisten von ihnen hatte er bereits gelesen und besaß sie sogar, gestapelt in den Regalen in seinem Haus hier in London oder in seiner weitaus beeindruckenderen Bibliothek in Tyndale. Zum Glück gab es immer wieder Autoren, die bei Kerzenschein wild drauflos schrieben, um ihm kontinuierlich etwas Neues zu bieten.

Wenn seine Lieblingsschriftsteller nur schneller schreiben würden.

Er bog um die Ecke in einen Gang mit tieferen Regalen, weiter weg von der Tür. Plötzlich blieb er stehen, denn am anderen Ende der Bücherregale stand Isabel Hayes.

Sie hatte ihn nicht gesehen, so viel stand fest. Sie war zu sehr in das Buch vertieft, das sie in einer Hand hielt. Ihre Augen weiteten sich, als sie eine Seite umblätterte und dann eine lose Haarlocke um ihre Fingerspitze wickelte.

In diesem Moment war sie entzückend, und er saugte ihren Liebreiz in sich auf. Ihr dunkles Haar umrahmte ihr blasses, schlankes Gesicht perfekt. Ihre Lippen waren sanft und ihr dunkelbrauner Blick schweifte unschuldig über die Worte, die sich vor ihr aneinanderreihten. Sie war völlig versunken in das Buch, und zum ersten Mal dachte er nicht mehr an sie in Zusammenhang mit dem Donville Masquerade. Dort war sie Verlockung und Vergnügen, Sünde und Verführung gewesen.

Aber diese Isabel, die jetzt nur wenige Meter von ihm entfernt stand, war viel… mehr. Immer noch verlockend, ja. Aber auch lieblich und unbeschwert. Er hatte das Gefühl, dass er sich sehr gut neben ihr niederlassen und ihr ein paar Stunden lang über die Schulter schauen könnte. Oder sich mit ihr darüber unterhalten, was sie interessierte, bis sie alle Unstimmigkeiten der Welt gelöst hätten. Oder zumindest die Lücken in der Geschichte gefüllt hätten.

Sein Herz begann zu klopfen, und einen Moment lang überlegte er sich, einfach wegzugehen. Doch bevor er sein Vorhaben in die Tat umsetzen konnte, sah sie von ihrem Buch auf, und ihre Augen trafen sich. Er sah, wie ein furchtbarer Schreck ihr ganzes Wesen lähmte. Beinahe hätte sie das Buch fallen lassen und wollte sich umdrehen, um selbst die Flucht zu ergreifen.

„Läufst du wieder weg?", fragte er.

Sie erstarrte und drehte sich dann langsam zu ihm um. Sie war nicht imstande, ihre Gefühle aus ihrem Gesicht zu verbannen, denn all ihre Angst, ihre Schuldgefühle und ihr Schmerz waren noch immer offensichtlich. Sie blickte zu ihm auf und sammelte ihren Mut zusammen, obwohl ihre Hände zitterten. So sehr, dass er das leise Rascheln der Seiten ihres Buches hörte.

„N-nein", flüsterte sie, räusperte sich dann und wiederholte das Wort lauter. „Nein, Euer Gnaden. Ich war nur... erstaunt, Euch ausgerechnet hier zu sehen."

Er wölbte eine Augenbraue und trat einen Schritt näher, obwohl er keine Ahnung hatte, warum er das tat. Er sollte dieser Frau aus dem Weg gehen, wie er es jedem seiner Freunde versprochen hatte. Aber sie hier zu sehen, an diesem Ort, der ihm fast heilig war... nun, er konnte nicht einfach so weggehen.

„Ausgerechnet hier", wiederholte er. „Du scheinst geringschätzig über meine Intelligenz zu urteilen."

Ihre Lippen schürzten sich, und sie zog das Buch vor die Brust, fast wie einen Schutzschild. „Ich habe das natürlich nicht so gemeint."

Er ertappte sich dabei, wie er lächelte. Obwohl er wusste, dass sie ihn angelogen hatte. Wer sie war. Was sie war.

„Was *hast* du denn damit gemeint?"

Sie starrte betreten auf den Boden. „Ich meinte nur, dass dieser Ort so... besonders für mich ist. Eine Art Zufluchtsort. Ich erschrak, als ich aufblickte und dich hier vorfand."

Er runzelte die Stirn. „Das ist genau das, was Mattigan's für mich darstellt."

Ihre Lippen öffneten sich, und sie blickte auf. Wieder hielten diese dunkelbraunen Augen die seinen fest, und er war für einen Moment in den schokoladenfarbenen Tiefen verloren. Er erinnerte sich an die Zeit, als diese Augen mit unverhohlenem Vergnügen geleuchtet hatten.

„Dann müsst Ihr auch verstehen, warum ich weglaufen wollte, als ich Euch da stehen sah", warf sie ein.

Er stützte sich mit dem Ellbogen auf dem Regal ab. „Ich dachte, du hättest gesagt, du würdest nicht weglaufen.“

Sie zuckte die Achseln. „Ich werde Euch nicht zum Narren halten, Euer Gnaden. Wir wissen beide, dass Flucht meine Absicht war.“

„Und warum?“, fragte er.

„Ich hielt es für das Beste“, antwortete sie. „Wenn man bedenkt, wie Ihr...“

Sie unterbrach sich selbst mit einem zittrigen Ausatmen, als ob alles, was sie sagen würde, ihr Schmerzen bereitete.

„Wie ich was?“

„Mich hassen müsst“, flüsterte sie. „Ich dachte, ich sollte Euch in Ruhe lassen, wenn man bedenkt, wie sehr Ihr mich hassen müsst.“

Isabel konnte kaum atmen, während sie zusah, wie sich Matthews Gesicht durch ihre Worte veränderte. Es verhärtete sich zunächst und wurde dann weicher.

„Ich weiß nicht...“ Er hielt inne und schien zu überlegen, was er als Nächstes sagen sollte. „Isabel, ich war wütend, als ich merkte, dass du mich angelogen hast. Als ich erkannte, wer du bist.“

Sie verzog das Gesicht und versuchte, sich nicht auf den schrecklichen Moment zu besinnen, als er sie ein paar Nächte zuvor zur Rede gestellt hatte. „Es tut mir aufrichtig leid. Ich weiß, dass das ein schwacher Trost ist und dass du mir nicht wirklich glaubst. Aber ich werde nicht müde, es zu wiederholen.“

Er streckte die Hand aus, und unversehens lagen seine Finger auf ihrem Handrücken und strichen darüber. Obwohl sie beide Handschuhe trugen, war die magische Anziehung, die sie seit jener ersten Nacht im Donville Masquerade verspürt hatten, sofort wieder da. Ihr Körper reagierte jäh auf ihn, auch wenn sie wusste, dass er es eigentlich nicht sollte.

Sie hob ihren Blick zu ihm und fand seine grauen Augen, die über ihr Gesicht huschten.

„Ich war harsch zu dir auf der Party", gab er mit tiefer und rauer Stimme zu. „Ich war abfällig in meiner Aufregung. Und grob – ich habe Dinge gesagt, die ein Gentleman niemals zu einer Dame sagen sollte. Ich entschuldige mich dafür."

Ihre Lippen öffneten sich, denn in diesem Moment war er ganz der Gentleman. Ihr zärtlicher Liebhaber. Der Mann, der sie körperlich – und ja, auch seelisch – so verzaubert hatte.

„Ich glaube nicht, dass du mir etwas schuldest", erwiderte sie.

„*Jeder* hat ein gewisses Maß an Respekt verdient", hielt er dagegen.

Sie neigte den Kopf. „Nun, ich danke dir dafür."

Einen Moment lang schwiegen sie, und sie dachte, er würde sich abwenden, da das leidige Thema zwischen ihnen mit dieser weniger gefühlsbestimmten Begegnung und seiner letzten Entschuldigung endlich abgeschlossen zu sein schien.

Stattdessen hob er eine Hand und berührte das Buch, das sie immer noch in ihrer Hand hielt. Sie hatte es schon fast vergessen.

„Was kaufst du?", fragte er.

Sie blickte auf das Buch hinunter und hielt es ihm dann hin, damit er es sich ansehen konnte. Sie errötete, als er mit einem Finger über den vergoldeten Titel glitt. *„Der Mönch"*, las er grinsend. „Mrs. Hayes, Ihr interessiert Euch für solche skandalträchtige Lektüre?"

Sie streckte ihre Hand aus, um das Buch zurückzunehmen, auch wenn ihre Wangen glühten. „Ich bin mir sicher, dass dir ein Schauermärchen sehr albern vorkommt."

„Im Gegenteil, es gefällt mir sehr", entgegnete er achselzuckend, als er es in ihre Obhut zurückgab. „Er ist allerdings nicht der beste Roman seines Genres. Ich denke, Beckford schafft eine bessere Darstellung."

„Ich stimme zu", meinte Isabel lächelnd. „Obwohl es in mancher

Hinsicht noch skandalöser ist. Es enthält sicherlich mehr Pakte mit dem Teufel."

Zu ihrer Überraschung lachte er über ihre Bemerkung, und sie starrte ihn verblüfft an. Er war wie verwandelt, wenn er über ein Thema sprach, das für ihn allem Anschein nach eine Leidenschaft war. Eine Leidenschaft, die sie teilte. Aber wenn er lachte, war diese Verwandlung noch vollkommener. Er wirkte in diesem Moment so unbeschwert, so losgelöst von den Sorgen, die ihn in der kurzen Zeit, in der sie ihn gekannt hatte, belastet hatten.

„Isabel?"

Sie drehten sich beide um, und Isabel fuhr zusammen. Sie war mit Sarah zu Mattigan's gekommen, und in dem Moment, als sie mit Matthew zu sprechen begonnen hatte, hatte sie diese Tatsache vollkommen vergessen. Jetzt stand ihre Freundin direkt hinter ihnen und starrte sie mit großen, blauen Augen an.

„Sarah, es tut mir leid, ich wurde in ein Gespräch mit dem Duke of Tyndale verwickelt", erklärte Isabel und bemühte sich, dem Blick ihrer Freundin auszuweichen, damit Sarah ihr keine heimlichen Botschaften mit ihrem spitzen Blick schicken konnte. „Seid Ihr mit Miss Sarah Carlton bekannt?"

Matthew warf einen Blick auf ihre Freundin. „Ich glaube, wir sind uns schon ein- oder zweimal begegnet. Guten Tag, Miss Carlton."

„Guten Tag, Euer Gnaden", grüßte Sarah. „Es ist schön, Euch wiederzusehen."

„Die Freude ist ganz meinerseits", erwiderte er. Er räusperte sich. „Nun, ich bin froh, dass wir uns wiedergetroffen haben, Mrs. Hayes."

Sie nickte langsam. „Ich auch. Obwohl ich bezweifle, dass es noch einmal vorkommen wird, also nehme ich an, dass dies... ein Abschied ist." Bei diesen letzten Worten verschluckte sie sich fast.

Seine Miene verfinsterte sich. „Ihr habt wahrscheinlich recht. Auf Wiedersehen."

Er neigte den Kopf in Sarahs Richtung, dann drehte er sich auf dem Absatz um und verließ den Gang. Sie hörte ihn noch einen Moment lang mit Mattigan sprechen, obwohl sie die Worte aus dieser Entfernung nicht genau verstehen konnte, dann klingelte die Glocke über der Tür und er war weg.

Isabel ließ sich gegen das Bücherregal sinken, ihr Herz klopfte ihr bis zum Hals bei dem Gedanken an ihr Gespräch. Sie hatte gedacht, ihre letzte Begegnung wäre auf dem Ball der Callis gewesen, als Matthew sie so leidenschaftlich und wütend geküsst hatte. Sie hatte sich mit dieser Tatsache bereits abgefunden.

Aber dies war in gewisser Weise noch schlimmer. Dass er sich ihr genähert hatte, sich bei ihr entschuldigte, obwohl sie es nicht verdient hatte. Dass er sich mit ihr über das Buch unterhielt, das sie kaufte, als wären sie alte Freunde. Als ob das, was zwischen ihnen passiert war, irgendwie… *gut* gewesen war … das machte alles noch schmerzhafter.

„Er sieht sehr gut aus", bemerkte Sarah, während sie einen Arm um Isabel legte. „Ich hatte vergessen, wie attraktiv er ist."

Isabel stieß ein Lachen aus. „Wie du das vergessen konntest, ist mir ein Rätsel. Mich verfolgt es bis in meine Träume."

Sarah führte sie aus dem Gang und zu zwei Stühlen, die bei Mattigan's im hinteren Teil des Ladens vor dem Kamin standen. Die beiden Freundinnen saßen dort schweigend zusammen, während Sarah Isabels Gesicht musterte. „Du hast mir gesagt, dass er dich hasst."

Isabel zuckte mit den Schultern. „Ich dachte, er täte es. Vielleicht tut er es immer noch, und er ist nur zu… zu *gutmütig*, um es zu zeigen. Denn es ist schließlich weder richtig noch fair, grausam zu einer Dame zu sein. Selbst zu einer, die eine solche Zurechtweisung verdient hat."

„Du verdienst keine Grausamkeit", erwiderte Sarah sanft. „Du hast die Leidenschaft gesucht. Vielleicht ist das in unserer Gesellschaft verpönt, aber das bedeutet nicht, dass es falsch ist. Und er hat sie dir freiwillig gegeben und akzeptiert, dass er deine Identität nicht kannte. Was danach geschah, die Verbundenheit, die ihr zueinander spürtet, noch bevor ihr wusstet, dass ihr eine gemeinsame Verbindung zu Angelica habt… das ist in der Tat bedauerlich. Aber dafür kannst du genauso wenig wie er."

„Doch, ich kann", stöhnte Isabel, während sie ihren Kopf in den Händen vergrub. „Ich wusste, wer er war, und ich bin trotzdem zurückgekehrt. Ich ging zurück und ließ ihn… ließ mich…"

Sarah wurde scharlachrot. „Ja. Ich weiß. Ich weiß."

„Oh, das spielt jetzt alles keine Rolle mehr. Er war höflich, und ich weiß das zu schätzen. Aber das ändert nichts. Er weiß, wer ich bin, und er will nichts mit mir zu tun haben. Ich muss das akzeptieren und mein Leben weiterführen. Mein Onkel wird das auf jeden Fall von mir verlangen."

Sarah streckte ihre Hand aus und Isabel nahm sie. „Ich wünschte, es gäbe einen anderen Ausweg. Für uns beide."

Isabel blickte zur Tür, durch die Matthew vor wenigen Augenblicken gegangen war. Ihr Herz tat weh, obwohl es das nicht sollte. „Ich auch. Aber das ist unmöglich. Und irgendwie werden wir beide einen Weg finden, damit zu leben."

Isabels Körper fühlte sich schwer an, als sie durch die Eingangstür in das Foyer ihres Onkels stapfte. Hicks erschien blitzschnell und nahm ihr die Handschuhe ab, bevor er ihr ein Zeichen gab, den Flur hinunterzugehen.

„Mr. Winter ist im blauen Salon, Mrs. Hayes", verkündete er. „Er ist dabei, Tee zu trinken."

Isabel stieß einen Seufzer aus. Im Moment hatte sie absolut keine Lust, ihren Onkel zu sehen. Seit dem Abend auf der Party bei den Callis war er so seltsam, führte leise Selbstgespräche, stand auf und ging ohne Abschied aus den Zimmern. Seine Launen machten sie nervös, und sie war schon aufgewühlt genug wegen Matthew.

Und nun, nachdem sie dem Duke heute begegnet war, schien alles noch viel schlimmer. Sie fürchtete, dass ihr Onkel es ihr ansehen könnte. Dass er ihre Gefühle zu einem Mann erkannte, den er verachtete und des Mordes verdächtigte.

Die Schrecken, die diese Erkenntnis nach sich ziehen würden, wollte sie sich ehrlich gesagt gar nicht ausmalen.

Dennoch war ihr Onkel ihr eigen Fleisch und Blut und ihr... Beschützer. Das war ihrer Meinung nach die beste Beschreibung. Sie konnte ihm nicht einfach aus dem Weg gehen. Es war nicht richtig.

Sie ging den Flur hinunter in den Salon und fand ihn an der Anrichte vor, wo er ein Tablett mit Keksen durchsuchte, und eine dampfende Tasse Tee stand schon neben ihm.

„Guten Tag, Onkel Fenton", grüßte sie so fröhlich, wie sie es zustande brachte, während ihr die Unterhaltung mit Matthew noch in den Ohren widerhallte.

Er drehte sich um und ließ seinen Blick über sie schweifen, bevor er seinen Mund zu einem Lächeln verzog. „Isabel, du hast den richtigen Zeitpunkt gewählt, denn wie du siehst, wird gerade der Tee serviert. Und ich glaube, Mrs. Gooding hat deine Lieblings-kekse gebacken. Du magst doch die kleinen Schokoladenkekse, nicht wahr?"

Isabel nickte. „Ja, in der Tat. Ich hätte meine Rückkehr nicht besser planen können."

Er nahm seinen Teller und seine Tasse und trat von der Anrichte weg. Während sie sich Tee einschenkte, räusperte er sich. „Wie war dein Ausflug? Du warst in der Buchhandlung, nicht wahr?"

„Mattigan's", bestätigte sie und füllte Milch in ihre Tasse, bevor sie zwei der von ihm erwähnten Schokoladenkekse nahm. Mit einem Lächeln nahm sie ihm gegenüber Platz. „Und er war von Erfolg gekrönt. Mein neues Buch liegt auf der Anrichte."

Er warf einen Blick über seine Schulter. „Etwas, das mir gefallen würde?"

Sie zuckte mit den Schultern. „Du hattest noch nie etwas für schaurige Romane übrig. Dieses hier wurde mir empfohlen von einem..." Sie brach ab und schüttelte den Kopf. „Von einem Freund."

Er wölbte eine Augenbraue, und etwas in seinem Verhalten änderte sich. Seine Lippen wurden schmaler und sein Blick huschte zu seinem Tee, während er die Stirn in Falten legte. „Hmmm", brummte er.

Sie holte tief Luft, während sie ihn genauer betrachtete. Sie kannte diesen Blick. Er grübelte jetzt, obwohl sie keine Ahnung hatte, was an ihrem Gespräch über Mattigan's ihm Anlass dazu gegeben hatte. Es war ja nicht so, dass er etwas von Matthews Anwesenheit dort wusste.

„Onkel", begann sie und wappnete sich für die Frage, die sie schon seit Monaten stellen wollte, sich aber bisher nicht getraut hatte. Jetzt fasste sie sich ein Herz. „Geht es dir… geht es dir gut?"

Er warf ihr einen Blick zu. „Gut?", wiederholte er, als ob er die Frage nicht verstanden hätte.

„Ja." Sie schob ihren Tee beiseite und rückte nach vorne auf ihrem Stuhl. Sie zögerte einen Moment, nahm dann aber seine Hand in ihre. „Du warst in den letzten Jahren so aufgewühlt. Natürlich aus gutem Grund, aber es beunruhigt mich. Und seit dem letzten Ball bist du noch abwesender und unnahbarer. Kann ich etwas für dich tun?"

Für einen kurzen Moment wurde sein Blick weicher. Doch dann wich er einem härteren Ausdruck. Er riss seine Hand aus ihrer. „Ich habe in letzter Zeit sehr viel über mein Leben nachgedacht. Darüber, was und wer es zerstört hat."

Ihr Herz sank. Dies war ein altes Lied. Sie kannte jedes Wort, noch bevor er begann. „Oh, Onkel", flüsterte sie.

Er ignorierte sie. „Er ist daran schuld."

Sie schloss die Augen. In der Vergangenheit, als er angefangen hatte, über ihn, Tyndale, herzuziehen, hatte sie nichts als Mitleid empfunden. Vielleicht auch ein wenig Neugierde. Aber das war, bevor sie Matthew gekannt hatte. Sie hatte mit ihm gesprochen, ihn geküsst, ihn berührt und so vieles mehr mit ihm erlebt. Lange bevor sie, wenn auch nur ein bisschen, erfahren hatte, wie sanft er sein konnte.

Als ihr Onkel nun anfing zu schimpfen, reagierten ihr Körper und ihre Seele weitaus heftiger. In ihr stieg jäh ein unwiderstehlicher Drang auf, Matthew zu verteidigen.

„Er", sagte sie vorsichtig. „Ich nehme an, du meinst Tyndale."

„Ja, *Tyndale*", spuckte er aus und blickte sie an, als sei sie genauso schuld wie der Mann, den er verachtete. „Du weißt, dass er keine Ehre hat. Überhaupt keinen Wert, egal was die Gesellschaft von ihm hält."

Ihr Mund öffnete sich. „Onkel…"

Er fuhr von seinem Stuhl hoch und knallte die Tasse auf den Tisch, so dass der heiße Tee über den Tassenrand und seine Hand schwappte. Es schien ihn nicht zu kümmern, und er begann, durch den Raum zu stapfen. „Verteidige ihn nicht. Wage es ja nicht."

Sie hielt sich den Mund zu, bevor sie törichterweise genau das tun konnte. Wenn sie zu viel Gutes über den Mann sagte, würde sie ihrem Onkel offenbaren, was sie zu verbergen hatte. Was er nie und nimmer erfahren durfte.

„Ich werde das lösen", murmelte er, fast mehr zu sich selbst als zu ihr.

„Was?", fragte sie, stand langsam auf und folgte ihm, während er auf und ab ging. Sie verstand ihn nicht, denn es gab, soweit sie sehen konnte, nichts zu lösen. Angelica konnte nicht zurückgebracht werden. Und doch sah Fentons Gesicht in diesem Moment fast… zufrieden aus. Gelassen, trotz seiner Wut. Das machte ihr mehr Angst als irgendetwas anderes. „Lösen… was lösen? Wie?"

„Ich werde ihn vernichten", bekräftigte er leise. Ein leises Lächeln umspielte seine Lippen. „Ich habe sehr lange nach einem Weg gesucht. Einen Weg, ihm nahe genug zu kommen, um ihn wirklich zu verletzen. Und jetzt habe ich einen gefunden."

Sie starrte ihn entgeistert an. Das Gesicht ihres Onkels war rot angelaufen, seine Augen waren glasig vor Wut, eine Wut, die fast durch ihn hindurchzupulsieren schien. Natürlich hatte er Tyndale schon früher verflucht. Dutzende von Malen. Vielleicht sogar

Hunderte. Aber dies fühlte sich… anders an. Es fühlte sich bedrohlich und real an.

„Ihn verletzen?", flüsterte sie.

Er nickte. „Genau wie er meiner Tochter wehgetan hat", brachte er hervor.

Sie keuchte und machte unwillkürlich einen Schritt von ihm weg. Ihr Onkel glaubte, dass Matthew Angelica getötet hatte. Wenn er ihn so verletzen wollte, wie sie verletzt worden war, bedeutete das, dass er ihn… töten wollte.

„Bitte, du kannst nicht…", begann sie.

Er hob eine Hand, um ihr ins Wort zu fallen. „Du brauchst dir keine Sorgen zu machen, Kind. Das betrifft dich nur in sehr geringem Maße."

Sie schüttelte den Kopf. Er hatte keine Ahnung, wie sehr diese Eröffnung sie anging. Um seinetwillen, um Matthews willen, um ihretwillen.

„Und wenn du dir Sorgen machst, dass ich dich vergessen habe, so kannst du beruhigt sein, das habe ich nicht", fuhr er fort, und die Anspannung wich langsam aus seinem Gesicht. „Wir haben eine Einladung zu einem Ball morgen Abend erhalten, und ich habe sie angenommen. Daraufhin wird die Zukunft beginnen. Vielleicht für uns beide." Er seufzte. „Jetzt habe ich etwas zu erledigen. Ich wünsche dir viel Spaß mit deinem Buch, meine Liebe."

Er klopfte ihr kurz auf die Schulter, bevor er den Raum verließ, und sie sank in ihren Stuhl zurück. Die zunehmende Wut und das gestörte Verhalten ihres Onkels hatten sich verschärft, egal wie sehr sie gehofft hatte, dass sie sich mit der Zeit abschwächen würden.

Und es war klar, dass sie Matthew warnen musste. Sie musste ihn darüber aufklären, dass er in Gefahr war. Auch wenn das bedeutete, dass sie sich dabei selbst in Gefahr brachte.

KAPITEL 13

„Sie war also bei Mattigan's?"

Matthew seufzte und nahm einen Schluck von seinem verwässerten Getränk, während er in die Menge auf dem Ball blickte. Es war Hugh, der die Frage gestellt hatte, und sein Mund war ein dünner Strich, während er auf die Antwort wartete.

„Ja", bestätigte Matthew. „Gestern Nachmittag, als ich meine Bestellung abholen wollte. Und bevor du mir hundert Fragen stellst: Ich weiß es nicht."

Baldwin neigte fragend den Kopf, seine dunklen Augen verengten sich. „Was weißt du nicht?"

„Alles", hauchte Matthew. „Ich bin hin- und hergerissen. Ein Teil von mir bezweifelt alles an dieser Frau, weil sie mich betrogen hat."

Hugh schnaubte spöttisch. „Ist das nicht genau das, was zählt? Lügner bleiben Lügner, und wenn man sie einmal entlarvt hat, kann man ihnen nie wieder vertrauen." Sowohl Baldwin als auch Matthew stutzen bei seinem scharfen Tonfall. Matthew hatte das Gefühl, dass Hugh dabei nicht nur seine Situation vor Augen hatte. Ihr Freund drehte sich um. „Ist dir in den Sinn gekommen, dass diese Frau das Treffen in der Buchhandlung arrangiert haben könnte? Vielleicht hat sie den Besitzer sogar dafür bezahlt, ihr bei ihren Plänen zu helfen."

Matthew wich zurück. „Du kennst Mattigan genauso lange wie ich. Glaubst du wirklich, er würde von jemandem Geld annehmen, um mich zu betrügen?"

Hugh verschränkte die Arme. „Du hast keine Ahnung, was jemand für Geld tun würde. Ist es nicht so, Baldwin?"

Baldwin zuckte zusammen, und die Farbe wich sofort aus Hughs Gesicht. Ihr Freund war vor nicht allzu langer Zeit in argen finanziellen Nöten gewesen. Das hatte dazu geführt, dass er Helena fast verloren hätte, ja, alles fast verloren hätte. Doch im vergangenen Jahr hatten ihn solide Investitionen und nicht zuletzt die Hilfe seiner Freunde wieder auf die Beine und den Weg der Zahlungsfähigkeit gebracht.

„Das war nicht fair, Hugh", versetzte Matthew.

Hugh ließ den Kopf sinken. „Es tut mir leid. Ich wollte nicht..."

„Du brauchst dich nicht zu entschuldigen", entgegnete Baldwin sanft. „Ich nehme an, in unserem Kreis bin ich wohl am besten geeignet, um über die Verzweiflung zu sprechen, die ein Mensch empfindet, wenn er in finanzielle Not gerät. Aber Mattigan geht es in seinem Geschäft ausgezeichnet, ich glaube nicht, dass er diesen Druck spürt. Und selbst wenn, verdient er nur schon an unserem kleinen Freundeskreis viel mehr, als sich die Witwe eines Kaufmanns leisten könnte. Warum sollte er sich auf etwas einlassen, bei dem er sich selbst ins eigene Fleisch schneidet? Willst du uns nicht beichten, warum dich dieses Thema so aufregt, Hugh?"

Hugh schüttelte den Kopf, sein Kiefer war angespannt. „Nein. Ich hole uns Getränke."

Ohne ein weiteres Wort zu verlieren, schlenderte er in die Menge und ließ Baldwin und Matthew wieder allein. Baldwin seufzte und stellte sich ihm gegenüber. „Er mag sich irren, was die große Verschwörung dieser Frau und des Buchhändlers angeht, aber er hat nicht unrecht, wenn er sich Sorgen um dich macht. Du sagtest, du wärst hin- und hergerissen – heißt das, dass ein Teil von dir dieser Frau glauben will, trotz allem, was sie getan hat?"

Matthew nickte langsam. „Ja. Ich sah Aufrichtigkeit in ihrer erschrockenen und entsetzten Reaktion an jenem Abend auf dem Ball. Und dasselbe, als ich gestern mit ihr sprach. Es fällt mir schwer zu glauben, dass sie eine Schurkin ist. Zumindest ist sie nicht nur das."

Baldwin kniff die Lippen zusammen und blickte einen Moment lang still in die Menge. Dann blickte er wieder zu Matthew. „Du willst das Beste in deinen Mitmenschen sehen, weil du anständig bist. Aber ich möchte, dass du vorsichtig bist. Diese Frau hat eindeutig etwas in dir geweckt, das seit Angelicas Tod geschlummert hatte. Verwechsle das nicht mit einer tieferen Bindung. Andernfalls erlaubst du ihr, dir in Bezug auf das, was sie im Schilde führt, Scheuklappen anzulegen."

„Du bist also entschlossen, das Schlimmste von ihr zu denken?", fragte Matthew leise und verspürte den Drang, Isabel zu verteidigen.

„Nicht entschlossen. Nur wachsam. Und das solltest du auch sein. Sie hat nämlich gerade den Ballsaal betreten."

Matthew erstarrte, dann drehte er sich langsam zum Eingang um. Dort, auf der anderen Seite des großen Saals, standen Isabel und ihr Onkel. Sie sah wie immer bezaubernd aus. Heute Abend trug sie ein wunderschön geschnittenes rosafarbenes Kleid mit einem dunkleren Spitzenüberwurf, der über den Rock fiel. Ihr Blick huschte umher wie ein kleiner Vogel, der im Sturm Schutz sucht.

Für einen kurzen, unbedachten Moment wünschte er sich, er könnte ihr genau das bieten - Schutz. Obwohl seine Freunde zu denken schienen, dass er derjenige war, der beschützt werden musste.

„Ich werde Helena suchen gehen", platzte Baldwin in seine Gedanken. „Denn es ist klar, dass du mich nicht mehr brauchst. Aber bitte, sei vorsichtig. Wenn jemand ein langes Leben ohne

Ärger verdient hat, dann bist du es. Und wenn du jetzt diese Richtung einschlägst, wirst du das nicht finden."

Baldwin tätschelte Matthew den Arm und verschwand dann in der Menge. Matthew merkte, dass ihm nichts einfiel, was er hätte sagen können, als er sich entfernte. Sein ganzes Wesen war zu sehr auf Isabel gerichtet. Vielleicht hatten sie recht, dass es die beste Lösung war, ihr aus dem Weg zu gehen.

Aber er bewegte sich trotzdem auf sie zu und verdrängte alle möglichen Konsequenzen, die mit Bestimmtheit folgen würden, sobald er sie erreicht hätte.

Isabel klammerte sich an den Arm ihres Onkels, als sie gemeinsam in den überfüllten Ballsaal traten. Ihr Herz pochte und ihr Magen flatterte vor lauter Aufregung, die immer weiter zunahm, während sie an Matthew dachte.

Sie hatte keine Ahnung, ob er heute Abend hier sein würde. Jahrelang hatte er Veranstaltungen, zu denen ihr Onkel eingeladen war, gemieden, und Fenton hatte dasselbe getan. Doch nun befanden sich die beiden Männer auf Kollisionskurs, ob Matthew es nun wusste oder nicht. Und es lag an ihr, ihn vor den Gefahren zu warnen, die vor ihm lagen.

Sie warf einen besorgten Blick auf ihren Onkel. Er hatte ein seltsames leichtes Grinsen auf dem Gesicht, als er über die Menge blickte. Ein Grinsen, das ihr das Blut in den Adern gefrieren ließ.

„Warum gehst du nicht ein wenig herum, meine Liebe?", schlug er vor, als er ihren Arm losließ. „Ich muss mit ein paar Freunden sprechen und bringe dir gleich eine Erfrischung."

Sie nickte, und er begab sich in die Menge. Sie wusste nicht, ob ihre Angst eine übertriebene Reaktion oder eine Warnung ihres Unterbewusstseins war, die sie nicht in den Wind schlagen sollte.

„Guten Abend, Isabel."

Sie erstarrte bei der tiefen Stimme, die direkt hinter ihr zu hören war. Diese Stimme, die sie so gut kannte. Die Stimme, die sie gleichermaßen betörend fand und fürchtete.

Langsam drehte sie sich um und holte Luft. Matthew. Matthew, so schön und elegant und perfekt, der sie mit einem gleichgültigen Blick ansah, den sie nicht deuten konnte.

„Euer Gnaden", murmelte sie.

Er streckte eine Hand aus, und unwillkürlich reichte sie ihm ihre eigene und beobachtete, wie seine behandschuhten Finger in die ihren glitten, wie er ihre Hand mit einer unfassbaren Langsamkeit an seine Lippen hob, die sie einst auf intimste Weise berührt hatten.

„Ich sollte nicht so erfreut sein, dich zu sehen", raunte er, und sie hatte das Gefühl, dass er mehr zu sich selbst als zu ihr sprach.

Ihr Herz machte trotzdem einen Sprung. Aber dann schrie ihr Verstand auf und erinnerte sie an Onkel Fenton und seine grausamen Drohungen. An all das, was sie dem Mann, der immer noch ihre Hand hielt, dringend mitteilen musste.

Sie riss ihre Hand weg und trat ein Stück näher, schwindlig von der Wärme seines Körpers, die sie umhüllte. „Matthew", flüsterte sie. „Ich muss mit dir reden."

Er runzelte verwirrt die Stirn. „Reden wir nicht miteinander?"

Sie schüttelte den Kopf. „Nicht hier. Ich muss mit dir unter vier Augen sprechen. Bitte, willst du nicht mit mir kommen?"

Sie sah sein Zögern. Sie hasste es, denn es war wegen ihrer Entscheidungen und Handlungen wohlverdient. Aber dann schien er sich eines Besseren zu besinnen, sein Gesichtsausdruck wurde ein wenig weicher, und er nickte. „Gewiss. Komm, wir suchen uns einen Ort, an dem wir ungestört sein können."

Ihr Körper spannte sich bei diesen Worten an, bei der Art, wie Matthew sie sagte. Er forderte Dinge, die sie nicht begehren sollte, die sie nicht haben konnte. Sie verließen den Saal, wohl wissend, dass sie dieses Verlangen unter allen Umständen unter Kontrolle bringen musste. Denn sobald Matthew hörte, was sie zu sagen hatte, würde er wohl kaum jemals wieder mit ihr allein sein wollen.

Matthew beobachtete, wie Isabel den abgeschiedenen Salon betrat und sich so weit wie möglich von ihm entfernte. Er schloss die Tür hinter sich und erschauderte. Sie waren allein. Und der Raum war so klein, dass sie sich noch so sehr um Abstand bemühen konnte, er würde in nur ein paar Schritte bei ihr sein und sie in seinen Armen halten können.

Und genau dort wollte er sie haben, wenn er ehrlich zu sich selbst war. Alle seine Gefühlsregungen auf diese immer deutlicher werdende Tatsache stiegen auf einmal in ihm auf. Schuldgefühle. Wut. Selbsthass. Und ein Verlangen, das mächtiger und stärker war, als er es je zuvor erlebt hatte.

Sogar mit Angelica.

Und da war sie. Die Wahrheit, der er sich nicht hatte stellen wollen.

Isabel drehte sich um, und all diese Gefühle traten in den Hintergrund. Ihr Gesichtsausdruck war angespannt, nicht vor Verlangen, sondern vor Angst. Sie schlug die Hände vor ihrer Brust zusammen, und tiefe Bekümmertheit verzerrte ihr schönes Gesicht.

„Was ist los?", fragte er besorgt und trat auf sie zu.

Sie zuckte zusammen, und ihre Wangen erröteten. Wenigstens, so dachte er, war er mit diesem Wahnsinn nicht allein. Diesem Bedürfnis, das nicht sein sollte.

Irgendwie war das ein schwacher Trost.

„Ist etwas passiert?", fragte er, wobei er seinen Tonfall etwas milderte.

„Ja. Nein. Ich weiß es nicht", stieß sie hervor. „Mein Onkel…"

Sie brach ab und er erstarrte. Fenton Winter. Er versuchte, nicht an ihn zu denken. Er hatte ihn jahrelang gemieden. Isabels Anwesenheit in seinem Leben zwang ihn, den Mann wieder in die entfernten Winkel seiner Existenz zu bringen. Ihn und seine Anschuldigungen, die ihm durch Mark und Bein gingen.

„Was ist mit ihm?", fragte er barsch, weil er nicht anders konnte.

Sie hob ihren Blick zu ihm. „Er ist... er hat dich immer gehasst, Matthew. Gab dir die Schuld für das, was mit Angelica passiert ist."

Er wandte sich ab und schritt zum Fenster, wo er auf die schwachen Schatten des Gartens unter einem Himmel blickte, der nur ein blasses Mondlicht bot. „Das ist keine Neuigkeit für mich, Isabel. Das ist bestimmt kein Grund, um den Ball zu verlassen und hierherzukommen." Er sah sie an und dachte an Hughs frühere Andeutung, dass Isabel ihn manipulieren könnte. Er wollte das nicht glauben.

Wenn nun aber...

„Aber er ist in letzter Zeit immer mehr in Fahrt gekommen, Matthew", unterbrach sie seinen Gedankengang, ohne vom Konflikt in seinem Kopf zu wissen. „Ich sehe zunehmend eine Verzweiflung in seinen Augen. Eine wachsende Gefahr. Er hat gesagt, dass er dir wehtun will."

Matthew schüttelte den Kopf. „Er hat mir schon Schlimmeres ins Gesicht gesagt, Isabel. Es ist nur Geschwätz, purer Hass, ausgespuckt von einem Mann, der tief in seiner Trauer und auf der Suche nach einem Schuldigen feststeckt."

„Nein!", rief sie, und ihre sanfte Stimme wurde endlich scharf, als sie den Abstand zwischen ihnen verringerte und seine Hände mit ihren eigenen ergriff. „Nein, es geht um mehr als das. Ich sehe ihn jeden Tag, Matthew. Ich sehe seinen Zerfall, seinen Abstieg in etwas Hässliches und Grausames. Zumindest, wenn es um dich geht. Du darfst das nicht auf die leichte Schulter nehmen."

Er starrte in ihr Gesicht, das von echter Sorge und tiefer Angst geprägt war. Um ihn. Um *ihn*. Seine Freunde empfanden so, gewiss. Seine Mutter, ja. Aber Isabel war der erste Mensch außerhalb seines engeren Kreises, der ihn mit einer so echten und tiefen Verbundenheit ansah, seit...

Seit ihrer Cousine. Und ihm wurde klar, wie sehr er das Gefühl vermisst hatte, dass sich eine Seele so aufrichtig und vollständig um die seine kümmerte.

Es war erschreckend und fesselnd zugleich. Etwas, vor dem er gleichermaßen zurückschrecken und das er in sich aufnehmen wollte.

„Isabel", seufzte er leise, ließ seinen Blick über ihre Lippen streifen, begegnete ihrem Blick, spürte, wie sie zitterte, einerseits weil sie glaubte, was sie sagte. Und andererseits, weil sie praktisch in seinen Armen lag.

„Spiel das nicht herunter", flehte sie mit bebender Stimme.

„Das tue ich nicht", versicherte er. „Ich bin überzeugt, dass du daran glaubst. Aber..." Er konnte sich nicht zurückhalten. Er ließ eine Hand an ihrem Kiefer entlang gleiten, strich mit dem Daumen über ihr Ohr und spürte, wie ihr Ohrring sich an ihre Haut schmiegte. Er beobachtete, wie sich ihre Augen schlossen und sie einen langen Stoßseufzer ausstieß, der Bände darüber sprach, was sie wollte.

Sie spiegelte das wider, was er begehrte.

„Aber?", fragte sie.

Er ließ seinen Kopf sinken, näher und näher zu ihr. Er spürte ihren Atem an seinen Lippen, und das machte ihn verrückt. „Er kann mir nicht wehtun", flüsterte er. Dann eroberte er ihren Mund.

Sie ließ es bereitwillig geschehen, ihre Arme legten sich um seinen Hals, als sie sich seinem Kuss öffnete. Und er küsste ihre Lippen wie ein ausgehungerter Mann. Er hatte sie seit dem Ball vor fast einer Woche nicht mehr geküsst, und damals war er wütend und außer Kontrolle gewesen. Es war eher eine Bestrafung als ein Vergnügen gewesen.

Heute Abend war es reines Vergnügen. Es war eine Erinnerung an hemmungslose Nächte in jenem verbotenen Club, als er sich in einer Fremden verloren hatte. Aber jetzt war sie keine Fremde mehr, und er wollte mehr. Er wollte ihr ganzes Gesicht sehen, wenn er sie nahm, wollte spüren, wie ihr Körper in der Erlösung um ihn bebte und er ihren wahren Namen auf ihrer Haut flüsterte.

Er wollte sie. Isabel Hayes. Und in diesem Moment war nichts anderes wichtig als diese eine Tatsache.

„Bitte", wimmerte sie gegen seine Lippen. Er war sich nicht

sicher, ob sie es wirklich hatte laut aussprechen wollen, ob es eine Bitte an sich selbst oder an ihn war. Aber es machte ihn steinhart, und er ertappte sich dabei, wie er sie mit dem Rücken gegen die Wand drückte.

Sie keuchte, als ihr Rücken auf die harte Oberfläche aufschlug, und legte den Kopf schief, als er begann, ihren Kiefer zu küssen, ihren Hals hinunter bis zum tiefen Ausschnitt ihres schönen Kleides. Sie vergrub ihre Finger in seinem Haar und gab unzusammenhängende Laute der Lust von sich, als er beide Brüste in seine Hände nahm, sie zusammendrückte und über das Tal leckte, das sich von ihrem Kleid abhob.

Dabei stieß er mit harten, kreisenden Hüftstößen gegen sie, die sie ebenso erwiderte, während sie keuchte und stöhnte und ihn anflehte, weiterzumachen. Er hatte nicht die Absicht, von ihr abzulassen. Er schob alle Zweifel, Schuldgefühle und Selbstvorwürfe beiseite und umfasste ihr Gesäß, hob sie an sich heran und ließ sie die Erinnerung an das spüren, was sie vor nicht allzu langer Zeit im Geheimen geteilt hatten.

„Ja", stöhnte sie, ihre Finger klammerten sich an seiner Schultern fest, während sie ihre Zunge in seinen Mund schob und ihm unmissverständlich zeigte, wie sehr sie das wollte, was er ihr anbot.

Es wäre auch geschehen. Daran hatte er keinen Zweifel. Doch in diesem Moment öffnete sich die Tür zum Salon. Er ließ sie los und setzte sie ab, bevor er sich jäh zu den Eindringlingen umdrehte.

Und da stand ihr Onkel in der Tür, und er war nicht allein. Neben ihm standen der Gastgeber, Lord Hasselbreck, Hugh und mindestens drei weitere Personen, die auf die verruchte, leidenschaftliche Szene vor ihnen starrten.

KAPITEL 14

Isabel schnappte entsetzt nach Luft, als sie die Schar von Männern sah, die nun in den Raum starrten, auf Matthew und sie. Selbst halb hinter ihm versteckt wusste sie, dass jeder sie erkannt hatte. Vor allem, als ihr Onkel mit dem Finger quer durch den Raum zeigte und rief: „Seht ihr! Ich habe euch gesagt, dass dieser Bastard nichts Gutes im Schilde führt. Er greift meine Nichte an!"

Matthew stieß tief aus seiner Kehle heraus einen Laut des Entsetzens aus. Er warf ihr einen Blick zu, und alles Verlangen war daraus verschwunden. Nein, er blickte sie mit... Argwohn an.

Als ob er dachte, sie könnte an dieser Farce ihres Onkels beteiligt sein.

„Nein!", rief sie, ohne an die Folgen zu denken, und eilte um Matthew herum. „Das ist *nicht* das, was hier passiert."

Das schien es nur noch schlimmer zu machen, denn die Blicke der Männer im Flur wurden anklagend. Sie konnte deren Geringschätzung in ihren Augen ablesen. Ihr Urteil darüber, dass sie sich so leicht hingeben würde.

Und der Blick von Matthews Freund, dem Duke of Brighthollow, legte die Vermutung nahe, dass sie keine Sympathie von denen erwarten konnte, die sich in diese Szene eingemischt hatten.

„Seine Gnaden war nur… ich war… wir waren…", stammelte sie.

Dann wandte sie sich ihrem Onkel zu, irgendwie hoffte sie auf Hilfe, auf Unterstützung. Aber er begegnete ihrem Blick gleichgültig, dann wanderten seine Augen an ihr vorbei zu Matthew und er *lächelte*… Ein selbstgefälliger Ausdruck des Triumphs. Und in diesem Moment traf sie die Erkenntnis mit voller Wucht. Sie erkannte die Wahrheit.

Als er davon gesprochen hatte, Matthew zu verletzen, als er mit ihr über ihre Zukunft gesprochen hatte… diese beiden Dinge waren in seinem Kopf fest miteinander verbunden. Er hatte geplant, sie auf genau diese Weise zu benutzen. Er war bereit, ihren Ruf zu zerstören, wenn das bedeutete, auch Matthew zu zerstören.

„Ich schlage vor, dass alle sofort den Raum verlassen", setzte Brighthollow an und durchbohrte die Anwesenden mit einem finsteren Blick, der die Hölle selbst hätte gefrieren lassen können. „Lord Hasselbreck, nehmt die anderen Herren mit, bitte. Ich werde mit Mr. Winter und Seiner Gnaden zurückbleiben, um sicherzustellen, dass es nicht zu einer Schlägerei kommt."

Isabel zuckte zusammen, denn in diesem Moment sah es so aus, als hätte Brighthollow nichts dagegen, Onkel Fenton selbst ein paar Schläge zu verpassen.

„Dies ist mein Zuhause, Euer Gnaden", begann Hasselbreck.

Brighthollow richtete seinen Zorn auf ihn und schnauzte ihn an: „Dann schlage ich vor, dass Ihr Euch darum kümmert."

Damit gab er Hasselbreck einen Schubs, schloss die Tür hinter sich und ließ die vier allein im Flur zurück.

Isabels Hände zitterten, als sie sich ihrem Onkel näherte. Sein Blick, der so fest, so jubelnd gewesen war, wich nun ihrem aus. Ein Zeichen von Reue, vielleicht, aber nicht so sehr, dass er sie nicht als Figur in seinem Spiel benutzt hätte.

„Du warst das", flüsterte sie, und es missfiel ihr, wie ihre Stimme brach. „Du hast dieses Eindringen arrangiert, nicht wahr? Wie lange wusstest du es schon?"

Matthew holte Luft und sie sah, wie er sie und ihren Onkel anstarrte. Beide mit dem gleichen Gesichtsausdruck. Verrat. Misstrauen. Tränen schossen ihr in die Augen, aber sie blinzelte sie zurück. Dafür war jetzt nicht der richtige Zeitpunkt.

„Antworte mir!", schrie sie.

Onkel Fenton zuckte mit den Schultern. „Wie könnte ich arrangieren, was diese Person, dieser *Unmensch*, schon selbst getan hat? Habe ich ihm etwa gesagt, er soll dich an die Wand drücken und in aller Öffentlichkeit mit dir herummachen?"

Bei dieser groben Beschreibung verzog sie das Gesicht. Ihr Magen drehte sich um.

„Ihr hasst mich seit Jahren", versetzte Matthew schließlich, und seine Augen verengten sich auf Fenton. „Was ist der Grund für diese... Farce?"

Isabel hielt den Atem an, während sie auf die Antwort wartete. Sie wünschte sich, sie würde ihr nicht das Herz brechen. Aber sie wusste in ihrem Inneren, dass es so sein würde.

„Ihr geltet seit jeher als ein Ausbund von Tugend, nicht wahr, Tyndale?" Fenton zischte, Spucke flog von seinen Lippen, als er verächtlich grinste. „Nun, jetzt werden alle sehen, was Ihr wirklich seid. Sie sprechen bereits in der großen Halle darüber. Wie der großartige, gute, anständige Duke of Tyndale gerade ein Frauenzimmer, das halb so viel wert ist wie er, an die Wand gedrückt und fast gefickt hat. Ohne den lästigen Bund der Ehe. Ohne an ihren Ruf zu denken. Ganz gleich, was Ihr jetzt tut, das wird Euch auf immer verfolgen, nicht wahr?"

Matthew runzelte die Stirn. „Und sie. Es wird sie in Verruf bringen – ist das für Euch ohne Belang?"

Isabel starrte ihn an, den Onkel, den sie ihr Leben lang geliebt hatte. Ein Mann, mit dem sie getrauert und dem sie vertraut hatte. Ein Mann, den sie versucht hatte, vor seinen dunkelsten Abgründen zu bewahren.

Matthew war in eine teuflische Falle gelaufen, in der er sie als Köder benutzt hatte.

„Es ist ihm egal", flüsterte sie und runzelte die Stirn, als ihr eine Träne über die Wange lief. Sie wischte sie weg und wandte sich von den drei Männern ab. Sie konnte sie nicht anblicken, nicht, wenn sie alle so wenig von ihr hielten.

Der Raum war still, schwer, und dann stieß Matthew einen Seufzer aus. „Ihr müsst etwas im Schilde führen, und zwar mehr als Ihr behauptet."

Brighthollow trat vor. „Matthew", begann er.

Matthew hob eine Hand, um ihn zum Schweigen zu bringen, sein Blick war immer noch auf ihren Onkel gerichtet. „In einer solch kompromittierenden Position erwischt zu werden, würde natürlich meinen Ruf beflecken", gab er zu. „In diesem Punkt habt Ihr gewonnen. Aber Ihr müsst auch gewusst haben, was ich als Nächstes zu tun gezwungen sein würde."

„Und das wäre?" Fentons Tonfall war höhnisch. Spöttisch. Isabel stemmte die Fäuste gegen ihre Beine und beugte sich leicht vor, da sie von Schwindel und Übelkeit übermannt wurde.

„Ich werde uns eine Sondergenehmigung besorgen", eröffnete Matthew mit flacher, dunkler Stimme.

Sie wirbelte herum, ihre Augen weit aufgerissen. Ihr Herz pochte so heftig, dass sie fürchtete, es könne von allen im Raum gehört werden.

„Tyndale!", rief Brighthollow und überbrückte die Distanz zwischen ihnen mit ein paar langen Schritten. Er packte Matthew am Revers und schüttelte ihn. „Was zum Teufel machst du da?"

Matthew zuckte mit den Schultern und strich seinen Mantel glatt, während er nicht zu seinem Freund, sondern zu Isabel blickte. Sein Blick war völlig ausdruckslos. Völlig gleichgültig, als wäre sie jemand, den er nicht kannte.

„Was ich tun muss", erwiderte Matthew leise. „Du hast ihre Blicke gesehen, Brighthollow. Wenn wir diesen Raum verlassen, wird sich diese Geschichte bereits bis in jeden Winkel des Saals und in die Welt hinaus verbreitet haben. Sie wird sich vervielfältigen und verändern, bis das, womit wir erwischt wurden, viel schlimmer dargestellt wird als die Wahrheit. Wir haben keine andere Wahl, als das einzig Ehrenhafte zu tun."

Brighthollow hob einen Finger in ihre Richtung. Er sah sie nicht an, aber er zeigte mit zitternder Hand auf sie. „*Sie* hat es nicht verdient, von dir gerettet zu werden. Sie war wahrscheinlich vom ersten Moment an Teil seines Plans."

Isabel verzog das Gesicht, ging aber nicht auf die Anschuldigung ein. Zu diesem Zeitpunkt war es zwecklos. Matthew würde glauben, was er glauben wollte. Warum sollte er nach dieser Täuschung durch ihren Onkel etwas anderes denken als genau das, was sein Freund ihr vorwarf?

Und wenn ihn das davon abhielt, einen Fehler zu begehen, von dem sie genau wusste, dass er ihn bereuen würde, dann würde sie nicht einschreiten.

„Du kümmerst dich um mein Wohlergehen", sagte Matthew schließlich. „Und dafür liebe ich dich. Aber ich werde mein Verhalten nicht nach den Fehlern eines anderen richten. So verhält sich ein Mann von Ehre nicht."

„Als ob Ihr irgendetwas von Ehre verstehen würdet", murmelte Fenton.

Matthew warf ihm einen mahnenden Blick zu und sagte dann: „Die Sondergenehmigung wird besorgt werden. Ich werde Euch Bescheid geben, wenn sie da ist, und wir werden sofort einen Termin für die Hochzeit festlegen. Komm, Hugh, ich brauche deine Hilfe."

Isabel starrte vor sich hin, als die beiden Männer sich zur Tür wandten. Er sagte, er würde… sie *heiraten*. Sie so bald wie möglich heiraten. Freilich nur der Ehre wegen, und obschon er sie eines Verrats bezichtigte, der viel tiefer ging als die Vorenthaltung ihrer wahren Identität.

Brighthollow verließ den Raum, doch an der Tür blieb Matthew nochmals stehen. Er schaute über seine Schulter, sein Blick traf den ihren. Dann schüttelte er den Kopf und trat hinaus, ohne ein weiteres Wort an sie zu richten.

Sobald er weg war, ließ sie sich gegen die Lehne des nächstgelegenen Stuhls sinken. Fenton hatte die Frechheit, zufrieden auszusehen.

„Du wusstest es?", flüsterte sie. „Du wusstest es. Warum hättest du sonst dafür gesorgt, dass wir auf diese Weise überrascht werden?"

Er sah sie an, und etwas von seiner Freude verblasste. Dahinter verbarg sich nun zumindest ein Anflug von Reue. Aber auch Wut, die sich auf sie richtete.

„Ich wusste, dass du dich rausschleichst", erklärte er. „Du tatest etwas, das du meiner Meinung nach nicht tun solltest. Aber du warst eine Witwe, keine Unschuldige, und ich hatte keine Kraft, dir hinterherzujagen und dich zu ermahnen, etwas zu schützen, was du nicht aus eigenem Antrieb bewahren wolltest. Aber erst in der Nacht des Balls bei den Callis begriff ich das Ausmaß deiner Geheimnisse."

Ihre Lippen öffneten sich. „Der Ball."

Er nickte und machte einen Schritt auf sie zu. „Ich wusste nicht, dass dieser Bastard da war. Ich meide seine Gesellschaft, wann immer ich kann, aber er muss später zu dieser Party eingeladen worden sein."

Sie verschränkte die Arme und versuchte, sich nicht an den Abend zu erinnern, als Matthew die Wahrheit aufgedeckt und sie zur Rede gestellt hatte. Und sie geküsst hatte. Und sie dazu gebracht hatte, ihn noch stärker zu begehren. Deswegen war es heute Abend auch so weit gekommen.

„Ich drehte mich um, und da war er, lungerte herum. Er tat so, als wäre er ein Heiliger, was er nicht ist." Fentons Augen wurden kalt und leer, und es versetzte ihr einen Stich ins Herz. „Ich sah, wie er sich dir näherte, und war bereit, ihn bloßzustellen. Dann sah ich aber, wie er dich aus dem Zimmer zerrte, und wollte dir zu Hilfe eilen. Aber als ich endlich die Stube fand, in die ihr gegangen wart, lagst du schon in seinen Armen. Du hast ihn geküsst wie eine Dirne. Der Mann, der deine eigene Cousine ermordet hat."

Sie hob ihr Kinn. „Ich glaube nicht, dass es getan hat, Onkel. Es gab nie einen Hinweis darauf in der Nacht, in der Angelica starb, außer dass es ein schrecklicher Unfall war."

Sein Kiefer wurde hart. „Er hat sie umgebracht, und du bist in seine Arme gerannt, als wäre es nichts."

Sie stieß einen Seufzer voller Frustration, Schmerz und Angst aus, Gefühle, die sich in der schlimmstmöglichen Kombination miteinander vermischten. Sie starrte ihn an und versuchte, den Mann, den sie ihr ganzes Leben lang gekannt hatte, hinter diesem Ungeheuer zu entdecken, zu dem er nach Jahren des schwelenden Kummers geworden war.

„Willst du damit sagen, dass du deinen fürchterlichen Plan in jener Nacht ausgeheckt hast?", fragte sie.

Er nickte schulterzuckend. „Die Idee kam mir damals, ja. Und sie keimte auf, als ich erkannte, dass ihr stärker miteinander verbunden seid, als mir bewusst war."

Sie schüttelte den Kopf. „Wovon redest du?"

„An dem Tag in der Buchhandlung. Ich bin dir gefolgt. Ich weiß, dass du dich mit ihm getroffen hast. Ich habe euch reden sehen, die Köpfe nah beieinander, durch das Fenster."

Ihr drehte sich der Magen um. „Du bist mir gefolgt?"

Er zuckte erneut die Achseln. „Du hast wenig Grund zur Empörung, meine Liebe. Schließlich war ich doch nur dein besorgter Anstandswauwau, nicht wahr? Ich habe auf meinen Schützling aufgepasst, wie es sich gehört. Zumindest wird die Welt das so sehen."

„Du sorgst für mich, indem du mich dem Klatsch und Tratsch aussetzt, der darauffolgen wird? Indem du mich in einem möglichst schlechten Licht erscheinen lässt?"

„Ich muss es tun. Ich werde den schlimmsten Gerüchten

Vorschub leisten und die Leute an meine alten Verdächtigungen erinnern, die die ganze Zeit über als Hirngespinste abgetan worden sind. Ich werde diesen Mann zu einem Ausgestoßenen machen, ich werde ihn zugrunde richten."

Er sah so erfreut, so zufrieden aus, und Isabel konnte diesmal die Tränen nicht zurückhalten. Eine fiel über ihre Wange, als sie näher an ihn herantrat.

„Und was ist mit mir?", flüsterte sie. „Du würdest mich zerstören, um ihn zu verletzen? Du würdest mich einem Mann ausliefern, von dem du wirklich glaubst, dass er deine Tochter getötet hat?"

Sein Gesicht verfinsterte sich ein wenig, und er wandte es von ihr ab. „Es müssen Opfer gebracht werden, meine Liebe. Aber mach dir keine Sorgen. Das wird nicht lange so weitergehen."

Er wandte sich ganz von ihr ab, und sie starrte auf seinen Rücken, entsetzt über seine letzte Erklärung. „Was soll das bedeuten?"

„Komm, wir haben viel zu tun. Wir müssen eine Hochzeit planen", rief er anstelle einer Antwort über seine Schulter.

„Onkel!", rief sie, aber er ignorierte sie, zu sehr von seinem Plan getrieben um innezuhalten oder sie zu beachten. „Onkel!"

Und schon war er weg, den Flur hinunter, auf dem Weg zurück in den Ballsaal, wo er Gott weiß was sagen würde, um die Gerüchteküche zum Brodeln zu bringen und einen Skandal auszulösen.

Mit einem Schaudern setzte sie sich auf den Stuhl und bedeckte ihr Gesicht mit beiden Händen. Als Mädchen hatte sie sich vorgestellt, wie es sein würde, zu heiraten. Bücher hatten ihr die Zuversicht vermittelt, dass sie die wahre Liebe finden und für immer glücklich sein würde. Die Wirklichkeit war jedoch ganz anders. Sie hatte es einmal akzeptiert und war bereit gewesen, es nach dieser kurzen Zeit der hemmungslosen Leidenschaft wieder zu akzeptieren.

Aber jetzt... jetzt würde sie jemanden heiraten, der nicht nur ein Feuer tief in ihr schürte, sondern der ihr auch nicht vertraute. Wahrscheinlich mochte er sie nicht einmal.

Sie würde einen Mann ehelichen, der mit der Spitze eines Speeres in seinem Rücken in die Kirche getrieben wurde.

So würde sie diesmal heiraten. Und sie würde ihren künftigen Mann vor all den Angriffen schützen müssen, die ihr Onkel im Sinn hatte. Auch wenn er nichts mit ihr zu tun haben wollte.

~

Matthew saß im Salon von Ewan und Charlotte, einen Drink in der Hand. Er konnte Stimmen im Flur hören, die seinen Namen murmelten und Isabels zischten. Und er seufzte auf, als sich die Tür öffnete und seine Freunde mit ihren Ehefrauen einmarschierten.

„Das ist lächerlich", setzte er an und stellte das Getränk beiseite, bevor er aufstand, um sie zu begrüßen. „Es ist mitten in der Nacht – niemand musste aus dem Bett geholt werden, um sich mit mir zu befassen, Hugh."

Er sah in die gezeichneten und besorgten Gesichter seiner Freunde und rollte mit den Augen. Dies würde eine sehr lange Nacht werden, und sein Kopf pochte.

„Wirst du ihnen erzählen, was passiert ist, oder soll ich?", fragte Hugh. Sein Tonfall war immer noch düster und wütend, wie seit dem Moment, als er Matthew von der Party zurück zu Ewan und Charlotte geschleppt hatte.

„Ich bin es leid, alles mehrfach zu schildern", ärgerte sich Matthew und winkte in Richtung Hugh. „Diesmal kannst du die Geschichte erzählen."

„Fenton Winter hat endlich eine Art Racheplan gegen Matthew geschmiedet", spuckte Hugh. „Und er hat dafür gesorgt, dass er in einer kompromittierenden Lage mit seiner Nichte Isabel Hayes erwischt wurde. Die beiden haben einen Plan ausgeheckt, damit Matthew sie heiraten muss. Und er ist in die Falle getappt."

Ein kollektiver Ausruf des Schreckens ging durch seine Freunde, und Matthew zuckte dabei zusammen. Er war wie gelähmt, als alle auf einmal zu reden begannen und gleichzeitig Fragen stellten. Er ließ es einen Moment lang geschehen und hob nach einer Weile eine Hand.

„Genug", unterbrach er den Redefluss, aber sie wurden nicht leiser. „Stopp!", rief er lauter und fester.

Sie hörten sofort auf zu reden, tauschten Blicke untereinander aus, die voller Mitleid und Sorge, Angst und Bedauern waren. Er hasste das alles. Er erinnerte sich nur zu gut an all die Jahre zuvor, als dieselben Männer sich nach Angelicas Tod um ihn geschart hatten. Dieser Gedanke war ein Trost und zugleich ein Schraubstock um sein Herz.

„Es stimmt, dass Winter heute Abend für einen dramatischen Moment gesorgt hat, in dem Isabel und ich ertappt werden sollten", gab er leise zu. „Aber was in diesem Raum geschah, bevor sich die Tür öffnete, war niemandes Schuld außer meiner eigenen."

Er dachte an diesen Augenblick, an Isabels Mund auf seinem, ihren Körper zwischen ihm und der Wand gepresst. Ihr sanftes Stöhnen der Lust, während er sie mit einem animalischen Mangel an Selbstbeherrschung traktierte. Das war nicht er. Er war noch nie so gewesen. Aber jedes Mal, wenn er sie berührte, wurde er… wild.

„Ich entschuldige mich bei den Damen im Raum", warf Robert ein und trat vor. „Aber ist es nicht möglich, dass diese Frau das Ganze in Szene gesetzt hat? Um… dir eine Falle zu stellen?"

Matthew legte den Kopf schief. Sobald er erkannte, wer Isabel wirklich war, waren seine Gedanken über sie kompliziert geworden. Natürlich war es möglich, dass sie in den verruchten Plan ihres Onkels verwickelt war. Er wusste das – er war kein Narr. Immerhin würde sie von einer Heirat mit einem Duke sehr profitieren. Manch eine Dame hätte in einem geschlossenen Salon das Gleiche versucht.

Und wenn sie trotz des Zögerns, das sie Matthew gegenüber in der Vergangenheit geäußert hatte, immer noch denselben Verdacht hegte wie ihr Onkel, wäre sie vielleicht sogar bereit, ihren Ruf zu opfern, um ihre Cousine zu rächen, die sie eindeutig geliebt hatte.

Der Gedanke, dass nichts zwischen ihnen jemals echt gewesen war, drehte ihm den Magen um. Und doch war das nicht das einzige Gefühl, das er verspürte. Er erinnerte sich an ihren Gesichtsausdruck, als sie unterbrochen worden waren. An den wankenden, erschrockenen Ton in ihrer Stimme, als sie ihren Onkel zur Rede stellte. Die Art und Weise, wie sie sich vor Matthew gestellt und geleugnet hatte, dass sie belästigt worden war.

„Das will ich nicht glauben. Ich möchte glauben, dass sie genauso unschuldig ist wie ich. Immerhin hatte sie mich um ein Gespräch unter vier Augen gebeten, um mich vor ihm zu warnen."

Jetzt war es Lucas, der Duke of Willowby, der nach vorne trat. Er hatte jahrelang als Spion für die Regierung gearbeitet, und in diesem Moment zeigte sich das in seinem Gesicht, das plötzlich eisern war. „Dich warnen?", wiederholte er.

„Sie wollte mir sagen, dass ihr Onkel mir wehtun wollte. Ich habe es heruntergespielt. Ihr wisst alle, wie lange er schon gegen mich wettert und fordert, dass ich für das, was ich seiner Meinung nach getan haben soll, vernichtet werden sollte. Aber es scheint, dass er endlich einen Erfolg verzeichnen konnte. Und das ist womöglich erst der Anfang von einem ausgeklügelten Plan."

Lucas' Frau Diana streckte ihre Hand aus, um die ihres Mannes zu ergreifen. Ihr Gesichtsausdruck war genauso besorgt wie der der anderen, obwohl sie das jüngste Mitglied der Gruppe war. „Glaubst du, du bist in Gefahr?"

„Ich weiß es nicht", seufzte er. „Vielleicht. Und wenn Isabel wirklich nur eine unschuldige Rolle in Winters Plänen spielt, dann könnte sich diese Gefahr auch auf sie ausweiten."

Sein Magen zog sich zusammen. Er wusste bereits, wie es war, jemanden zu verlieren, der ihm wichtig war. Er hatte den Schmerz erlebt, wie es ist, den Namen von jemandem zu schreien und keine Antwort von dem schlaffen Körper in seinen Armen zu bekommen.

Das wollte er nie wieder erleben. Niemals.

„Du wirst also diese Frau heiraten", seufzte Charlotte und schüttelte traurig den Kopf, während sie ihre Hand auf ihren Bauch legte. „Oh, Matthew."

Er zuckte mit den Schultern. „Es gibt keinen anderen Ausweg. Nicht nach dem, was heute Abend passiert ist. Er hat mich zum Handeln gezwungen, und jetzt muss es so kommen. Ich werde morgen eine Sondergenehmigung beantragen und die Hochzeit so bald wie möglich abhalten."

James, der Duke of Abernathe und seit langem der Anführer der Gruppe, griff nach Matthews Arm. „Überstürze es nicht, Matthew."

„Ich muss", erwiderte er und sah seinem Freund in die Augen. Er sah den Schmerz, den James für ihn empfand. „Um ihretwillen, um meiner selbst willen. Zumindest wird Isabel dann nicht mehr als Spielfigur in seinem Spiel missbraucht."

„Oder sie wird die Gelegenheit nutzen, alles zu übernehmen", schnauzte Hugh. „Du bist ein Narr, wenn du sie für einen Bauern und nicht für die allmächtige Königin auf dem Schachbrett hältst."

Matthew zuckte zusammen. Es war ehrlich gesagt einfacher, sich Isabel als Königin vorzustellen. Nur nicht in der Art, dass sie in seine Welt treten und sie zerstören würde. Und er konnte nur hoffen, dass er mit dieser Einschätzung richtig lag.

„Ich weiß die Besorgnis und die mitleidigen Blicke euererseits und all das sehr zu schätzen", sagte er in die Runde. „Aber so stehen die Dinge nun mal. Und das Beste, was ihr für mich tun könnt, ist, mich dabei zu unterstützen."

„Aber natürlich", setzte Baldwin an und drückte Hughs Arm, bevor er Matthew die Hand reichte. „Glückwunsch, mein Freund."

Der traurige Ton in Baldwins Stimme war nicht zu überhören, aber Matthew nahm das Angebot dankend an. Sie schüttelten sich die Hände, und Baldwins Augen hielten seinen Blick fest und sicher. Und als die anderen auf ihn zukamen, um ihm ebenfalls zu gratulieren, spürte er ihre Kraft und ihre Liebe, die ihn durchströmten und ihn aufmunterten, wie schon so oft zuvor.

„Es ist mitten in der Nacht", hob James an, als alle an der Reihe gewesen waren. „Ich schlage vor, wir gehen alle nach Hause und treffen uns morgen wieder."

„Ja", bekräftigte James' Frau Emma und nahm seinen Arm. „Morgen früh sieht alles besser aus, das tut es immer. Kommt alle mit."

Matthew lächelte, als die Gruppe sich verabschiedete und in einer schwirrenden Schlange aus dem Salon ging. Am Ende waren nur noch Charlotte und Ewan übrig. Charlotte stieß ihren Atem in einem langen Seufzer aus.

„Es tut mir leid, Charlotte", entschuldigte sich Matthew. „Ich hatte keine Ahnung, dass Hugh alle für eine Krisensitzung aus den Betten holen würde. Du brauchst deine Ruhe und das war unerhört."

Sie runzelte die Stirn. „Glaubst du etwa, dass ich diese improvisierte Zusammenkunft des 1797-Clubs nicht voll und ganz unterstütze?" Sie schüttelte den Kopf. „Wenigstens hast du mich davon abgelenkt, dass mein Kind mich die ganze Nacht getreten hat. Und dafür danke ich dir."

Sie schaute Ewan an, und eine Flut der unausgesprochenen Kommunikation wogte zwischen ihnen. Sie machte ein paar kleine Handbewegungen in ihrer eigenen Sprache der Liebe, die die beiden über viele Jahre der Freundschaft und Sehnsucht und dann der wahren und starken Liebe entwickelt hatten. Ewan lächelte kurz, dann beugte er sich vor und küsste sie auf die Wange.

„Ich überlasse es meinem Mann, dich weiter zu beruhigen", fuhr sie fort, während sie Matthews Hand nahm. „Gute Nacht, mein liebster Freund. Wie die liebe Emma sagte, morgen früh wird alles besser sein."

„Gute Nacht", murmelte Matthew, bevor sie das Zimmer verließ.

Er drehte sich um und sah, dass Ewan ihn genau beobachtete. Er durchschaute ihn, wie immer. Normalerweise nahm er ihm diese fast brüderliche Fähigkeit nicht übel, aber heute Abend fühlte er sich verletzlich, und er wollte nicht, dass Ewan das sah.

Er war froh, als Ewan seinen Blick abwandte und das kleine

Notizbuch aus seiner Tasche holte. Er kritzelte etwas darin und reichte es ihm.

„Empfindest du überhaupt etwas für sie?"

Matthew versteifte sich. Das war die einzig wichtige Frage, nicht wahr? Die, die er nicht beantworten wollte, weil er die Antwort nicht genau kannte. Aber hier, mit Ewan, konnte er ehrlich sein.

„Verlangen", sagte er leise. „In höchstem Maße. Es war nicht sie, die angefangen hat, was heute Abend in diesem Salon passiert ist. Ich war es. Wenn ich in ihrer Nähe bin, ist es… Feuer. So etwas habe ich noch nie gefühlt."

Ewan nickte, als hätte er verstanden. Matthew nahm an, dass er das tat. Er hatte seit der Hochzeit seines Cousins mit Charlotte viele leidenschaftliche Küsse und versteckte Liebkosungen mitbekommen.

Doch in Ewans Gesichtsausdruck war noch immer Ärger zu erkennen. *„Begehren ist ein Anfang"*, schrieb er. *„Aber ich frage, was du fühlst."*

„Zwiespalt", stieß Matthew hervor. „Wie zum Teufel soll ich Angelicas Cousine heiraten? Wie zum Teufel soll ich aus all den Lügen, die zwischen uns begonnen haben, die Wahrheit herauspflücken? Ist sie der Schwan, den ich in einer Spielhölle verführt habe? Ist sie die hinterhältige Schurkin, wovon Hugh überzeugt ist? Ist sie das Mädchen aus der Buchhandlung, das bei schaurigen Romanen errötet? Wer ist sie?"

Ewan dachte einen Moment darüber nach und schrieb dann: „Sie mag all das sein. Du bist mehr als dein Kummer, nicht wahr? Oder dein Verlangen? Oder deine Freundschaft in unserer Gruppe?"

„Das ist genau der Grund, warum ich nicht mit dir rede", wandte Matthew mit einem kleinen Lächeln ein. „Du bist so vernünftig."

„Sprich mit Robert für Unvernünftiges", schrieb Ewan. *Dann runzelte er die Stirn. „Oder Hugh, in letzter Zeit."*

Matthew holte tief Luft und legte den Kopf schief. „Das war nicht geplant, Ewan. Dieses Wirrwarr, das sich gerade in meinem Leben ereignet, war nicht der Plan."

„Die besten Dinge beginnen so. Gibt es irgendetwas, was ich tun kann?"
Matthew las die Notiz mit einem Lächeln und drückte seinem Cousin die Schulter. „Sei… einfach du. Unterstützend und beobachtend. Freundlich und so verdammt logisch." Ewan erwiderte das Lächeln nicht, und Matthew seufzte. „Er hat mich jetzt in der Falle. Bis wir wissen, wie es weitergeht, ist das *alles,* was du tun kannst."

KAPITEL 15

Matthew rückte seine Jacke zurecht, während er sein Spiegelbild betrachtete. Er sah… müde aus. War es nicht das, was ihm alle in den zwei Tagen seit seiner überraschenden Ankündigung seiner Heirat immer wieder gesagt hatten? Die Hochzeit, die dank einer Sondergenehmigung, die er in aller Eile nach dem Austausch von bedeutenden Geldsummen erhalten hatte, morgen stattfinden würde.

Macht zu haben hat seine Vorteile. Nur fühlte er sich ziemlich machtlos.

Machtlos gegenüber dieser Ehe, die über ihm schwebte. Machtlos gegen die Flut der Begierde, die er für die Frau empfand, die seine Braut werden sollte. Machtlos gegen die Pläne, die Fenton Winter für ihn auf Lager hatte.

Er schüttelte widerwillig den Kopf und warf einen Blick über die Schulter, als sich seine Zimmertür öffnete.

„Mama", grüßte er und drehte sich mit dem besten Lächeln, das er aufbringen konnte, zu ihr um. Es fühlte sich so falsch an, wie es wahrscheinlich auch aussah.

Ihr Lächeln war ebenso gekünstelt. „Du siehst wirklich gut aus, mein Liebster", bemerkte sie, als sie seine Hand drückte.

Sie standen einen langen Moment schweigend zusammen, dann seufzte er. „Ich weiß, dass du… besorgt bist. So wie jeder Mensch um mich herum."

„Das will ich nicht leugnen. Ich denke, jede Mutter würde das unter den gegebenen Umständen sein. Winter hasst dich seit Jahren – kein noch so guter Grund könnte ihn von dem abbringen, was er glaubt, dass du getan hast. Ich habe es nie verstanden."

Matthew betrachtete erneut sein Spiegelbild, als er über diese Aussage nachdachte. „Ich tue es."

Sie wich erstaunt zurück. „Wirklich?"

„Als Vater starb", begann er und spürte, wie sie sich versteifte. Ihre Finger krallten sich in seine. „Du weißt nicht, wie sehr ich mir wünschte, ich könnte es auf jemanden oder etwas schieben. Der Schmerz war so heftig, so stark, dass ich ihn am liebsten woanders gedrängt hätte. Ihn in Wut oder Hass verwandelt. Sein einziges Kind zu verlieren… ich stelle mir vor, das ist tausendmal schlimmer."

Sie nickte langsam. „Ja, das ist wohl wahr. Wut scheint kontrollierbarer zu sein als Trauer. Gezielter. Aber trotzdem. So weit zu gehen…"

Er zuckte mit den Schultern. „Nun, er ist so weit gegangen. Es gibt jetzt kein Entrinnen mehr. Und am Ende war es mein eigenes Handeln, das mich in eine Lage brachte, die er schlussendlich ausnutzen konnte, nicht wahr? Wäre ich nicht so unvorsichtig gewesen…"

Er winkte mit der Hand ab, anstatt den Satz zu beenden. Es brachte ihn wie unzählige Male zuvor in den Salon zurück, als Isabel sich an ihn geschmiegt hatte und alle Vernunft ihn verlassen hatte, wobei sie durch etwas Heißes und Hungriges ersetzt wurde, das unversehens überhandnahm.

„Wie ist sie denn so?", fragte die Duchess.

Er wandte sich ihr zu. „Isabel?"

„Deine Freunde scheinen in ihren Meinungen über sie ziemlich… *gespalten zu sein.*"

Ja, seine beschützenden Freunde, von denen die eine Hälfte Isabel als Mitverschwörerin und die andere Hälfte als Opfer sah. Er war sich nicht sicher, in welches Lager er gehörte.

„Sie ist natürlich wunderschön", begann er. „Man kann nicht anders, als sie quer durch den Raum zu bewundern. Aber je näher man ihr kommt, desto... faszinierender wird sie. Sie ist intelligent, das gefällt mir."

„Du würdest dich zu Tode langweilen, wenn sie es nicht wäre, und das freut mich", lobte seine Mutter.

„Und sie hat etwas Sanftes an sich. Sie hatte vorher eine schlechte Partie gemacht, weißt du. Sie war in einer lieblosen Ehe."

Sie neigte den Kopf. „Und jetzt werdet ihr beide in eine solche gezwungen. Das ist nicht das, was ich mir für dich gewünscht habe, besonders nachdem ich gesehen habe, wie glücklich deine Freunde und dein Cousin sind, seit sie geheiratet haben. Ich habe mir immer gewünscht, dass du eine Verbindung eingehst wie..."

Sie brach ab, aber er wusste, worauf sie hinauswollte. „So wie deine mit Vater", ergänzte er und seufzte. „Ja, das hatte ich mir auch erhofft. Aber weißt du, es ist gar nicht so schrecklich. Ich fühle mich durchaus zu ihr hingezogen. Vieles trennt uns, aber es gibt keinen Grund, warum wir nicht eines Tages eine gute... eine gute Freundschaft entwickeln könnten."

„Vielleicht reicht das ja aus", flüsterte sie mit leicht brüchiger Stimme.

Er hob ihre Hand für einen kurzen Kuss an seine Lippen. „Darf ich dich um einen Gefallen bitten?"

„Alles, was du willst", bestätigte sie.

„Sei nachsichtig in der Art und Weise, wie du mit ihr umgehst", bat er. „Bitte. Es wird eine Zeit lang schwer genug für sie sein, und ich möchte nicht, dass sie das Gefühl hat, von allen Seiten angegriffen zu werden."

„Du sorgst dich tatsächlich um ihr Wohlergehen", wunderte sich die Duchess und neigte den Kopf, um sein Gesicht etwas genauer zu betrachten.

Er wandte sich von ihrem durchdringenden Interesse ab und nickte kurz. „Ich weiß."

„Dann werde ich alles in meiner Macht Stehende tun, damit sie sich bei uns wohlfühlt", sagte seine Mutter. „Aber Matthew?"

„Ja?"

„Wenn sich herausstellt, dass sie mit ihrem Onkel im Bunde ist, werde ich sie in die Knie zwingen."

Matthew zog die Augenbrauen hoch angesichts ihres scharfen, eindringlichen Tons. Seine Mutter war sonst so freundlich, so sanft. Und doch blitzte in ihren Augen jetzt derselbe beschützende Blick, den seine Freunde ebenfalls gezeigt hatten.

„Ich verstehe", sagte er leise.

„Euer Gnaden?" Beide drehten sich um und sahen Portman in der Eingangshalle stehen.

„Ja?", fragte Matthew, obwohl er bereits wusste, was der Butler sagen würde. Er brauchte nur eine kurze Atempause, bevor er sich auf diesen Abend einließ.

„Mrs. Hayes ist angekommen."

Matthew blickte seine Mutter an. „Nur Mrs. Hayes? Wird sie nicht von Mr. Winter begleitet?"

Portman schüttelte den Kopf. „Nein, Sir. Mrs. Hayes ist allein gekommen. Sie ist im blauen Salon, wie gewünscht."

Matthew nickte, und nachdem Portman gegangen war, sah er seine Mutter an. „Ist es sehr falsch, dass ich froh bin, ihrem Onkel heute Abend nicht begegnen zu müssen?"

„Nein, denn ich fühle das Gleiche und spreche uns von jeder Schuld frei", lachte sie, als sie gemeinsam das Zimmer verließen, um zu Isabel zu gehen. „Obwohl ich mich über sein Verhalten wundere."

Matthew schürzte seine Lippen. „Ja. Ich mich auch."

Sie kamen die Treppe hinunter und gingen den Flur entlang. Die Tür zum blauen Salon war geschlossen, als sie sich näherten, und er zwang sich, einen letzten tiefen Atemzug zu nehmen, bevor er sie aufstieß und ihrem Gast entgegentrat.

Isabel stand am Fenster und drehte sich um, als sie eintraten, die

Hände vor sich gekreuzt und die Augen weit aufgerissen. Sie war schön, wie sie immer schön war. Heute Abend trug sie ein hübsches blaues Seidenkleid, in dem sie perfekt in diesen Raum passte. Ein Schwarm von Schmetterlingen zierte den Rock ihres Kleides, und das unverhoffte Element gab ihm das Gefühl, er sei zu Hause in Tyndale und liege auf den Wiesen, wie er es als Junge oft getan hatte.

Als alles noch so viel einfacher gewesen war.

„Eure Gnaden", setzte Isabel an, und ihre Hände flatterten wie die Flügel eines Schmetterlings, als sie nach vorne trat.

„Mrs. Hayes", grüßte seine Mutter, wobei sie sich von ihm löste und ihr die Hand hinhielt, da Matthew wie gelähmt dastand. „Oder darf ich Euch Isabel nennen, da wir morgen eine Familie sein werden?"

„Natürlich, Euer Gnaden", erwiderte Isabel und sah Matthew an. „Es wäre mir eine Ehre."

Die Duchess warf ihm einen kurzen Blick über ihre Schulter zu. Es war ein spitzer Blick, und ihm wurde klar, dass er einfach nur gestarrt hatte, seit er den Raum betreten hatte. Als sie sich entfernte, um jedem von ihnen einen Drink einzuschenken, trat Matthew endlich vor.

„Guten Abend, Isabel", zwang er sich zu sagen.

„Matthew", flüsterte sie und ließ ihren Blick über sein Gesicht gleiten. „Ich bin so froh, dass du mich heute Abend eingeladen hast. Ich dachte, du würdest mich nicht sehen wollen."

Sein Herz klopfte bei der Atemlosigkeit in diesen Worten und dem Schmerz in ihrem Blick. Trotz seiner Zweifel an ihren Motiven verspürte er den starken Drang, sie zu trösten. Er wollte eigentlich weit mehr als das tun. Er griff nach ihrer Hand.

Als sich ihre Finger ineinander verschränkten, durchfuhr ihn ein Schauer der Erkenntnis. Wie immer war das Verlangen da. Aber auch etwas anderes. Etwas, das er kaum benennen konnte, denn so etwas hatte er schon sehr lange nicht mehr empfunden.

Es war ein Gefühl des Heimkommens, das unmöglich richtig

sein konnte. Er war wohl nach all den Aufregungen der letzten Tage einfach nur übermüdet.

„Wir werden heiraten, Isabel", erinnerte er sie sanft. „Ich könnte dir nicht aus dem Weg gehen, selbst wenn ich es wollte. Und das will ich nicht."

Sie nickte langsam, doch seine Worte schienen ihr nicht zu helfen, ihr Unbehagen zu lindern. In Tat und Wahrheit hatte er keine Ahnung, wie er das anstellen sollte. Sie wurden beide in eine Situation hineingeworfen, die sie nicht kontrollieren konnten. Beide waren sich der unzähligen Hindernisse und Schwierigkeiten bewusst.

Sie räusperte sich, als seine Mutter zurückkam. „Mein Onkel lässt sein, ähm, Bedauern darüber ausrichten, dass er uns nicht begleiten konnte. Er war durch seine Geschäfte anderweitig verpflichtet."

An der Anspannung ihrer Lippen erkannte er, dass diese Ausrede nicht der Wahrheit entsprach, und ihm drehte sich der Magen um. Hatte sie gelogen, weil dies Teil eines größeren Plans war? Und wenn nicht, wenn sie genauso ein Opfer war wie er, wie schlimm stand es dann um sie zu Hause, mit einem Mann, der so von Hass getrieben war, dass er sie dafür zu opfern bereit war? Beide Fragen wühlten ihn auf.

Dann ertönten Stimmen im Foyer, und alle drehten sich um. „Ah", freute sich die Duchess. „Die anderen sind angekommen. Sollen wir sie begrüßen?"

Sie lächelte Isabel an und verließ dann den Raum. Matthew streckte seinen Arm aus und sie nahm ihn. Doch bevor er sie in den Flur zu seinen Freunden und dem bevorstehenden Abend führte, beugte er sich näher zu ihr hinunter.

„Du bist wunderschön", flüsterte er.

Mit einem Keuchen riss sie den Blick hoch. Als ob sie es nicht glauben konnte. Als ob sie es nach allem, was zwischen ihnen vorgefallen war, nicht fassen konnte.

„D-du auch", stammelte sie.

Er musste lächeln, als er sie aus dem Zimmer geleitete. Und zum ersten Mal seit Tagen fühlte sich sein Herz tatsächlich leicht an.

~

Isabel stand allein auf Matthews großer Terrasse und blickte auf einen schattigen Garten hinunter. Im Mondlicht konnte sie nicht viel erkennen, aber sie konnte sehen, dass er riesig war. Wunderschön. Und übermorgen ihrer.

Dieser Gedanke erschreckte sie jedes Mal, wenn sie über ihn stolperte, und sie klammerte sich fester an das schmiedeeiserne Geländer, während sie in die Nacht hinausstarrte.

Die letzten Stunden waren… anstrengend gewesen. Das Abendessen war natürlich wunderbar gewesen. Die Gesellschaft war angenehm, denn Matthews Freunde und ihre Frauen waren alle freundlich. Anständige Männer und Frauen.

Aber sie bemerkte, wie sie sie beobachteten. Vorsichtig. In einigen Fällen vorwurfsvoll. Sie waren eine eingeschworene Gruppe. Sie hatte dort keinen Platz. Noch nicht. Vielleicht auch nie.

Und das stachelte sie an, obwohl sie nicht weniger als deren Tadel verdient hatte.

„Er ist wie ein Bruder für mich, weißt du."

Isabel drehte sich um und sah Helena Undercross über die Terrasse auf sie zukommen. Die Duchess of Sheffield, Baldwins Frau. Und es war nicht zu übersehen, dass die sonst so schöne Frau einen harten Zug im Gesicht hatte.

„Ich weiß, dass er und Euer Mann sich sehr nahe stehen", sagte Isabel vorsichtig.

„Das tun sie. Alle Dukes in ihrem kleinen Club stehen sich nahe, aber es gibt auch einige engere Freundschaften innerhalb ihrer Reihen. Baldwin, Ewan und Matthew sind eine dieser Gruppen." Helena blieb neben ihr stehen und starrte einen Moment lang zu den Sternen hinauf. „Das allein würde mich schon dazu bringen, ihn zu beschützen. Aber es geht um mehr als das."

Isabel legte ihren Kopf schief. Sie wollte so gerne mehr über den Mann erfahren, den sie bald heiraten würde. Und diese Frau bot ihr mit ihren Erklärungen einen Einblick in seine Welt.

„Was denn?", fragte sie vorsichtig.

Helena warf ihr einen Seitenblick zu. „Er hätte mich gerettet."

„Euch gerettet?", wiederholte Isabel verständnislos. Es war offensichtlich, dass Baldwin und Helena sehr verliebt waren, genau wie jedes andere Paar in diesem Freundeskreis. Sie konnte sich nicht vorstellen, dass Helena jemals eine Rettung durch Matthew nötig gehabt hätte.

„Es gab einen Moment, in dem es so aussah, als würden Baldwin und ich nicht heiraten können", erzählte sie, wobei ihre Stimme zitterte, als ob die Worte sie tief bewegten. „Und Matthew bot mir an, meine Hand zu nehmen, um mich aus einer misslichen Lage zu befreien."

Isabels Lippen spitzten sich, als sie die Frau neben sich anstarrte. Diese wunderschöne Frau. Verführerisch und anders, da sie Amerikanerin war. Die Vorstellung, dass Matthew jemals daran gedacht hatte, sie zu heiraten, ließ Isabels Eifersucht aufflammen.

„Ich verstehe", flüsterte sie.

„Ich bin mir nicht sicher, ob Ihr das tut", erwiderte Helena und sah sie plötzlich direkt an. „Und ich bin mir nicht sicher, was ich im Gegenzug für Euch empfinde. Es gibt Dinge an Euch, die mich dazu drängen, Euch meine Freundschaft anzubieten. Aber ich zweifle an Euch, Isabel. Und ich fürchte mich davor, was dieser Zweifel für Matthew bedeutet."

Isabel schluckte. Bisher hatte noch niemand so unverblümt über seine Zurückhaltung gesprochen. Sie merkte, dass sie es fast zu schätzen wusste, auch wenn die Konfrontation keine angenehme Erfahrung war. Wenigstens war sie geradeheraus.

„Ich verstehe Eure Zurückhaltung", gestand sie. „Und ich weiß, dass meine Worte kaum Bedeutung haben, wenn ich ihnen im Laufe der Zeit keine Taten folgen lasse. Aber ich werde Euch dennoch versichern, dass ich Matthew nicht verletzen will. Im Moment glaubt Ihr das vielleicht noch nicht, aber ich hoffe, dass Ihr es mit der Zeit mit eigenen Augen sehen werdet."

Helena legte den Kopf schief, und etwas von der Härte wich aus ihrem Gesicht. Sie atmete langsam aus. „Das wünsche ich mir auch, Isabel."

~

Matthew betrat die Terrasse und blieb unverhofft stehen. Isabel stand da, das Sternenlicht fiel auf sie, als wäre sie aus einem Märchen heraufbeschworen worden. Oder aus einer Schauermär, wie die, worüber sie bei Mattigan's gesprochen hatten.

Aber sie war nicht allein, Helena stand ihr gegenüber. Und so, wie die beiden Frauen sich ansahen, schienen sie in der Tat in ein ernstes Gespräch vertieft zu sein.

„Meine Damen", murmelte er.

Helena wich einen Schritt zurück und drehte sich lächelnd zu ihm um. „Matthew."

„Die anderen sind gegangen, und ich glaube, Baldwin hat sich gerade von meiner Mutter verabschiedet."

Helena nickte. „Dann sollte ich mich ihm anschließen." Sie wandte sich wieder an Isabel. „Ich danke Euch für Eure Offenheit. Gute Nacht."

„Gute Nacht", flüsterte Isabel, ihre Stimme war kaum zu hören.

Helena zog sich von ihr zurück und trat auf ihn zu. Im Vorbeigehen ergriff sie seine Hand und drückte sie sanft. „Gute Nacht."

Er behielt Isabel im Auge, während Helena hineinging und die Tür hinter sich schloss. Endlich waren sie allein. Zum ersten Mal seit jener Nacht, in der ihre Zukunft besiegelt worden war, waren sie allein.

Er hätte sie mit tausend Fragen und Anschuldigungen überhäufen können. Aber das war es nicht, was ihm in den Sinn kam. Nein, als er sie am Terrassengeländer stehen sah, mit zitternden

Händen, wobei ihre Augen seinen nicht zu begegnen wagten, wollte er sie nur in seine Arme schließen. Sie trösten. Sie berühren.

Er schüttelte den Kopf. „Du hast den Abend überlebt", neckte er.

Sie wandte ihr Gesicht dem seinen zu. „Es gab Zeiten, in denen ich mir nicht sicher war, ob ich es tatsächlich schaffen würde", gab sie lächelnd zu. „Es gibt ein halbes Dutzend Freunde von dir, die bereit sind, mir ein Messer zwischen die Rippen zu stoßen, wenn ich es wagen sollte, dich jemals zu verletzen."

Er schürzte seine Lippen. „Sie haben einen ausgeprägten Beschützerinstinkt. Es tut mir leid."

Sie blickte nach hinten auf seinen Garten. „Das sollte es nicht. Es ist schön, so loyale Freunde zu haben."

„Das hast du ebenfalls", entgegnete er. „Sarah Carlton scheint dir eine gute Freundin zu sein."

Der Schatten eines Lächelns umspielte ihre Lippen. „Ja. Und ich nehme an, ein Vorteil unserer Beziehung wird sein, dass ich ihr bald helfen kann."

„Ihr helfen?", wiederholte Matthew, fasziniert von dem Mondlicht, das auf ihrem dunklen Haar tanzte.

Sie sah ihn an. „Ja. Sie befindet sich in einer schrecklichen Lage. Sobald ihre Mutter tot ist, wird sie wahrscheinlich gezwungen sein, eine Stellung anzunehmen. Und vielleicht kann ich ihr mit dem Einfluss deines Titels ein wenig bei der Umstellung helfen."

Matthew zog die Stirn in Falten. Seine Freunde hatten ihre eigenen Vorstellungen von den Hintergedanken dieser Frau, wenn es um ihre Ehe ging. Aber hier sah er nun einen, von dem er nicht behaupten konnte, dass er verurteilungswürdig war. Er hatte den gleichen Instinkt, seinen Freunden wann immer möglich zu helfen. Er wollte den Einfluss, den er hatte, nutzen, um das Leben derer zu erleichtern, die er liebte.

Sie hatten also noch etwas gemeinsam.

„Ich denke, wir können ihr helfen, wenn es so weit ist", stimmte er zu. „Ich hoffe, du wirst dich dann an mich wenden."

Ihr Gesichtsausdruck wurde ein wenig weicher. „Wenn du das befürwortest, würde ich deine Hilfe sehr zu schätzen wissen."

Er streckte die Hand aus, denn er konnte nicht länger an sich halten, und berührte ihre Wange mit seinen bloßen Fingern. Sie sog den Atem durch die Zähne ein und lehnte sich in seine Hand, während ihre Augen zufielen.

„Isabel", raunte er, nur um ihren Namen laut zu hören.

„Matthew", murmelte sie zurück.

Er beugte sich vor und küsste sie. Ihre Hände zitterten, als sie sie hob, um seine Wangen zu umfassen und ihn noch näher an sich heranzuziehen. Ihre Lippen öffneten sich unter seinen, und er nahm, was sie ihm schweigend anbot. Der Kuss vertiefte sich, wurde immer stürmischer. Er wusste, wohin er führen würde.

Er konnte es nicht zulassen. Noch nicht. Nicht jetzt. Nicht hier, nicht mit seiner Mutter, die jeden Moment durch eine Tür treten konnte.

Er löste sich widerwillig von ihr, und sie protestierte mit einem leisen Seufzer.

„Du hast dich mit Helena unterhalten?", fragte er und suchte nach einem Thema, das ihn von seiner Erektion ablenken würde, die gerade an die Vorderseite seiner Hose drückte.

Sie nickte. „Sie nimmt dich sehr in Schutz", murmelte sie. „Aber ich nehme an, das ist ihr gutes Recht. Sie hat mir erzählt, dass du ihr einmal angeboten hast, sie zu heiraten, um sie aus einer misslichen Lage zu retten."

Matthew zuckte zusammen. Er hatte nicht damit gerechnet, dass Helena diesen besonderen Leckerbissen mit ihr teilen würde. Es war ein Jahr her, in einer Zeit, die jetzt Welten entfernt schien. „Nicht, weil ich mich für sie interessierte. Zumindest nicht über unsere Freundschaft hinaus", berichtigte er und hatte das Gefühl, sich rechtfertigen zu müssen. Er war sich nicht sicher, warum.

„Du bist mir nichts schuldig", flüsterte sie.

Er schüttelte den Kopf. „Wir werden heiraten. Schon morgen.

Also denke ich, dass ich es durchaus bin. Baldwin steckte in einer furchtbaren Klemme. Helena auch. Sie glaubten, sie könnten nicht zusammen sein, und so bot ich ihr an, sie selbst zu heiraten. Ich habe es hauptsächlich getan, damit Baldwin aufwacht und erkennt, was er wirklich will. Mein Plan war von Erfolg gekrönt, sie haben geheiratet und alles ist gut zwischen ihnen."

Sie presste ihre Lippen aufeinander. „In der Tat, das scheint es zu sein. Alle deine Freunde sind in dieser Hinsicht bemerkenswert. Diejenigen, die verheiratet sind, scheinen sehr verliebt zu sein. Es ist überwältigend."

Er verzog das Gesicht, denn dieses Thema schien ihn auf Glatteis zu führen. In der Tat war es sehr gefährlich, wenn man bedenkt, wie viele dieser Freunde sich anfangs genau so abgemüht hatten wie er. Viele von ihnen hatten ein zögerliches Werben hinter sich, das vor allem von Verlangen angetrieben worden war. Ein Aufblühen der Empfindungen, mit denen keiner von ihnen gerechnet hatte. Und dann... die Magie des gemeinsamen Lebens, das sie nun teilten.

Das war ihm nicht bestimmt, aber er merkte, dass er seine Freunde immer mehr beneidete, besonders in Anbetracht der schönen Frau vor sich.

„Ich werde mich ihnen stellen müssen", sinnierte Isabel. „Um zu beweisen, dass ich nicht mit meinem Onkel unter einer Decke stecke. Ich nehme an, das werde ich auch dir beweisen müssen."

Matthew schüttelte sich bei diesem besonders unangenehmen Gedanken, der ihn schon seit Tagen verfolgte. Er legte den Kopf schief. „Wo wir gerade von deinem Onkel sprechen..."

„Du willst wissen, warum er heute Abend nicht gekommen ist?", kam sie ihm zuvor. Ihre Wangen erröteten. „Zuerst hat er sich so aufgespielt, hat sich die Hände gerieben und davon gesprochen, eine Szene zu machen. Und dann sagte er plötzlich, er würde nicht kommen. Dass er keinen Fuß in dein Haus setzen wolle, bis es absolut notwendig sei."

Sie stieß einen langen Seufzer aus, und in diesem Moment sah er, wie erschöpft sie von dieser ganzen Angelegenheit war. Von dem Auf und Ab der Stimmungen ihres Onkels und was es in ihrem Leben angerichtet hatte. Er sah auch ihre Angst, die gleiche, die sie ihm gegenüber in der Nacht, in der sie zusammen erwischt worden waren, zum Ausdruck gebracht hatte. Was er nicht sah, war irgendein Hinweis auf eine Täuschung. Vielleicht konnte er sich selbst nicht ganz trauen, aber er glaubte nicht, dass Isabel ihn anlog.

„Wenn er hierher hätte kommen können, um Ärger zu machen, es aber nicht getan hat, muss das für dich eine gewisse Erleichterung bedeuten", meinte er.

Ihre Augen weiteten sich. „Das tut es nicht."

„Warum?"

Sie schüttelte den Kopf. „Seine Augen sind immer noch so wild, Matthew. Ich spüre, wie er bei jeder Wendung einen Plan schmiedet, höre, wie er hämisch vor sich hinmurmelt, dass er dich ganz nah haben will, dass es wehtut. Warum nimmst du das nicht ernst?"

Er streckte seine Hand aus und ergriff ihre. Sie sahen beide auf ihre verschlungenen Finger hinunter. Sahen zu, wie er ihre Hand anhob und sie an seine Brust drückte. Ihre Finger verkrampften sich dort, als wollte sie sein Herz umklammern. Einen wilden Moment lang wünschte er, sie könnte es.

„Du lebst seit einem Jahr mit ihm zusammen, nicht wahr?", fragte er. „Nun, ich ertrage dieses Verhalten von ihm schon dreimal so lange. Er schimpft, aber er handelt nicht. Im Moment schwelgt er darin, dass er einen Skandal um meinen Namen ausgelöst hat. Vielleicht wird ihm das endlich genügen."

Sie sah nicht überzeugt aus, also beugte er sich vor und ließ seine Finger noch einmal an ihrem Kiefer entlang gleiten. Die Worte, die sie sagen wollte, blieben aus, als ihr Atem stockte und ihre Augen zufielen.

Er drückte seine Lippen auf ihre, diesmal sanft, trotz des animalischen Instinkts, der wieder in ihm aufstieg. Er zog sie näher an seine Brust und schlang seine Arme um sie. Sie zitterte, als sie sich an ihn schmiegte, und in diesem Moment fühlte er etwas völlig Neues. Völlig Unerwartetes.

Er fühlte Frieden.

Sie löste sich von ihm und sah zu ihm auf, mit trübem, fast verwirrtem Blick. Als hätte auch sie diese Veränderung gespürt, als würde sie sie genauso aus dem Gleichgewicht bringen wie ihn.

„Wir heiraten morgen", flüsterte sie. „Ich kann es kaum glauben."

Er nickte. Dies wäre der ideale Zeitpunkt, um sich aus ihrer Umarmung zu lösen, aber er tat es nicht. Er hielt sie weiter fest, während er ihr zuraunte: „Es ging alles sehr schnell."

„Und was wird danach passieren?", fragte sie.

Sein Kiefer spannte sich bei dieser Frage. Darüber hatte er selbst bereits nachgedacht. Dieses große Fragezeichen in Bezug auf ihre Beziehung als Ehemann und Ehefrau war, gelinde gesagt, beunruhigend. Und jetzt hatte sie ihn gebeten, es auszusprechen.

„Ich weiß es nicht", gab er zu. „Ich weiß nicht, was passieren wird, aber ich weiß, was ich will, wenn du in meiner Nähe bist, so wie jetzt gerade. Trotz allem."

Sie runzelte die Stirn. „Trotz allem", wiederholte sie, und der leichte Schmerz in ihrem Ton war nicht zu überhören. Er wünschte, er hätte ihn nicht verursacht, aber er sah keine andere Möglichkeit. Zumindest nicht im Moment.

„Trotz allem ist alles, was ich habe, Isabel. Das kannst du mir nicht vorwerfen, oder? Nach all den Lügen und Manipulationen, die uns zu diesem Punkt gebracht haben."

Sie löste sich von ihm und trat einen Schritt zurück, während sie auf ihre vor sich geballten Hände starrte. „Nein, ich kann es dir nicht übelnehmen. Wenn ich glauben würde, dass du ein Schurke bist, der mich in eine Falle locken will, hätte ich vielleicht auch nur ein *trotz allem*."

Er runzelte die Stirn. Sie tat so, als würde sie etwas Tieferes für ihn empfinden. Schlimmer noch, die Vorstellung, dass sie etwas für ihn empfand, war gar nicht so verstörend. Er wollte natürlich nicht ihr Herz. Das war etwas, was er niemals wieder von jemandem erwarten würde.

Aber wenn er sie in seiner Hand hatte, war das sicherlich ein Geschenk.

„Der morgige Tag wird früh genug kommen, Isabel", stieß er hervor. „Warum sehen wir nicht einfach, was er bringt, anstatt uns in Gedanken daran zu verstricken?"

Sie presste die Lippen noch einmal zusammen und nickte dann. „Das ist ein guter Vorschlag, Matthew. Warten wir, was morgen passiert."

„Gut." Er streckte seinen Ellbogen aus. „Lässt du dich von mir zu deiner Kutsche geleiten?"

Sie starrte einen Moment lang auf den ausgestreckten Arm, dann schob sie ihre Hand in seine Ellenbeuge. Er atmete erleichtert auf. Er führte sie von der Terrasse zurück ins Haus und in die Eingangshalle, wo seine Mutter wartete, um sich von Isabel zu verabschieden. Seiner Verlobten.

Morgen würde sie seine Frau werden.

Und dann würde sich alles ändern.

Trotz der langen Fahrt durch die Dunkelheit der Londoner Nacht drehte sich Isabels Kopf noch immer, als sie im Haus ihres Onkels ankam. Sie starrte durch das Kutschenfenster auf das Haus, das nur ein weiteres in einer Reihe von gleichen Häusern war, und seufzte.

Drinnen befand sich ein Mann, den sie liebte. Immer noch liebte, trotz seiner unhaltbaren Anschuldigungen und unbedachten Handlungen. Und er war weiterhin fest entschlossen, Matthew zu vernichten. Ungeachtet dessen, was ihr Verlobter dachte, glaubte sie immer noch, dass Fenton tiefgründigere Pläne hatte als nur einen Skandal und eine erzwungene Hochzeit.

Und sie hatte schreckliche Angst vor ihnen. Sie würde alles tun, um Matthew vor ihnen zu schützen. Denn…

Nun, sie hatte nicht vor, den Grund auszusprechen. Weder in ihren Gedanken und schon gar nicht laut. Ihre Gefühle für den Mann hatten sich seit dem ersten Moment, als er im Donville Masquerade aus der Menge aufgetaucht und zwischen sie und ihren Angreifer getreten war, deutlich gewandelt.

Es schien, als sei er dazu bestimmt, ihr das Herz zu brechen. Und zwar schon sehr bald.

Der Lakai öffnete die Kutschentür, und sie kletterte hinaus in die kühle Nachtluft. Sie atmete tief durch, bevor sie das Haus betrat und ins Foyer schritt. Hicks fragte sie nach ihrem Abend, während er ihre Sachen nahm, und sie lächelte darüber. Sie freute sich darauf, einfach auf ihr Zimmer zu gehen und zu schlafen. Falls sie dazu überhaupt imstande war mit dem Wissen, dass sie in ein paar Stunden Matthews Frau sein würde.

„Gute Nacht, Hicks", wandte sie sich mit einem Lächeln an den Butler, bevor sie sich zur Treppe begab. Sie hatte sie noch nicht erreicht, als sie ihren Onkel von der anderen Seite des Foyers her hörte.

„Wie war es?"

Sie erstarrte, die Hand schwebte über dem Geländer. Sie hatte keine Lust, mit ihm über ihren Abend zu sprechen. Ihre Wut und ihr Groll auf ihn wuchsen ins Unermessliche, und sie wollte sich auf keinen Fall mit ihm streiten.

„Antworte mir, Isabel", forderte er, und sein Ton wurde schärfer.

Sie drehte sich zu ihm um, und die Wut, die sie versucht hatte, im Zaum zu halten, kochte nun über. „Wenn du auf Demütigung aus bist, hast du dein Ziel erreicht. Alle reden schon."

Das Gesicht ihres Onkels leuchtete triumphierend auf, und sie machte einen großen Schritt auf ihn zu.

„Das macht dich glücklich, nicht wahr? Nun, das sollte es nicht. Keiner redet über ihn. Sie reden über *mich*." Sie verschränkte die Arme. „Von Fremden in den Geschäften bis hin zu seinen eigenen

Freunden und seiner Mutter. Sie alle sehen mich an, als wäre ich eine Schlange, die in ihr Blumenbeet geschlüpft ist. Und der Grund dafür? Weil ich es bin. Deinetwegen. Und er…"

Sie unterbrach sich, denn das Letzte, was sie wollte, war, mit ihrem Onkel über *ihn* zu diskutieren. Nicht, wenn ihre Gefühle für Matthew so verworren, heftig und schmerzhaft waren.

„Er?" Onkel Fenton ermutigte sie.

Sie schüttelte den Kopf. „Soll ich sagen, dass er unglücklich ist? Dass er gebrochen ist?"

„Ist er das?"

„Er hüpft nicht gerade vor Freude in Anbetracht unserer Vereinigung", antwortete sie spitz und dachte flüchtig an Matthews Angebot, dass er sie trotzdem begehren könnte. *Trotz allem.* Fentons Lippen kräuselten sich hämisch, und sie schüttelte verzweifelt den Kopf. „Du *bist* glücklich darüber."

„Warum sollte ich es nicht sein? Er hat genug Elend verbreitet, warum sollte er nicht auch nur einen Bruchteil davon selbst zu spüren bekommen?"

„Gut, dann hast du es geschafft", rief sie und trat einen weiteren Schritt vor, um seine Hände zu fassen zu kriegen. „Feiere, wie du es schon immer tun wolltest. Es ist an der Zeit loszulassen."

Sein Gesicht verzog sich. In diesem Moment sah sie seinen ganzen Kummer, seinen tiefen und anhaltenden Schmerz, die ganze Trauer, die sich auf seinen Schultern aufgetürmt hatte und ihn bedrückte. Sie hatte ihn verändert und verzerrte ihn zu der Person, die heute vor ihr stand. Und obwohl sie diese Person fürchtete, verspürte sie auch tiefes Mitleid für ihn. Und sie sehnte sich danach, ihm dabei zu helfen zu erkennen, dass Rache und Zorn keine Lösung waren.

„Du hast nie ein Kind verloren", spuckte er aus, seine Stimme zitterte, als er seine Hände aus ihren riss. „Du hast keine Ahnung, wie sich das anfühlt. Du hast also kein Recht, mir zu sagen, was ich loslassen oder nicht loslassen soll."

Er drehte sich um und ging zurück in den Flur. Sie hörte, wie er die Tür zu seinem Arbeitszimmer zuschlug, so laut, dass die Bilder, die im Flur hingen, durch die Wucht erzitterten.

Sie neigte den Kopf, während ihr Tränen in die Augen stiegen. So würde sie nun also heiraten. Als Werkzeug für die Rache eines Mannes. Und als Werkzeug für die Begierde eines anderen.

Und es gab nichts, was sie tun konnte, um die beiden aufzuhalten.

KAPITEL 16

Matthew blickte dem langen Tisch entlang, an dem seine Freunde und Familienangehörigen saßen. Die Dienerschaft räumte gerade das letzte Geschirr des üppigen Hochzeitsmahls ab, und die Gäste unterhielten sich leise miteinander.

Nur waren es nicht seine Freunde, die seine Aufmerksamkeit erregten. Es war Isabel, die unten am Ende des Tisches saß. Auf dem Ehrenplatz. Der Platz, der bis zu diesem Nachmittag seiner Mutter zugestanden hatte.

Der Platz der Duchess. Denn das war Isabel jetzt, dank ein paar gemurmelter Versprechen im Garten wenige Stunden zuvor. Sie war jetzt seine Frau. Und diese Tatsache wühlte ihn jedes Mal auf, wenn sie erwähnt wurde.

Seine Mutter saß auf der einen und ihre Freundin Sarah auf der anderen Seite. Gelegentlich sah er, wie Sarah ihre Hand nahm und leise mit ihr sprach. Um sie zu trösten, wie es aussah. Und Isabel schien den Trost zu brauchen. Sie war nervös und unruhig, ihre Augen ein wenig zu weit geöffnet, und ihre Hände zitterten, wenn sie an ihrem Wein nippte oder einen Bissen aß.

Er wünschte, er könnte in diesem Moment neben ihr sitzen, seine Hand auf ihr Knie unter dem Tisch legen und ihr in die Augen sehen, während er ihr zuflüsterte, dass alles gut werden würde. Auch wenn das eine Lüge war.

Sein Blick glitt weiter den Tisch hinauf zu dem Platz, an dem ihr Onkel saß. Fenton Winter war den ganzen Tag über bemerkenswert ruhig gewesen. Er hatte seine Nichte nur mit einer abfälligen Bemerkung freigegeben und war den Rest des Nachmittags ruhig geblieben. Doch jetzt trank der Mann bereits das vierte Glas Wein innerhalb der letzten Stunde. Sein Blick wurde immer benommener und verengte sich jedes Mal, wenn er Matthew ansah.

Schließlich erhob sich Winter, das Glas immer noch in der Hand. Er durchbohrte Matthew mit einem Blick, grausam und hässlich. Langsam erhob sich Matthew von seinem Platz am Kopfende des Tisches. Er musste für den bevorstehenden Angriff auf den Beinen stehen, denn es gab keinen Zweifel, dass das Sperrfeuer kommen würde. Wenigstens geschah dies nur vor seinen Freunden und nicht wie sonst in der Öffentlichkeit, wo Winter seine Boshaftigkeit vor der gesamten Gesellschaft zur Schau stellte.

„Mörder", zischte er, während der Wein aus seinem Glas schwappte.

James warf seine Serviette auf den Tisch und wollte sich erheben, doch Matthew hielt die Hand hoch und bedeutete ihm, sitzen zu bleiben. Das Letzte, was er jetzt gebrauchen konnte, war, dass jemand aus seinem Freundeskreis diesen Mann zur Rede stellte. Ob er es nun verdient hatte oder nicht.

„Oh, wollt Ihr Euch nicht dazu äußern?", fuhr Winter fort und blickte in die empörten Gesichter der Dukes und Duchesses am Tisch. „Merkt Euch das, Eure Gnaden. Würde ein unschuldiger Mann nicht unversehens seine eigene Verteidigung übernehmen? Fragt Euch doch, warum er das nicht tut."

„Ihr hattet genug Wein, Winter", sagte Matthew sanft. „Vielleicht ist es an der Zeit zu gehen. Geht nach Hause und schlaft Euch aus."

Winter schob seinen Stuhl mit einem Ausruf zurück, das jeden einzelnen im Raum zusammenzucken ließ. Er schwankte, als er sich vom Tisch löste. „Was soll ich ausschlafen? Die Wahrheit? Das würde Euch gefallen, nicht wahr? Wenn ich wegginge und Euch nicht mehr an Eure Schuld erinnern würde."

Matthew schüttelte den Kopf. „Ihr könnt darauf vertrauen, dass ich durchaus in der Lage bin, mich ohne Eure Hilfe an meine Schuld zu erinnern, Winter."

„Nun, jetzt habt Ihr ja eine neue Braut", lallte Winter. „Vielleicht findet Ihr dort ein neues Schuldgefühl. Ihr werdet meine Nichte nehmen, wie Ihr meine Tochter genommen habt."

„Das reicht jetzt!"

Matthew zuckte zusammen, als Isabel ihren Stuhl zurückschob. Er kippte nach hinten und fiel um. Sie stürzte auf ihren Onkel zu, ein Racheengel mit vor Entrüstung glühenden Augen.

„Halt dich da raus, Mädchen", murmelte Winter, ohne sie anzuschauen. „Das geht dich nichts an."

Sie lachte, aber es war ein rauer, kalter Ton. „Du hast es zu meiner Angelegenheit gemacht, als du mich in deinen Rachefeldzug hineingezogen hast. Wir sind hier, Onkel, wegen *deiner* Machenschaften. Du warst so geblendet von deiner eigenen Wut, dass du bereit warst, alles zu opfern, um diesem Mann auch nur ein winziges bisschen Schmerz im Leben zu bereiten. Sogar mich." Sie schnappte nach Luft und Matthew sah, dass sie mit den Tränen kämpfte. „Wenn du also glaubst, dass er ein Mörder ist, was macht das aus dir, da du ihm dein eigenes Fleisch und Blut auslieferst, damit er sich winden muss?"

Ihr Onkel regte sich und schaute sie endlich an. „Ich werde nicht zulassen, dass er dir wehtut."

Sie schüttelte den Kopf. „Der Einzige, der mich verletzt hat, bist du. Das hier ist mein Haus. Dafür hast du heute gesorgt, als du mich vor einen Mann geführt hast, der deinen Hass nicht verdient hat. Und da es mein Haus ist, habe ich nun das Recht, dir zu sagen, dass du daraus verschwinden sollst."

Winter zuckte erschrocken zurück und trat einen Schritt auf sie zu. „Isabel –"

Sie zeigte auf die Tür zum Esszimmer. „Du bist hier nicht willkommen. Nicht, solange du meinen Mann solch schrecklicher Dinge beschuldigst. Nicht, solange du ihn vor seinen Freunden und unserer Familie demütigen willst."

„Du bist also auf seiner Seite", knurrte Winter. Er bewegte sich auf sie zu, und Matthew eilte um den Tisch herum, entsetzt von der Vorstellung, dass er sie schlagen könnte. Aber er tat es nicht. Er lehnte sich nur vor. *„Ich* bin deine Familie. Angelica war es. Wo ist deine Loyalität?"

Sie zuckte zurück, aber dann hob sie ihr Kinn. In ihrem Gesicht sah Matthew ihre Kraft und ihre Stärke. Eigenschaften, das sie normalerweise für sich behielt, aber in diesem aufgeladenen, schmerzhaften Moment waren sie in ihrer ganzen Pracht zu sehen.

„Wenn du meine Familie wärst, hättest du zuerst an mich gedacht, bevor du getan hättest, was du getan hast. Und Angelica ist *tot.*" Matthew und Winter zuckten gleichzeitig zusammen. „Niemand kann sie zurückholen, so sehr du und Matthew euch das auch wünscht. Ich schulde ihr also nichts weiter als meine Trauer darüber, dass sie ihre Träume nicht verwirklichen konnte. Wie ich bereits sagte, ist es Zeit für dich zu gehen. Und bevor du nicht imstande bist, dich zu entschuldigen und darüber nachzudenken, was du getan hast, bist du hier nicht mehr willkommen."

Winter starrte sie an und fing an zu stottern. Dann warf er einen hasserfüllten Blick in Matthews Richtung und stürmte aus dem Raum. Am Tisch herrschte einen Moment lang fassungsloses Schweigen, während Matthew Isabel mit aufgerissenen Augen anstarrte. Das Feuer war nun aus ihr gewichen und durch Bedauern ersetzt worden. Schmerz. Sie hatte das für ihn getan. Vor den Augen aller, die er liebte, hatte sie sich auf eine Seite gestellt, und es war seine.

„Brava!", rief Graham Everly, Duke of Northfield, plötzlich, während er händeklatschend aufstand. Nach und nach stimmten alle seine Freunde in den Beifall ein.

Isabel wandte ihren Blick von Matthew ab, während ihre Wangen sich röteten. Obwohl sie es gut meinte, obwohl er erkannte, dass ihre fulminante Verteidigung und die Zurechtweisung ihres Onkels mehr als nur ein paar Herzen für sie erweicht hatte, war es klar, dass sie sich ob der Anerkennung unwohl fühlte. Er ging auf sie zu, ergriff ihre Hand und drückte sie, während er ihr in die Augen sah, als Zeichen seines Mitgefühls und Dankbarkeit.

„Genug, ihr alle", rief er und lachte, um die Stimmung zu lockern. „Wir sind nicht im Theater."

Es war Grahams Frau Adelaide, die darüber schmunzelte. Sie war selbst einmal auf Bühnen aufgetreten, in einem ganz anderen Leben. „Wenn es so gewesen wäre, wäre die Beleuchtung ganz anders gewesen." Sie stand auf und trat um Isabel herum, um sie zu umarmen. „Du warst sehr mutig. Aber ich kann mir vorstellen, wie müde ihr beide nach all den Aufregungen der letzten Tage sein müsst. Mir ist klar, dass eine Hochzeitsfeier normalerweise ein paar Stunden länger dauert, aber ich schlage vor, dass wir die Braut und den Bräutigam nun allein lassen."

Sie sah sich mit spitzem Blick im Raum um. Matthew rollte mit den Augen. Sie hatte wenig Feingefühl, und doch wusste er die Geste zu schätzen. In Wahrheit wünschte er sich jetzt nichts sehnlicher, als mit Isabel allein zu sein. Seiner... Frau. Er schüttelte den Kopf bei der Erinnerung an das, was sich wenige Stunden zuvor ereignet hatte.

„Gut gesagt, meine Liebe", lobte Graham, als er sich zu seiner Frau gesellte. Er schüttelte Matthews Hand, und seine leuchtend blauen Augen hielten Matthews einen Augenblick lang fest. Er bekräftigte damit seine Unterstützung und Freundschaft, die Matthew schon immer von dieser Gruppe von Freunden gekannt hatte. Er schätzte sie jetzt mehr als je zuvor.

Die anderen standen ebenfalls auf, gaben ihm die Hand und küssten Isabels Wange. Sie gingen alle gemeinsam ins Foyer, um sich voneinander zu verabschieden. Ihm fiel auf, dass Isabel bei all dem sehr still war. Sie lächelte, als man sich von ihr verabschiedete, und nahm die Freundlichkeit offen an, die man ihr entgegenbrachte, aber sie hielt sich immer noch zurück. Vorsichtig, als würde sie dieser neuen Welt nicht trauen. Und warum sollte sie auch? Man konnte nicht von heute auf morgen eine solche Veränderung erwarten. Und es gab noch so viele Fragen, die beantwortet werden mussten. Von ihr, und vielleicht auch von ihm.

Schließlich blieb nur noch seine Mutter im Foyer zurück, als die Kutschen in die Nacht hinausfuhren. Sie wandte sich ihnen mit einem sanften Lächeln zu. „Du weißt, dass meine Ehe mit deinem Vater arrangiert war", begann sie. „Und mit der Zeit haben wir uns sehr lieb gewonnen. Wir liebten uns." Sie blinzelte gegen die Tränen an, die jede Rede über den verstorbenen Duke begleiteten. „Deshalb wünsche ich mir von ganzem Herzen, dass ihr beide trotz dieses verworrenen Anfangs euer gemeinsames Glück finden werdet." Sie trat auf Isabel zu und nahm ihre beiden Hände. „Willkommen in unserer Familie, meine Liebe."

Sie beugte sich vor und streichelte sanft Isabels Wangen. Als sie sich zurückzog, lächelte Isabel. „Danke, Euer Gnaden. Ich hoffe, ich kann eines Tages beweisen, dass ich hierher gehöre."

Das Lächeln seiner Mutter schwankte ein wenig, und sie sah Matthew kurz in die Augen, bevor sie zum Abschied noch einmal winkte und zu ihrer eigenen Kutsche ging.

Nachdem sie sich entfernte, schloss Hicks die Tür und wandte sich ihnen zu. „Kann ich noch etwas für Euch tun, Euer Gnaden?", fragte er.

Matthew sah Isabel an. Heute Abend wollte er nur eines, und zwar mit der Frau zusammen zu sein, die sich gerade weigerte, ihn anzuschauen. „Nein. Du und der Rest des Personals könnt euch einen wohlverdienten freien Abend gönnen. Ihre Gnaden und ich kommen schon zurecht."

Hicks neigte den Kopf und blickte dann zu Isabel. „Herzlichen Glückwunsch, Euer Gnaden. Ich hoffe, dass Ihr und Seine Gnaden viele glückliche Jahre miteinander verbringen werdet und dass Ihr Euch in diesem Haus wohlfühlen werdet."

„Danke, Hicks", flüsterte sie.

Matthew runzelte die Stirn. Es war, als würde sie schrumpfen.

Seit der Konfrontation mit ihrem Onkel war sie ruhiger geworden, in sich zurückgezogen und kleiner. Als ob sie versuchen würde, zu verschwinden. Und das wollte er nicht. Ganz und gar nicht.

„Komm", sagte er lächelnd und bot ihr seinen Arm an. „Lasst mich Euch Eure Gemächer zeigen, Euer Gnaden."

Zu seiner Überraschung zuckte sie bei der Anrede zusammen, nahm aber seinen Arm und ließ sich von ihm die Treppe hinaufführen. Er geleitete sie zur Tür seiner Gemächer, öffnete sie und gab den Blick auf den Salon frei. Er sah ihn mit ihren Augen, als sie sich umsah. Es war ein männlich anmutender Raum. Er hatte ihn neu eingerichtet und modernisiert, als er ihn geerbt hatte, und jetzt gehörte er ganz ihm. Er würde ihr erlauben müssen, etwas von sich selbst in die Welt zu bringen, in der er so lange allein gelebt hatte.

„Es ist wunderschön", schwärmte sie und trat von ihm weg in den Raum. „Die Mahagonimöbel sind erstklassig."

Er lächelte. „In meinem Schlafgemach gibt es noch mehr davon, wenn du mich dorthin begleiten möchtest."

Sie drehte sich um, ihre Augen weit aufgerissen und ihr Atem kurz. Einen Moment lang schien es, als ringe sie nach Worten. Dann nickte sie einfach.

Er öffnete die Tür und winkte sie herein. Als sie an ihm vorbei ins Zimmer trat, nahm er einen Hauch von Vanille in ihrem Haar wahr und erschauderte vor Verlangen. Wie er ihr hatte widerstehen können, seit sie vor Wochen das letzte Mal miteinander geschlafen hatten, war ihm schleierhaft. Im Moment fühlte sich das wie eine unmögliche Übung in Selbstbeherrschung an.

Ab heute Abend würde er sich nicht mehr darum bemühen müssen.

Sie ging in seinem Zimmer umher, und ihre Hände zitterten, als sie die Miniaturen auf seinem Tisch begutachtete. Er und Ewan, Porträts, die seine Mutter hatte machen lassen, als sie noch Jungen gewesen waren. Seine Mutter. Sein Vater.

Dann drehte sie sich um und stand vor seinem Bett. Sein großes, bequemes Bett, das sich im Schein des Feuers so hell und einladend ausmachte. Sie streckte die Hand aus und berührte die Bettdecke, wobei ihre Finger leicht über den weichen Baumwollstoff glitten.

„Ich bin nervös", gestand sie schließlich.

Er runzelte die Stirn. „Wir haben das schon einmal gemacht, weißt du."

„Ich weiß. Aber als wir es taten, trug ich eine Maske. Und es gab nicht so viele offene Fragen zwischen uns. Nur das Verlangen, mehr nicht."

Er runzelte die Stirn. Er war sich nicht so sicher, ob sie damit recht hatte. Es hatte immer Fragen zwischen ihnen gegeben. Und immer mehr als nur Verlangen, auch wenn es ihm schwerfiel, der Wahrheit ins Gesicht zu sehen.

Er trat einen Schritt vor. „Würde es dir leichter fallen, wenn wir über einige dieser Fragen sprechen, bevor wir… weitermachen?"

Sie riss ihren Kopf hoch und sah ihm in die Augen. Der Moment zwischen ihnen schien eine Ewigkeit zu dauern, dann nickte sie. „Wenn du beginnen willst, bitte."

Er räusperte sich. Tausend Dinge schossen ihm durch den Kopf, tausend Tatsachen und Lügen, die er in Ordnung bringen wollte. Aber die einzige, die ihm über die Lippen kam, überraschte selbst ihn.

„Warum bist du zum Donville Masquerade gekommen?"

Isabel blinzelte bei dieser Frage. Sie hatte gedacht, er würde sie nach ihrem Onkel oder ihrer Cousine fragen. Oder mit ihr über die ungehörige Szene sprechen, die sie keine zwanzig Minuten zuvor an seinem Tisch gemacht hatte.

„Das willst du wissen?", fragte sie. „Wir haben schon einmal darüber gesprochen."

„Aber wie du sagtest, trugst du eine Maske, als wir es taten. Ich frage nicht Miss Swan. Ich frage jetzt Isabel. Ich frage, weil ich etwas über *dich* erfahren möchte."

Sie stieß einen Seufzer aus. „Nun gut. Aber es ist keine sehr interessante Geschichte."

Er wölbte eine Braue. „Wie eine Dame aus gutem Hause dazu kommt, in einem Freudenhaus im Untergrund zu landen? Ich glaube, doch."

Sie lachte trotz ihres Unbehagens und der Unwirklichkeit der Situation. Matthew hatte die einzigartige Fähigkeit, die Spannung, die immer zwischen ihnen aufzusteigen schien, zu lösen. Und er brachte sie dazu, sich bei ihm wohlzufühlen, auch wenn sie es nicht sollte.

„Mein Mann war sehr... alt", begann sie. „Das weißt du, wir haben schon einmal darüber gesprochen. Mein Vater wollte, dass ich einen Mann heirate, der Mittel und eine gute Stellung in unserer kleinen Gesellschaft hatte, und Gregory hatte beides. Aber er war nicht... zärtlich zu mir. Oder fürsorglich. Er schlug mir das Nachthemd um und grunzte halbherzig, das war alles. Manchmal hatte ich das Bedürfnis, etwas mehr zu erleben, zu genießen, aber wenn ich das wollte, musste ich es mit meinen eigenen Händen tun. Im Geheimen."

Sie beobachtete, wie sich Matthews Kinnlade vor Ärger anspannte. Nicht auf sie, das bezweifelte sie. Auf ihren verstorbenen Mann. Und warum auch nicht? Matthew war ein Mann, der sich immer erst um ihr Vergnügen gekümmert hatte, bevor er an sein eigenes dachte. Seiner Meinung nach war ein Mann, der nur an sich selbst dachte, verabscheuungswürdig.

„Du warst einsam, trotz deiner Ehe", bemerkte er leise.

„Ja", bestätigte sie, und ihre Stimme brach vor der schmerzlichen Wahrheit. „Und dann ist er gestorben. Er war schon die ganze Zeit krank gewesen, aber es kam dennoch ganz plötzlich. Und dann war ich frei, und doch auch nicht. Innerhalb eines Monats oder so kamen die Erben aus seiner ersten Ehe und haben mich hinausgeworfen. Mein Onkel nahm mich bei sich auf."

Er versteifte sich. „Für seine eigenen Zwecke?"

Diese Frage brachte sie ins Grübeln. Im Moment war es schwer zu beurteilen, ob Fenton immer seine eigenen Ziele im Kopf gehabt hatte. Aber wenn sie ihren Schmerz verdrängte, konnte sie sich dennoch erinnern.

„So wie du nicht bist, was er denkt, ist er auch nicht ganz das, was du von ihm glaubst", erwiderte sie sanft. „Er war sehr freundlich, als ich zu ihm kam. Wir konnten reden und verbrachten eine schöne Zeit miteinander. Ich habe immer versucht, ihn zum Lachen zu bringen, aber es ist mir leider öfter misslungen als gelungen."

Sie schüttelte den Kopf über die Welle der Traurigkeit, die sie bei diesen Erinnerungen überkam. Wo war dieser Mann geblieben? Hatte ihn sein Wunsch nach Rache ganz eingenommen? Oder steckte ihr Onkel immer noch in dieser hassdurchtränkten Hülle?

„Du warst dort glücklich." In Matthews Tonfall war kein Tadel zu hören. Sie war froh darüber. Schließlich hatte er jedes Recht, über ihren Onkel und sie zu urteilen.

„Eine Zeit lang war ich das. Aber je länger ich blieb, desto öfter erwähnte er, dass ich eines Tages wieder heiraten müsste. Dass er etwas arrangieren müsste, von dem ich profitieren würde. Nur wusste ich, welche Art von Nutzen er meinte."

„Finanziell. Standesmäßig", fasste Matthew zusammen.

Sie nickte. „Nach wenigen Monaten einer beschränkten Freiheit wurde ich vor die Aussicht auf eine weitere lieblose, leere Ehe gestellt. Und ich war entsetzt. Ich konnte nicht schlafen, bin durch die Gänge gestreift, und dann..."

Sie unterbrach sich, denn der nächste Teil ihrer Geschichte war der peinlichste von allen. Sie hatte die darauffolgenden Ereignisse nie laut ausgesprochen, nicht einmal Sarah gegenüber.

„Sag es mir", drängte er und verringerte den Abstand zwischen ihnen. Er streckte die Hand aus und nahm ihre, seine warmen Finger massierten ihre Handfläche. Vielleicht wollte er sie damit beruhigen, aber das war alles andere als tröstlich. Wohl eher erregend. Als sein Daumen ihre Handfläche streichelte, spürte sie, wie ihr Körper warm und feucht wurde.

Sie schluckte. „Es war mitten in der Nacht, und ich war immer noch wach. Da beschloss ich, ein Buch in der Bibliothek meines Onkels zu suchen. Als ich die Tür öffnete, sah ich sie."

Seine Augen weiteten sich, als ihm die Bedeutung ihrer Worte klar wurde. „Wen?"

„Ein Dienstmädchen und einen Lakaien. Sie taten all die Dinge, die die Leute im Donville Masquerade tun. Es war animalisch und heftig und leidenschaftlich." Sie schüttelte den Kopf. „Ich hätte nie gedacht, dass es so sein könnte. Aber ich konnte nicht aufhören, es mir auszumalen. In der Dunkelheit meines Zimmers phantasierte ich darüber. Ich schlich mich jede Nacht hinunter, um sie zu suchen. Ich beobachtete sie. Ich wusste, es war falsch, aber ich konnte einfach nicht aufhören."

Seine Pupillen weiteten sich. Sie kannte diesen Blick. Was sie ihm sagte, weckte sein Verlangen nach ihr. Und das gab ihr ein wenig Mut in diesem Meer von unangebrachten Geständnissen.

„Am letzten Abend, an dem ich sie zusammen sah, sagte er etwas über das Donville Masquerade. Dann hat mein Onkel das Hausmädchen gefeuert, und ich habe sie nie wieder zusammen gesehen. Ich habe mich umgehört und schließlich herausgefunden, was genau das Masquerade war. Neugierig geworden, schlich ich mich hinaus und suchte dieses Etablissement auf. Es war natürlich schockierend für mich. Aber es hat mich trotz allem immer weiter dazu angespornt, es aufzusuchen, es zu sehen, diese Leidenschaft zu erforschen, die ich nie gefühlt hatte und von der ich glaubte, dass ich sie nie fühlen würde. Bis... bis du in mein Leben getreten bist."

Er hob eine Hand, um ihr Gesicht zu berühren, und sein Daumen zeichnete die Linie ihres Kiefers nach. Eine genüssliche Lust durchzuckte sie. Es war die Vorfreude auf ach so viel mehr, das noch kommen würde. Und sie war bereit. Bereit für das hier, selbst wenn es alles war, was sie jemals teilen würden. Es war besser als nichts. Nicht wahr?

Es musste so sein.

„Du hast das Vergnügen, das du gesucht hast, verdient",

murmelte er. „Und ich bin froh, dass ich da war, um es dir zu geben."

Sie schüttelte den Kopf. „Es ist schon komisch, nicht wahr? Dass von all den Hunderten von Menschen, die durch dieses Lokal strömen, ausgerechnet du und ich uns gefunden haben."

<h1 style="text-align:center">KAPITEL 17</h1>

Matthews Kinnlade wurde hart, und einen Moment lang dachte Isabel, sie hätte etwas Falsches gesagt. Seine Reaktion war so körperlich und so stark. Sie öffnete den Mund, um ihn darauf anzusprechen, um sich zu entschuldigen, dass sie zu weit gegangen war.

Doch bevor sie das tun konnte, ließ er seine Lippen auf die ihren sinken, und ihre Gedanken und Ängste schwanden dahin. Zumindest für den Moment konnte sie sich gehen lassen, sich ganz und gar hingeben und wissen, dass dieser Mann – dieser wunderbare, großzügige Mann – sich um jedes ihrer Bedürfnisse kümmern würde. Und sie sich um seine.

Er ließ seine Hände über ihre Wangen gleiten, während er ihren Kopf neigte, um sie inniger zu küssen. Seine Finger glitten durch ihre Locken und ließen Nadeln um sie herum auf den Boden fallen. Ihr Haar fiel um ihre Schultern und seine Hände, und er zog sich zurück, um sie anzublicken.

„Du hast noch nie mit mir zusammen dein Haar offen getragen", stellte er fest und berührte die Locken, als wären sie etwas Magisches.

Sie lachte. „Wahrscheinlich nicht, aber es sind nur Haare."

„Nein, es ist Seide und Satin", korrigierte er sie, hob eine Strähne an seine Nase und atmete tief ein. „Es ist Mitternacht und Magie. Es ist der Vanillehimmel."

Sie blinzelte bei diesen Worten, die leidenschaftlich und süß waren. Ihr dunkles Haar war ihr immer zu schlicht erschienen. Aber er sprach davon, als sei es etwas Unglaubliches, und so fühlte es sich plötzlich auch an.

Sie hob ihre Hände und zerrte an seiner Jacke, woraufhin er lächelte. „Ist das Schwärmen über Euer Haar der Weg zu Eurer Kapitulation, Euer Gnaden?", fragte er grinsend. „Ich werde diese wertvolle Information zu den Akten legen."

„Dummer Mann", flüsterte sie, während sie an den Knöpfen seiner Weste herummachte. „Egal ob du mich berührst, meinen Namen sagst oder mich auch nur anschaust, alles ist der Weg zu meiner Kapitulation. Es scheint, dass ich immer kurz vor der Selbstaufgabe bin, wenn ich mit dir zusammen bin."

„Gut", knurrte er, plötzlich besitzergreifend und mit kehliger Stimme. Das gefiel ihr. Es gefiel ihr, zu hören, wie er zum animalischen Verlangen fand, weg von der freundlichen Güte, die sich normalerweise in den Vordergrund drängte.

Plötzlich drehte er sie um und zog sie mit dem Rücken an sich. Sein Mund wanderte zu ihrem Hals, und er saugte daran, während seine Hand zu ihrem Bauch glitt und sie an sich drückte seine Erektion gegen ihren Hintern pressend. Sie stöhnte bei der kraftvollen Berührung auf und drückte sich begierig an ihn.

„Darauf habe ich gewartet", flüsterte er gegen ihre Haut, und die Worte sanken in ihr Fleisch ein und arbeiteten sich durch ihren Blutkreislauf.

Sie nickte wortlos und schnappte atemlos nach Luft, als er am Kleid zog, die Knöpfe löste und einige davon zu ihren Haarnadeln auf den Boden fielen.

„Ich kaufe dir ein neues", versprach er, während er das Kleid von ihren Schultern abstreifte. „Du trägst ein Unterkleid?"

Sie lachte über die tiefe Enttäuschung in seinem Ton. „Heute bin ich Isabel, schon vergessen?", entgegnete sie. „Nur der Schwan ist nackt unter seinen Kleidern."

„Vielleicht könnte sich Isabel von Zeit zu Zeit in einen Schwan verwandeln", schlug er vor und schob das Kleid nach vorne, so dass es um ihre Taille fiel. Er schob einen Finger unter den Träger ihres Unterkleides und fuhr damit ihren Arm hinunter. „Für mich."

„Für dich?" Sie keuchte, als sein Mund der Spur des Riemens folgte. „Aber natürlich, Euer Gnaden."

Ein Stöhnen entfuhr ihm auf ihrer Haut, und er drehte sie dann zu sich um. Er fixierte sie mit seinem Blick und zog ihr das Unterkleid aus. Sie war von der Taille aufwärts nackt, und Hitze durchströmte ihre Wangen. Es war seltsam, denn er hatte ja recht, er hatte sie schon einmal so gesehen. Er war schon viel intimer mit ihrem Körper gewesen.

Aber die Maske hatte ihr Schutz geboten. Die Anonymität war eine Barriere gewesen. Heute Abend gab es keine, und als er sie schweigend weiter anstarrte, wandte sie ihren Blick ab.

Er schob einen Finger unter ihr Kinn und drehte ihr Gesicht zurück zu seinem. „Tu das nicht. Versteck dich nicht vor mir."

Sie schluckte schwer und nickte, beobachtete ihn, während er sie anschaute. Sein grauer Blick glitt über ihren Körper, saugte sie in sich auf, seine Pupillen weiteten sich und seine Hände hoben sich, um endlich ihre nackte Haut zu berühren.

Er umfasste beide Brüste und strich mit seinen Daumen über ihre bereits harten Brustwarzen. Sie warf ihren Kopf genüsslich zurück, und er beugte sich hinunter, um eine Spitze in seinen Mund zu nehmen. Er bearbeitete ihr zartes Fleisch, streichelte und liebkoste es, dann saugte er daran, bis sie keuchte und immer wieder seinen Namen stöhnte.

Er wiederholte den gleichen Vorgang an der anderen Brust, während er ihr Kleid und ihr Unterkleid weiter nach unten schob, bis sie bis auf ihre Strümpfe nackt war.

Schließlich löste er sich von ihr, seine Lippen feucht und sein Blick glasig, und wies wortlos auf das Bett. Sie lächelte, als sie diesem stummen Befehl folgte, sich in die Kissen zurücklehnte und mit großem Interesse beobachtete, wie er sich seiner eigenen Kleidung entledigte.

Sie setzte sich aufrecht hin, als er sich das Hemd auszog und aus der Hose trat. Sein hartes Glied streckte sich in einer stolzen Zurschaustellung seiner Begierde in Richtung seines Bauches. Sie leckte sich über die Lippen, während sie ihn anstarrte und sich auf jeden Moment freute, den sie miteinander genießen würden. Jede Art, wie er sie verwöhnen würde.

„Du bringst mich mit nur einem Blick um", knurrte er, während er über sie kroch, seine Hände auf beide Seiten ihres Kopfes legte und seine Hüften auf die ihren sinken ließ, damit sich ihre Körper endlich berührten.

Sie atmete zischend aus, als sie die Wärme seiner Haut auf ihrer spürte. Seine Härte auf ihrer Weichheit. Sie hatte das so sehr vermisst. Sie dachte, sie würde es nie wieder erleben.

Und hier waren sie nun und hatten den Rest ihres Lebens Zeit, um sich gegenseitig zu erforschen. Um gemeinsam in den Brunnen der Leidenschaft und des Vergnügens zu tauchen. Vielleicht würde das ausreichen. Sie redete sich ein, dass es so sein würde, als sie seinen Hinterkopf umfasste und seine Lippen auf die ihren zog.

Mit einem schaudernden Seufzer, der seinen ganzen Körper zu durchdringen schien, sank er auf sie herab. Sie schlang ihre Arme um ihn und wiegte ihn, während sie ihre Beine spreizte und ihm einen Platz zum Ausruhen bereithielt. Er löste den Kuss und legte seine Stirn an ihre, während er sich an ihrem Eingang positionierte und dann mühelos in ihren wartenden und willigen Körper glitt.

Sie stießen beide einen langen Seufzer aus, ihr Atem vermischte sich in der Stille. Er lächelte sie an und sie drückte ihre Finger an seinen Rücken. Dieser Moment fühlte sich so richtig an. Nicht mehr gestohlen, nicht mehr von Lügen durchsetzt. Es war ihr gemeinsamer Moment, und sie weigerte sich, ihn mit irgendetwas oder irgendjemandem zu teilen.

„Bereit?", flüsterte er mit rauer Stimme.

Sie nickte. „Oh ja."

Dann stieß er zu, in einer langen, schweren Bewegung, die eine Ewigkeit zu dauern schienen. Sie hob ihr Becken, um ihm bei jedem darauffolgenden Stoß entgegenzukommen, während sie seinen Hals, seine Brust und seine Arme küsste. Sie war bereits am Rande des Abgrunds, das Ergebnis einer so langen Zeit der Trennung.

Und er wusste genau, wie er sie über diese Klippe bringen konnte. Er stieß mit seinen Hüften hart gegen sie, und die Lust, die sich tief in ihr aufgebaut hatte, erreichte ihren Höhepunkt. Sie schrie seinen Namen, als sie kam und sog an ihm mit ihrem bebenden Körper. Sein Nacken spannte sich an, als er sie härter und schneller nahm, seine Zurückhaltung, seine Beherrschung verlor. Sie sah zu, wie es geschah. Beobachtete den Moment, in dem ihn nur noch das animalische Bedürfnis antrieb. Dann stieß er einen kehligen Schrei aus, und sie spürte, wie er sich heiß in ihr ergoss.

Er ließ sich auf sie fallen, sein Atem ging schnell, als er mit seinen Händen über ihren nackten, verschwitzten Körper strich. Sie drehte sich zu ihm und küsste ihn, während ihre Körper noch miteinander verbunden waren. Der Moment würde bald vorbei sein, und sie wollte ihn so lange wie möglich bewahren. So lange, wie sie konnte. Vielleicht sogar für immer.

Matthew lag in seinem Bett und beobachtete, wie das erste Licht der Morgendämmerung den Horizont hinter dem Fenster erhellte. Er hatte in dieser Nacht nicht geschlafen. Nicht einmal für einen Augenblick. Schuld daran war die Frau neben ihm.

Er blickte auf Isabel hinunter. Sie lag in seiner Achselbeuge, ihre Hand ruhte auf seiner Brust. Ihre Beine waren mit den seinen verschlungen. Ihr nackter Körper halb entblößt nach einer Nacht, in der er sie immer und immer wieder geliebt hatte. Bis sie völlig erschöpft zusammengebrochen waren. Und irgendwie war sein Verlangen nach ihr immer noch nicht gestillt. Es war immer noch da, pulsierte in ihm, selbst als er ihr eine Haarsträhne aus der Stirn strich und sie sich mit einem leisen Wimmern seines Namens an ihn schmiegte.

Es war nicht nur die Leidenschaft, die ihn vom Schlafen abhielt. Es waren die Gefühle, die sie in ihm auslöste.

Er hatte allen Grund der Welt, an der Frau in seinen Armen zu zweifeln. In der kurzen Zeit, in der sie sich kannten, hatte es viele Lügen und Geheimnisse gegeben. Doch als er sie im Arm hielt, dachte er nicht an diese Dinge, auch wenn er das sollte. Was er spürte, war eine Verbundenheit. Ein mächtiges Band zwischen ihnen, das über die körperliche Anziehung hinausging, die auch in den Momenten, wenn sie sich kaum berührten, offensichtlich war.

Sie ging tiefer, spendete Trost. Sie gab ihm Frieden, ja gar Hoffnung.

Zumindest dachte er, dass es Hoffnung sein könnte. Das Hoffen war ihm in letzter Zeit so fremd, dass er es kaum wiedererkannte. Er wusste nur, dass es stark und etwas Positives war.

Und als er sich dies alles eingestand, brachen plötzlich starke Schuldgefühle über ihn herein.

Wie konnte er so für eine andere Frau empfinden, für *irgendeine* andere Frau, aber insbesondere für Angelicas eigene Cousine? Eine Person, die er früher oder später kennengelernt und sogar zu sich nach Hause eingeladen hätte, wenn seine Verlobte nicht vor all den Jahren gestorben wäre. Bedeutete das, dass er Angelica mit ihr betrogen hätte? Dass er diese Anziehungskraft zu Isabel gespürt hätte, die jetzt ununterbrochen wie ein Trommelschlag in ihm zu pochen schien?

Was für ein Schurke wäre er dann?

Er stieß einen Stoßseufzer aus und löste sich vorsichtig aus Isabels Umarmung. Sie gab einen leisen Laut des Protests von sich, der sich im Raum verlor, und ließ sich tief in die Kissen sinken. Er ging zum Fenster und blickte auf den Garten hinter dem Haus hinaus.

Ein neuer Tag hatte begonnen. Der erste vom Rest seines Lebens als Isabels Ehemann. Aber er wusste immer noch nicht so recht, was das für ihn bedeutete. Oder für sie. Aber es war zu einer unumstößlichen Tatsache geworden, so wie sich auch die Sonne nicht leugnen ließ, als sie endlich über dem Horizont auftauchte.

Er würde also einen Weg finden müssen.

KAPITEL 18

Isabel schritt durch die Flure ihres neuen Hauses, spähte in die Räume und erkundete die Zimmer. Sie verbrachte Stunden damit. Der Gerechtigkeit halber hatte sie die meisten dieser Stunden damit verbracht, Matthews riesige Bibliothek zu bestaunen und zu bewundern.

So war sie an ihrem ersten Tag als Duchess of Tyndale sehr beschäftigt gewesen. Nur nicht mit ihrem Mann, der sich seit dem gemeinsamen Frühstück wenige Stunden zuvor fast versteckt hielt.

Sie schob ihre Gefühle zu diesem beunruhigenden Thema beiseite und bog in einen langen Korridor ein. Dort blieb sie abrupt stehen. Es war eine Porträtgalerie, und ihr Herz machte einen Sprung. Am Vorabend hatte sie bereits Matthews Miniaturen von seinen Eltern und Ewan gesehen, kleine Einblicke in die glückliche Kindheit, die er erlebt zu haben schien. Aber hier würde sie Generationen der Männer und Frauen sehen, von denen er abstammte. Sie würde seine Nase und seine Augen und sein Lächeln auf einem Dutzend Gesichter ausmachen und sie zu ihnen zurückverfolgen können.

Sie trat in die Galerie und betrachtete eingehend jedes Gemälde an den hohen Wänden. Einige zeigten ernste Gesichter, andere waren freundlich. Es gab Männer mit Medaillen auf der Brust und Frauen mit Hunden auf dem Schoß und Kindern auf dem Arm. Sie konnte sich ein Lächeln nicht verkneifen und wunderte sich über deren Leben.

Das Lächeln wurde schwächer, als sie am anderen Ende anlangte. Dort, an einem Ehrenplatz an der Wand, zwischen einem Porträt von Matthew und einem anderen von Charlotte und Ewan… war Angelica.

Sie erkannte das Porträt nicht. Es war nicht dasselbe wie das, das im Salon ihres Onkels als Mittelpunkt des Schreins für seine verstorbene Tochter hing. Sie legte den Kopf schief und betrachtete das Gesicht ihrer Cousine etwas genauer.

„Isabel."

Sie drehte sich um und entdeckte Matthew, der plötzlich hinter ihr stand. Er hatte sich ihr so leise genähert, dass sie seine Anwesenheit gar nicht bemerkt hatte. Aber jetzt starrte auch er direkt auf die Frau, die er geliebt hatte. Die einzige, die er jemals wirklich hatte heiraten wollen.

„Sie war reizend", bemerkte Isabel und richtete ihre Aufmerksamkeit wieder auf das Porträt.

„Das war sie", bestätigte er. „Ich hatte das als Geschenk für sie in Auftrag gegeben, das sie nach unserer Hochzeit bekommen sollte. Natürlich hat sie es… nie gesehen."

Sie zuckte zusammen bei dem Gedanken an das Leben, das er für sich und ihre Cousine geplant hatte. Das Leben, in das Isabel dank einer Reihe von Täuschungen nun hineingeraten war. Und Fragen. So viele Fragen.

„Was ist passiert, Matthew?", fragte sie leise und sprach damit die eine Frage aus, die alles zwischen ihnen ausgelöst hatte. Alles, was ihr Onkel getan hatte.

„In jener Nacht?", fragte er mit steifem und kaltem Ton zurück.

Sie sah ihn an und stellte fest, dass er kerzengerade stand und nicht mehr Angelica, sondern sie ansah. Sein Gesicht war unergründlich, sein Blick ausdruckslos.

„Ja", sagte sie.

„Du fragst dich, ob ich sie getötet habe?", schnaubte er und wandte sich ab.

Sie beobachtete, wie er den Flur hinunterging, und ein plötzlicher und unbändiger Zorn darüber, dass er sie einfach so stehen ließ, stieg in ihr auf.

Sie erreichte ihn mit ein paar langen Schritten, ergriff seinen Arm und drehte ihn mit einem kräftigen Ruck zu sich um. Seine Augen wurden groß. „*Nein*", schnauzte sie. „Das habe ich *nicht* gesagt, und es ist ungerecht von dir, mir so etwas zu unterstellen und dann einfach wegzulaufen. Du scheinst zu vergessen, dass mein Leben genauso wie deines in die Brüche gegangen ist. Ich habe das Recht, mich zu fragen, warum."

Er wölbte eine Augenbraue. „Ist es denn in die Brüche gegangen, Isabel? Du hast einen Duke geheiratet. Das scheint eine Steigerung zu sein."

Ihr Mund öffnete sich fassungslos bei der grausamen Bemerkung. Über die Kälte, mit der er es sagte. Sie ließ seinen Arm los und wich zurück, wobei sie bei jedem Schritt den Kopf schüttelte. „Wie wenig du von mir hältst. Ich war bereits mit einem Mann verheiratet, der mich nicht begehrt hat. Jetzt bin ich mit einem zusammen, der mich nicht mag, geschweige denn haben will."

Er runzelte die Stirn. „Du denkst, ich will dich nicht? Du weißt nicht, was ich will, Isabel. Seit Wochen habe ich nur an dich gedacht. Selbst als ich deinen Namen noch nicht kannte. Ich habe noch nie zuvor so etwas gefühlt, es ist wild und brennend, gefährlich. Und ich hasse es."

Sie zuckte zurück und drehte ihr Gesicht zur Seite. „Du hasst mich."

„Nein, nicht dich." Er kam näher und überbrückte den Abstand, den sie geschaffen hatte. „Du fesselst mich, interessierst mich, faszinierst mich. Du hast letzte Nacht in meinen Armen geschlafen und es fühlte sich richtig an. Und falsch."

Sie starrte ihn an. Sie hätte nie gedacht, dass er diese Dinge zu ihr sagen würde. Leidenschaftliche Dinge, Worte, die den tiefen Konflikt in seinem Inneren ausdrückten. Ein Konflikt, der ihr sowohl Hoffnung gab als auch schiere Angst in ihrer Seele auslöste.

„Beantworte mir dies", forderte sie. „Glaubst du *wirklich*, dass ich diese Situation herbeigeführt habe, entweder um die Ziele meines Onkels zu fördern oder um meine eigene Stellung zu verbessern?"

Er schluckte. „Du hast mich bei unserem Hochzeitsessen vor einem Saal voller Fremder leidenschaftlich verteidigt. Ich habe gesehen, wie gedemütigt du warst, als du dich mit deinem Onkel in dieser Form messen musstest. Aber es gibt Zeiten, in denen ich einfach… Zweifel habe."

Sie kam näher und hob die zitternden Hände zu seinem Gesicht. Er ließ zu, dass sie ihn berührte. Als sie es tat, stieß er einen tiefen, rauen Seufzer aus. Als ob er schon den ganzen Tag auf diesen Moment gewartet hätte. So wie sie.

„Ich hatte nichts mit dem zu tun, was er arrangiert hat", gelobte sie leise und beugte sich vor, um ihre Lippen auf seine zu legen.

Als sie sich zurückzog, sah sie, wie er sie wortlos anstarrte. Seine Pupillen waren geweitet und sein Atem ging kurz und stockend. Dann ergriff er ihre Hand und zog sie den Flur hinauf, vorbei an Angelicas Porträt, in einen Raum, den sie noch nicht erkundet hatte. Ein weiterer Salon in einer langen Reihe von Salons.

Er stieß die Tür zu und zog sie in seine Arme. Sie ließ sich gegen seine Brust fallen und presste ihren Mund auf seine hungrigen Lippen, während das Feuer zwischen ihnen, das durch ihr Wortgefecht noch verstärkt worden war, zu einem Inferno anschwoll. Er zerrte an ihrer Kleidung, öffnete die Knöpfe, zog den Stoff hoch und runter, während er sie auf das nächstgelegene Sofa schubste. Sie zog ihn auf sich, tastete nach der Öffnung an seiner Hose und seinem Schaft, der sich darunter abzeichnete.

Sie öffnete ihre Beine, als er ihr die Unterhose auszog und sie zur Seite warf. Seine Finger fanden ihr Geschlecht, und er streichelte es, öffnete die Falten, verteilte die Nässe auf ihr, während sein Atem immer hektischer wurde.

Mit Mühe befreite sie schließlich sein Glied und nahm es in die Hand. Ein Schlag, zwei, und dann löste er sich von ihrem Mund und keuchte, während er ihre Hüften anhob und tief in ihren Körper stieß. Sie schrie auf bei diesem Eindringen, süß und heiß und animalisch. Er stieß in sie hinein, nahm und beanspruchte sie, als ob er eine bleibende Spur hinterlassen wollte. Vielleicht würde er das. Sie begann zu zittern, als er härter zustieß, wobei sein Becken bei jedem tiefen Stoß gegen ihres prallte.

Sein Mund eroberte ihren und verlangte alles, was sie zu geben hatte. Sie gab sich ihm hin und löste sich erst, als ein Orgasmus sich wie ein Lauffeuer durch sie ausbreitete. Sie stieß einen markerschütternden Schrei aus, den er nachahmte, als er sich tief in ihrem Körper ergoss. Dann ließ er sich auf sie fallen, wobei seine Hände sanft über ihre Arme strichen und ihre Finger durch sein Haar fuhren.

In diesem Moment spürten beide nur Frieden.

„Jemand sollte ein Sofa entwerfen, das für solche Aktivitäten besser geeignet ist", beschwerte sich Matthew, während er Isabel halb über seinen Körper zog und sie ihren Kopf an seine Brust legte.

Sie lachte, die Spannung, die sich zwischen ihnen in der Porträtgalerie aufgebaut hatte, war durch die Leidenschaft verflogen. „Das nennt man ein Bett, Euer Gnaden. Ihr habt ein sehr schönes, gleich oben."

„Ein Bett", wiederholte er. „Faszinierend. Vielleicht sollten wir in jedes Zimmer in diesem Haus eines stellen. Nur für den Fall."

Sie blickte zu ihm auf, ihr Gesichtsausdruck war sowohl von Belustigung als auch von Interesse geprägt. „Eine neuartige Einrichtungsentscheidung, die ich den Gästen nur ungern erklären möchte."

„Ich bin sicher, dass sie deren Verwendungszweck selbst herausfinden würden“, entgegnete er.

Sie seufzte, und einen Moment lang schwiegen beide. Die Stille erlaubte es ihm, ihre Auseinandersetzung Revue passieren zu lassen. Sie hatte ihn nach Angelica gefragt, und seine erste Reaktion war gewesen, sie wegzustoßen. Er wollte die schmerzhafte letzte Nacht mit seiner ehemaligen Verlobten ungesagt lassen. Aber jetzt, wo Isabels Hände über ihn strichen und der Vanilleduft ihres Haares seine Nase kitzelte, wusste er, dass es falsch war, die Wahrheit vor ihr zu verbergen.

Vor allem, weil es seitdem praktisch jede Wendung zwischen ihnen beeinflusst hatte.

Er straffte sich und sagte: „Angelica und ich hatten zuweilen eine… hitzige Beziehung.“

Sie erstarrte und sah auf. Sie bemühte sich, ihre Miene ausdruckslos zu machen. „Wie könntet ihr das nicht? Du bist unwiderstehlich und sie war umwerfend.“

Er schüttelte den Kopf, als ihm klar wurde, welche Bedeutung sie seinen Worten beigemessen hatte. „Nein, nicht auf diese Weise. Nicht so… wie *das hier*. Natürlich habe ich mich zu ihr hingezogen gefühlt, aber wir haben nie, das heißt, wir haben nicht…“

Ihre Augen weiteten sich, als sie zu ihm aufsah. „Nein?“

„Sie war eine Dame, und wir sollten heiraten.“ Er zuckte mit den Schultern. „Mit ihr vorher zu schlafen, erschien mir damals falsch. Ich dachte, wir hätten ein Leben lang Zeit dafür.“

Sie nickte. „Ich verstehe. Aber wenn du nicht in diesem Sinne hitzig meinst, was meinst du dann?“

Er runzelte die Stirn. „Sie wurde gelegentlich wütend, wenn ich nicht das tat, was sie wollte. So war es auch in jener Nacht. In ihrer letzten Nacht. Wir waren alle auf dem Anwesen in Tyndale und sie verlangte, dass ich mit ihr auf den See hinausfahre. Sie sagte etwas über das Mondlicht. Ich war gerade mitten in einer Sache verwickelt. Damals hielt ich sie für wichtig, aber um ehrlich zu sein, weiß ich nicht einmal mehr, worum es sich handelte." Er schüttelte den Kopf. „Und sie... sie..."

„Hatte einen Wutanfall", beendete Isabel, nicht grausam, sondern voller Verständnis.

Er blickte zu ihr hinunter. Es war eigentlich ganz befreiend, sich jemandem zu öffnen, der Angelica gut gekannt hatte. Er konnte unverblümt reden, wo er bei anderen vorsichtig sein musste. Langsam nickte er. „Ich nehme an, so könnte man es nennen."

„Ich habe das manchmal auch erlebt", erklärte Isabel achselzuckend.

„Du auch?", fragte er erstaunt.

„Ja." Sie kicherte, als ob die Erinnerung sie erfreute. „Eigentlich jeder. Sie war leidenschaftlich, wie du sicher weißt. Sie war stürmisch, sowohl in der Art wie sie liebte, als auch in der Art wie sie forderte. Sie war fest entschlossen, jedem ihren Willen aufzudrängen."

Er lächelte milde. „Das stimmt genau."

„Aber sie war nie... grausam", fuhr Isabel schnell fort. „Sie konnte genauso gut honigsüß daherreden, um das zu bekommen, was sie wollte, oder eben wütend werden. Sie lächelte und schmeichelte, und unversehens war ich eine Verbündete auf ihrer Seite. Wenn ich das nächste Mal einen Verbündeten brauchte, war sie natürlich als Erste zur Stelle, um mir die Hand zu reichen. In dieser Hinsicht war sie eine Naturgewalt."

„Das war sie. Und oft habe ich nachgegeben, wie es sich anhört, genauso wie du. In jener Nacht tat ich es nicht. Wir haben uns gestritten", fuhr er fort und versuchte, die Bilder zu verdrängen, die sich in seinem Kopf festgesetzt hatten. „Und einige Zeit später kam ihre Zofe zu mir, um mir mitzuteilen, dass Angelica ohne mich ausgegangen war. Das sollte mich natürlich dazu bringen, ihr zu folgen, und das tat ich dann auch, immer noch wütend über die fürchterlichen Worte, die wir gewechselt hatten, und über ihre alberne Sturheit, immer genau das zu tun, was sie wollte."

Er verstummte und versuchte, sich wieder zu sammeln. Es

musste ihn viel Kraft kosten, denn er schwieg lange, und Isabel streckte ihre Hand aus und verschränkte ihre Finger mit seinen. Sie drückte sanft seine Hand. „Und was ist dann passiert?"

„Sie war schon mitten auf dem See, als ich ihn erreichte", flüsterte er. „In diesem winzigen Boot, das nur für Kinder gedacht war. Und als sie mich sah, stand sie auf, um mir zu beweisen, dass sie wie immer getan hatte, was sie wollte, nehme ich an. Das Boot schaukelte und… und…"

Isabel hielt den Atem an. Tränen schossen in ihre Augen. „Es ist gekentert", schloss sie. „Oh, Angelica."

Er nickte. „Es war so weit draußen, so weit weg. Ich schwamm zu ihr, voll bekleidet, und pflügte durch das Wasser. Sie ging wieder und wieder unter, während ihr Kleid immer schwerer wurde. Als ich sie erreichte, war sie schon eine ganze Weile unter Wasser gewesen. In der Dunkelheit konnte ich sie nicht finden. Verzweifelt tauchte ich unter, um nach ihr zu suchen. Endlich berührte ich ihre Hand, und ein überwältigendes Gefühl der große Hoffnung stieg in mir auf. Aber als ich sie endlich zur Oberfläche brachte, war sie schlaff und kalt. Ich rief immer wieder ihren Namen, während ich sie ans Ufer zerrte, aber ich konnte nichts tun. Ich konnte absolut nichts tun. Sie war tot."

Isabel griff mit der freien Hand nach ihm, und erst als sie ihm sanft über die Wange strich, merkte er, dass er weinte. Um das Leben, das er verloren hatte. Um die Schuld, die er auf sich geladen hatte. Um die Frau, deren helles und starkes Lebenslicht wegen eines kindischen Wutanfalls ausgelöscht worden war. Auch Isabels Wangen waren feucht, und in ihren Augen glitzerten noch mehr Tränen. Für ihre Cousine, aber auch für ihn, das konnte er in ihrem Blick erkennen. Keine Tränen des Mitleids, sondern des Mitgefühls.

„Ich hätte mit ihr tauschen wollen, Isabel", murmelte er. „Ich hoffe, du weißt, dass ich ihr nie etwas angetan hätte. Ich *habe* sie geliebt."

Sie nickte heftig. „Ich weiß es. Ich kann es sehen, ich kann es fühlen. Und es tut mir alles so leid, Matthew. Es tut mir leid, dass du diesen Verlust erlitten hast. Und es tut mir so leid, dass der Kummer meines Onkels ihn dazu gebracht hat, dir die Schuld an Angelicas Tod zu geben. Aber vor allem tut es mir leid, dass meine Anwesenheit in deinem Leben eine ständige Erinnerung an die Zukunft ist, die du dir gewünscht hattest und die dir in jener Nacht gestohlen wurde. Diese Vergleiche müssen entsetzlich für dich sein."

Sie schlang ihre Arme noch fester um ihn und hielt ihn fest, und in diesem Augenblick wurde ihm klar, dass sie sich irrte. Er hatte sie nicht mit Angelica verglichen. Irgendwie hatte er das nie getan. Sie sahen nicht gleich aus, redeten nicht gleich und benahmen sich nicht gleich. Dass sie verwandt waren, war natürlich mit Schwierigkeiten verbunden. Beunruhigend im Zusammenhang mit den Machenschaften und dem Hass ihres Onkels.

Aber es war nicht Angelica, an die er dachte, als Isabel ihn berührte. Und es war auch nicht Angelica, über die er mehr erfahren wollte, als er in Isabels warmen Armen lag. Aber was sollte er mit dieser Erkenntnis anfangen?

Das war etwas, das er immer noch nicht begriff.

KAPITEL 19

Obwohl sie seit einer Woche Duchess of Tyndale war, fiel es Isabel immer noch schwer, zu antworten, wenn jemand sie Euer Gnaden nannte. Damit war bestimmt jemand anderes gemeint, nicht wahr? Jemand, der in diese Rolle hineingewachsen war, jemand, der die damit verbundene Erwartungshaltung verstand.

Sie hatte Mühe damit, obwohl Matthews Dienerschaft freundlich und geduldig war. Und er war es auch. Sogar mehr als freundlich. Sie hatte erwartet, dass er sich nach diesen ersten Nächten, die sie als Mann und Frau verbracht hatten, zurückziehen würde. Dass er zu seinen Pflichten zurückkehren und eine gewisse Distanz zu ihr wahren würde.

Aber das hatte er nicht getan.

In der Woche, die seit ihrer Hochzeit vergangen war, hatte er viel Zeit mit ihr verbracht. Gemeinsam hatten sie sorgfältig ergründet, was die Ehe für sie beide bedeutete. Und das Ergebnis war... wunderbar. Sie sprachen über Bücher und lasen zusammen, er spielte Klavier, während sie sang, sie machten Spaziergänge in den Gärten und im Park. All das fühlte sich... unbeschwert an. Die einzige Spannung zwischen ihnen war sexueller Natur.

Und diese Spannung war hoch entflammbar, wenn sie schließlich in einem Rausch aus hungrigen Mündern, reißenden Kleidern und sich windenden Körpern entzündete. Stundenlang konnten sie sich gegenseitig erforschen, sich gegenseitig befriedigen und dann wieder in die Freundschaft zurückfallen, die sie zwischen ihnen wachsen spürte.

Er gab sich Mühe. Er versuchte, trotz ihres ungünstigen Anfangs eine gute Ehe mit ihr zu führen. Und das schätzte sie mehr, als sie je hätte sagen können.

Und doch war es nicht genug. In ihrem Herzen wusste sie immer noch, dass sie nicht seine erste Wahl war. Dass Angelica zwischen ihnen hing, so wie ihr Porträt in ihrem Flur hing.

Sie seufzte, während sie ihren Tee umrührte und auf den Garten hinter dem Haus hinausblickte. „Warum willst du so verdammt viel?", murmelte sie vor sich hin. „Warum kannst du nicht einfach mit dem zufrieden sein, was du hast?"

Sie kam nicht dazu, das beunruhigende Selbstgespräch fortzusetzen, denn jählings stürmte Matthew in den Salon. Sie sprang auf, denn sein Blick war ungestüm und erschrocken, als er sie erblickte.

„Was ist los?" Sofort dachte sie an ihren Onkel und an tausend schreckliche Dinge, die er ihnen antun könnte. Auch wenn Matthew nicht glaubte, dass er ihnen weiterhin schaden wollte, war sie nicht davon überzeugt.

„Charlotte", keuchte er, sein Atem war kurz. „Das Baby kommt – ich habe es gerade erfahren."

Isabel schlug die Hände zusammen, als ihre Angst der Freude wich. Obwohl sie die Zurückhaltung von Matthews Freunden spürte, waren sie nicht unfreundlich zu ihr. Und sie wusste, wie sehr sich Charlotte und Ewan darauf freuten, ihren Sohn oder ihre Tochter in ihren Armen willkommen zu heißen.

„Worauf warten wir?", rief sie, ergriff seine Hand und zog ihn in die Eingangshalle. „Ewan wird seine Freunde dort brauchen. Portman, lass sofort die Kutsche vorfahren!"

Der Butler eilte davon, um den Wagen zu rufen, und Isabel

lächelte Matthew mit einer Neigung des Kopfes an. „Bist du aufgeregt?"

Er nickte. „Ja, natürlich. In solchen Situationen kann alles schief gehen, aber Lucas' Frau Diana wird sich um Charlotte kümmern, und es gibt keine bessere Heilerin oder Hebamme als sie. Ich denke, Meg wird ebenfalls assistieren. Charlotte ist in guten Händen, aber ich kann mir ausmalen, was es für meinen Cousin bedeuten würde, wenn er seine Frau verlieren würde."

Sie schürzte ihre Lippen angesichts des verzweifelten Ausdrucks in seinen Augen. „Natürlich tust du das", sagte sie leise. „Mehr als jeder andere. Aber wir dürfen nicht das Schlimmste denken. Ja, eine Geburt ist gefährlich, aber die meisten Frauen überstehen sie sehr gut."

Die Kutsche kam und sie zog ihn nach sich zur Tür. Er half ihr in den Schlag und rief dem Kutscher zu, er solle sie nur eine halbe Meile die Straße hinauf zu Ewans und Charlottes Haus bringen. An jedem anderen Tag hätte Isabel vielleicht vorgeschlagen, zu Fuß zu gehen, aber Matthew hielt seine Hände so nervös umklammert, dass sie sich nicht sicher war, ob er den kurzen Spaziergang überleben würde.

Sie lächelte ihn an, gerührt von seiner Sorge um seinen geliebten Cousin. Und seine Unruhe in Bezug auf Charlottes Wohlergehen. Das war einer der Gründe, warum sie diesen Mann so sehr liebte.

Sie schluckte schwer, als ihr diese verirrte Erkenntnis durch den Kopf schoss. Ihn lieben. Matthew lieben. Es war das Gefühl, das sie jedes Mal zu unterdrücken versucht hatte, wenn es sich an den Rändern ihres Bewusstseins vordrängte. Etwas, gegen das sie sich mit aller Kraft gewehrt hatte, weil sie wusste, dass er dieses Gefühl niemals erwidern würde.

Aber da war es. Klar und schön, vollkommen und wahr, als sie ihn ansah, wie er aus dem Fenster schaute, die Hände zitternd in seinem Schoß verschränkt. Sie liebte ihn. Tief und wahrhaftig, wahnsinnig und zärtlich. Es gab keinen Zweifel daran, dass sie ihn immer lieben würde, trotz… einfach trotz allem.

Sie hielten vor dem Anwesen an, und Matthew stieg aus, bevor er ihr die Hand reichte, um ihr zu helfen. Er war offensichtlich in Gedanken versunken, als er sie zur Eingangstür geleitete, und lächelte dem blassen Diener abwesend zu, der sie sofort die Treppe hinauf, in die Privaträume des Hauses in einen Salon führte.

Als sie den Raum betraten, konnte Isabel nicht umhin, sich zu freuen. Die Gruppe der Dukes und ihre Ehefrauen waren bereits vollzählig versammelt. Meg und Diana waren mit Charlotte im Schlafzimmer am Ende des Flurs. Isabel konnte die Schreie der Duchess of Donburrow hören, als sie darum kämpfte, dieses kostbare Leben auf die Welt zu bringen.

Simon, James, Emma, Helena, Graham und Adelaide standen an der Anrichte. Die Frauen bereiteten den Tee für die ganze Gruppe vor und alle lächelten zuversichtlich. Natürlich hatten zwei von ihnen, ebenso wie Meg, diese Tortur bereits durchgemacht, die Charlotte nun bevorstand, und sie gesund und mit glücklichen Babys im Arm überstanden. Hugh und Robert standen etwas abseits und sahen beide sehr unbehaglich aus.

Und in der Mitte stand Ewan, der durch den Raum schritt, mit zitternden Händen und Schweiß auf der Stirn. Baldwin begleitete ihn und äußerte leise Worte des Trostes. Sofort ließ Isabel Matthew los und gab ihm einen sanften Schubs.

„Geh", forderte sie ihn leise auf. „Er braucht niemanden in diesem Raum mehr als dich."

Er warf ihr einen dankbaren Blick zu und trat dann direkt auf seinen Cousin zu. Ewan umarmte ihn, und sie sah zu, wie sich die beiden Männer unterhielten, schweigend zwar, aber so verbunden wie die engsten Brüder. Ewan holte nicht einmal sein kleines Notizbuch hervor. Er und Matthew sahen sich einfach nur an, und sie konnte sehen, dass sie sich perfekt verstanden.

Tränen stiegen ihr in die Augen, als sie sich einen Platz an der Wand suchte, um mit den anderen zusammen zu warten. Nach einem Moment schlich sich Helena neben sie. Isabel erstarrte, denn die Duchess of Sheffield war die einzige gewesen, die sie am Abend vor ihrer Hochzeit direkt angesprochen hatte, und Isabel war sich nicht sicher, was die Frau jetzt sagen würde.

„Guten Tag, Isabel", grüßte Helena und lächelte sie mit aufrichtiger Freundlichkeit an.

Isabel neigte den Kopf. „Helena."

Zu ihrer Überraschung legte Helena einen Arm um ihre Schulter, und gemeinsam sahen sie Baldwin, Ewan und Matthew einen Moment lang zu. Ewan wirkte bereits entspannter mit seinen Freunden an seiner Seite. Sein Gang war weniger verbissen, weniger ängstlich, obwohl er weiterhin jedes Mal zur Tür blickte, wenn auch nur ein Pieps von Charlotte ertönte.

„Sie sind beste Freunde, seit sie Jungen waren", sinnierte Helena. „Wenn ich sie zusammen sehe, bin ich immer wieder von ihrem Zusammenhalt gerührt."

Isabel nickte, als sie Matthews Gesicht betrachtete. Er war in diesem Moment Ewans Stütze. Der Fels in der Brandung, der es Ewan erlaubte, in seiner Angst einzuknicken, wenn es sein musste.

„Das ist eindrucksvoll", flüsterte sie. „Und selten."

„Das *ist* selten." Helena wandte sich ihr zu. „Und ich würde nie etwas tun, um sie zu trennen. Ich weiß, dass ich vor deiner Heirat ziemlich barsch mit dir gesprochen habe."

Isabel schüttelte den Kopf. „Du warst direkt. Das kann ich dir nicht vorwerfen, und auch nicht, dass du Matthew beschützen wolltest."

Helenas Gesichtsausdruck wurde weicher, und sie drückte sanft Isabels Arm. „Mit einem Beschützerinstinkt, den du, wie ich jetzt weiß, teilst. Immerhin hast du dich an eurem Hochzeitstag vor all seinen Freunden und seiner Familie gegen deinen eigenen Onkel für ihn eingesetzt."

Isabel errötete. „Er hätte nie in eine Lage geraten dürfen, in der er vor meinem Onkel hätte verteidigt werden müssen."

Helena legte den Kopf schief. „Aber das ist die Lage, in der er sich befindet, und du ebenfalls. Ich wollte nur sagen, dass ich gesehen habe, wie leidenschaftlich du für ihn eingestanden bist. Es bedeutete mir und uns allen sehr viel, dass du das tatest. Ich hoffe, dass du und ich Freundinnen sein können. Echte Freundinnen, denn ich weiß, dass wir uns dank der Verbundenheit unserer Ehemänner oft sehen werden. Und ich bin sicher, dass Charlotte, würde sie nicht gerade den Himmel verfluchen, mir beipflichten würde."

Isabel lächelte und bedeckte Helenas Hand mit ihrer eigenen. Erleichterung durchströmte sie und die Aussicht, dass diese Frau, all diese Frauen, sie akzeptieren und sich um sie kümmern könnten, tröstete sie.

„Ja", bekräftigte sie leise. „Natürlich wäre ich sehr glücklich, deine Freundin zu sein."

Plötzlich durchbrach ein weiterer Schrei die Luft, aber es war nicht der von Charlotte. Diesmal war es das klagende Wimmern eines Babys. Isabel zuckte zusammen, und sowohl sie als auch Helena richteten ihre Aufmerksamkeit auf die Männer. Ewan erschrak fürchterlich, als er das Baby schreien hörte. Matthew und Baldwin ergriffen jeweils einen seiner Arme, um ihn vor dem Zusammenbruch zu bewahren. Dann rückten die drei zusammen und bildeten einen Kreis aus brüderlicher Liebe und Erleichterung.

Als Ewan sich von ihnen löste, konnte man an den Tränen, die ihm über das Gesicht liefen, erkennen, dass die Stimme seines gesunden Kindes seine ganze Angst in Freude verwandelt hatte.

Im nächsten Augenblick betrat Meg den Raum. Sie strahlte, während sie sich die Hände an einem Handtuch abtrocknete. „Ein Junge", verkündete sie unter dem Jubel der Gruppe. Sie ging zu Ewan und berührte seine Wange. „Ein kräftiger, *schreiender* Junge, der sich in diesem Moment sehr bemerkbar macht. Mama und Baby geht es ausgezeichnet."

Matthew schob Ewan zur Tür. „Geh!", befahl er. „Geh zu deiner kleinen Familie."

Ewan ließ sich das nicht zweimal sagen. Er stürzte hinaus, während Meg den Raum durchquerte und Simon in die Arme fiel. Helena ließ von Isabel ab, um sich zu Baldwin zu gesellen, und einen Moment lang war Isabel allein. Sie beobachtete aus der Ferne, wie diese Gruppe von Freunden, dieser Club von Dukes, diese Bande von Brüdern, den Zuwachs eines neuen Familienmitglieds in ihrem Schoß feierte. Sie erfreute sich an ihren Tränen und ihrem Lächeln. An ihrer Seligkeit.

Und sie badete in der warmen Erkenntnis, dass sie bald ein kleiner Teil dieses Kreises der Liebe werden würde. Dass ihre Kinder in ihm aufwachsen würden. Dass sie sich immer auf ihn verlassen können und auch ihren Beitrag zu ihm leisten würde. Vielleicht würde sie nie so akzeptiert werden wie die anderen, aber Helena hatte ihr ihre Freundschaft angeboten, und das gab ihr Hoffnung, dass sie nicht für immer eine Außenseiterin bleiben würde.

Freude schwoll in Matthews Brust an, aber sie fühlte sich unvollständig an, als er sich von Baldwin und Helena abwandte. An der Wand entdeckte er Isabel, die abseits der anderen stand und sie alle beobachtete. Sie einfach nur beobachtete.

In diesem Moment begriff er, dass er dieses Glück und diese Erleichterung mit ihr teilen wollte, mehr als mit jeder anderen Person in diesem Raum. Er trat auf sie zu und schloss ihren Abstand in drei langen Schritten. Sie richtete sich auf, als er sich ihr näherte, ihr Blick war aufmerksam und offen zugleich. Es gab nichts zu sagen. Er schlang einfach seine Arme um sie und zog sie fest an seine Brust, während ihm die Tränen über die Wangen liefen.

Sie zog sich ein Stück zurück und wischte ihm die Tränen ab. Sie lächelte und verstand, dass dies Tränen des Glücks waren.

„Ich habe gesehen, wie mein Cousin in Bezug auf seinen Wert als Menschen sehr unsicher aufgewachsen ist", stieß Matthew hervor. „Nicht einmal die Liebe meines Vaters und meiner Mutter, meine Liebe und Mitgefühl, konnten ihn die Grausamkeiten vergessen lassen, die er wegen seiner mangelnden Fähigkeit zu sprechen erlitten hatte."

Sie nickte langsam. „Es muss so schwer für ihn gewesen sein."

„Das war es." Matthew schüttelte den Kopf. „Aber heute, als sein Sohn schrie und es klar war, dass der Junge nicht dasselbe Schicksal erleiden würde, sah ich alle Ängste meines Cousins... meines *Bruders* schwinden. Ich sah eine Hoffnung in ihm aufkeimen, wie ich sie noch nie zuvor gesehen habe."

„Nicht, dass das Baby weniger geliebt worden wäre, wenn es nicht hätte sprechen können."

„Natürlich nicht. Aber das können wir wiederholen, bis wir schwarz werden. Keiner von uns ist Ewans Weg gegangen oder hat seine Angst dahingehend gespürt, ob sein Kind so leiden müsste wie er."

„Aber jetzt wird das Kind nicht leiden", erwiderte sie und berührte erneut seine Wange. „Die Tatsache, dass du dich so für ihn freust, spricht Bände über dich, Matthew. Über deinen Charakter und deine Fähigkeit zu lieben."

Er versteifte sich, als sie dieses Wort benutzte. *Liebe.* Es war etwas, das er so lange verdrängt hatte. Etwas, von dem er sich eingeredet hatte, dass er es nach dem Verlust, der ihn in tiefe Verzweiflung gestürzt hatte, nie wieder fühlen könnte und würde.

Aber heute spürte er die Liebe, kraftvoll und schön und auf die allerschönste Art und Weise verändernd. Er spürte sie und versank darin, während die Männer und Frauen im Raum um sie herum ihrer Freude über diesen glücklichsten aller Tage Ausdruck verliehen.

Als er die Frau neben sich ansah, konnte er sich niemanden vorstellen, mit dem er diesen Tag lieber hätte verbringen wollen. Also beugte er den Kopf und küsste sie. Nicht mit Leidenschaft, sondern mit etwas Innigerem. Mit der Erleichterung und Freude, die so einfach zwischen ihnen fließen konnte. Es war ihm egal, wer diese Verbundenheit sah. Es war ihm egal, wie verletzlich ihn das machte.

Schließlich löste sie sich von ihm und lächelte, ihre Wangen leuchteten. „Ich freue mich so für deine Familie, Matthew."

„Unsere Familie", korrigierte er. „Sie sind *unsere* Familie."

Ihre Augen wurden ein wenig größer. Und warum nicht? Ihre Ehe war erzwungen worden, ihre Verbindung war auf Lügen und Missverständnisse aufgebaut worden. Er hatte ihr keinen Einblick in ihre gemeinsame Zukunft gewährt, auch weil es ihm schwerfiel, sie selbst zu definieren.

Aber in diesem Moment wusste er, dass er es versuchen würde. Versuchen, sie glücklich zu machen. Für den Rest ihres Lebens. Denn sie hatte es verdient. Und nach allem, was er verloren hatte, hatte er es ebenfalls verdient.

Die Geburt des Kindes seines Cousins hatte für ihn einen neue Zeitrechnung eingeläutet. Er hatte die Absicht, den Rest ihres Lebens besser zu gestalten.

KAPITEL 20

Isabel saß auf der Kante eines Stuhls im Wohnzimmer ihres Onkels und starrte nervös auf die Tür, durch die er bald eintreten würde. Nach all der Freude vom Vortag, als Charlottes und Ewans Baby unter großem Jubel das Licht der Welt erblickt hatte, war sie nach Hause zurückgekehrt und hatte dort eine Nachricht von Onkel Fenton vorgefunden.

Seit den garstigen Worten, die auf ihrer Hochzeit geäußert worden waren, hatte er sich nicht mehr bei ihr gemeldet. Sie hatte sein Schweigen als ein gutes Zeichen gewertet. Vielleicht kühlte sich seine Wut ab und er wurde wieder der vernunftgeleitete Mann, von dem sie glauben wollte, dass er noch in ihm lebte.

Dieser Hoffnungsschimmer veranlasste sie auch, die Botschaft vor Matthew geheim zu halten und ohne sein Wissen herzukommen, ungewiss, was sie erwartete. Wenn ihr Mann darauf bestanden hätte, sie zu begleiten, wäre es vermutlich nicht gut ausgegangen. Sie musste für sie beide eine Brücke sein, hinter den Kulissen Möglichkeiten finden, ihren Zwist beizulegen oder zumindest jeden von beiden von ihrem Verdruss und Feindseligkeit ablenken.

Da sie beide liebte, sah sie es als ihre Pflicht an.

Die Tür zur Stube öffnete sich und sie erhob sich, als ihr Onkel eintrat. Sie hielt sich unvermittelt die Hand vor den Mund. Er war totenblass. In den zehn Tagen, seit sie ihn zuletzt gesehen hatte, hatte er einige Pfunde abgenommen. Seine Kleidung hing ihm lose von den ohnehin schon schmalen Schultern, und unter seinen Augen waren tiefe Ringe zu sehen. Er war unordentlich und ungepflegt, und er schwankte leicht, als er das Zimmer betrat und sie mit einem argwöhnischen Blick bedachte.

„Hallo, Isabel", lallte er.

Sie zuckte zurück. „Onkel", tadelte sie leise. „Du bist betrunken."

„Vielleicht." Er zuckte mit den Schultern. „Das ist doch eigentlich egal, oder? Betrunken oder nüchtern, das Leben ist dasselbe."

Sie runzelte die Stirn und trat vor, um seinen Arm zu nehmen. Er ließ es zu und nahm den Platz ein, zu dem sie ihn führte. Sie strich ihm eine Haarsträhne aus der Stirn und schüttelte den Kopf. „Du musst doch einsehen, dass du nicht mehr du selbst bist. Du musst doch sehen, dass du… Hilfe brauchst."

Einen Moment lang sah er ihr in die Augen. Es lag Verzweiflung darin, Sehnsucht. Als wolle er zugeben, dass er zu weit gegangen war. Aber dann blinzelte er und die Wut, die er als Schutzschild gegen seinen Schmerz benutzte, kehrte zurück.

„Ich brauche keine Hilfe. Und keiner redet mehr."

Sie seufzte, als sie auf dem Sofa Platz nahm. „Keiner redet worüber?"

Er winkte ihr wild mit der Hand zu. „Dich. Und ihn. Zuerst trat ein, was ich mir erhofft hatte. Ein Skandal, um ihn zu Fall zu bringen. Aber dann habt ihr geheiratet und das Gerede verstummte wieder."

„Ja, das liegt wohl daran, dass die Countess of Longview ihren Mann in aller Öffentlichkeit nach einem Streit im Hyde Park verlassen hat. Ich nehme an, alle sind deswegen ganz aus dem Häuschen."

Er schaute finster drein. „Es ist, als ob das, was *er* getan hat, keine Rolle spielt."

„Bitte hör mir zu", flehte sie, rückte an die Kante des Sofas und griff nach seinen Händen. Er zuckte leicht zurück, wich aber nicht aus. Sie legte den Kopf schief, um seinen Blick zu finden, und hielt ihn dann fest. „Matthew hat nichts getan."

„Nein", protestierte er schwach.

„Wirklich nicht", entgegnete sie leise. „Ich habe gehört, was in jener Nacht geschehen ist, und ich glaube ihm".

„Nein!", wiederholte er und sprang auf. „Aber du bist jetzt die Einzige, die die Wahrheit enthüllen kann."

Sie senkte ihren Kopf. Seine Besessenheit hatte die Grenze des Wahnsinns überschritten, und obwohl sie mit ihm fühlte, ihn bemitleidete, war sie auch dieses Streits und der damit verbundenen Anschuldigungen überdrüssig.

„Ich sage die Wahrheit." Sie stand auf. „Du willst nur nicht zuhören."

„Du bist jetzt ganz in seiner Nähe. Es ist zwar widerwärtig, aber wir können das ausnutzen." Seine Augen leuchteten auf.

Isabel starrte ihn an. „Was genau soll ich ausnutzen?"

„Spioniere ihn aus. Zwing ihn, seine Geheimnisse preiszugeben."

Sie wandte sich seufzend ab und schritt zum Fenster, wo sie ihre Fäuste an die Seiten ballte und versuchte, die Beherrschung nicht zu verlieren. Eine Vielzahl von Gefühlen kochten in ihr hoch: Schmerz und Mitgefühl, Wut und Abneigung und Traurigkeit. So viel Traurigkeit, denn es fühlte sich an, als würde sie ihren Onkel nie wiedersehen. Dieser Mann, der im Kielwasser seines Schmerzes schwamm, war… jemand anderer.

Langsam wandte sie sich ihm zu. „Ich möchte, dass du mich anhörst, Onkel Fenton. Hör mir wirklich zu. Ich verstehe deinen Wunsch, deine Tochter zu rächen. Ich kann nachvollziehen, dass du tief in deinem Herzen, in den tiefsten Winkeln deiner Seele, daran glaubst, dass Matthew Schuld an ihrem Tod ist. Aber das heißt nicht, dass es auch so ist. Und ich werde mich weder jetzt noch irgendwann dazu bereit erklären, ihm Schaden zuzufügen. Habe ich mich klar ausgedrückt?"

Er starrte sie lange an, ohne ein Wort zu sagen. Schließlich wurde sein Blick leer und er stand auf. „Dann bist du für mich nutzlos. Ich kann mir nur noch selbst helfen. Und ich bezweifle, dass wir uns wiedersehen werden."

Sie schnappte nach Luft, als der Schmerz sie erneut durchzuckte. Sie hatte ihren Onkel ihr ganzes Leben lang geliebt. Nichts, was er tun oder sagen konnte, hatte die Freundlichkeit, die er einst ihr gegenüber erwiesen hatte, oder die vielen Gemeinsamkeiten auslöschen können. Aber jetzt sah er sie an, als wäre sie eine Fremde. Und im Gegenzug war er auch für sie ein Fremder geworden.

„Wenn du nicht zur Vernunft kommst, dann ist das vielleicht das Beste", flüsterte sie. „Ich werde dich jetzt verlassen. Auf Wiedersehen."

Er zögerte, sein Stirnrunzeln vertiefte sich. Dann nickte er. „Leb wohl, Isabel. Leb wohl."

Sie warf die Schultern zurück und versuchte, ihre Würde zu bewahren, als sie aus dem Zimmer schritt. Aber als sie wieder in ihre Kutsche gestiegen war und auf dem Weg nach Hause war, konnte sie nicht anders, als in den Sitz zu sinken und zu weinen.

Matthew hörte, wie Isabel das Foyer betrat und sah überrascht von seinem Buch auf. Sie hatte Sarah besuchen wollen und ihm gesagt, dass sie für den Nachmittag weg sein würde. Aber es war weniger als eine Stunde vergangen, seit sie sich von ihm verabschiedet hatte.

Nicht, dass er etwas gegen ihre Rückkehr gehabt hätte. Er begann bereits, sie zu vermissen, wenn sie nicht da war.

Er legte sein Buch beiseite und trat in den Flur. „Du bist früh zurück", bemerkte er. „Komm und trink einen Tee mit mir."

Sie blickte von Portman weg und zu ihm hin, und ihm wurde flau im Magen. Sie hatte geweint. Es war deutlich auf ihrem Gesicht zu sehen, während sie auf ihn zuging.

„Ich brauche vielleicht etwas Stärkeres als Tee", erwiderte sie, während sie sich auf die Zehenspitzen stellte, um seine Wange zu küssen.

Er zog die Stirn in Falten und folgte ihr in den Salon, wobei er die Tür hinter sich schloss, damit sie ungestört sein konnten. Sie ließ sich mit einem langen, lauten Seufzer aufs Sofa fallen und bedeckte ihre Augen mit der Hand. Tausend Fragen schossen ihm durch den Kopf. Was war geschehen? Warum war sie so früh nach Hause gekommen? Was konnte er tun, um ihren Schmerz zu lindern, der sich so offensichtlich in jeder Faser ihres Wesens ausgebreitet hatte?

Er wollte sie unbedingt trösten.

Also besorgte er ihr eine Stärkung und schenkte ihr einen Sherry von der Anrichte ein. Als er ihr das Glas überreichte, lachte sie kurz auf. „Ich denke, jetzt ist ein guter Zeitpunkt für einen Drink."

Sie nahm einen Schluck und schüttelte sich, bevor sie das Glas beiseitestellte. Er setzte sich neben sie, nahm ihre Hand und hob sie an seine Lippen, während er ihr unglückliches Gesicht musterte. „Was ist passiert?"

Sie zuckte zusammen und ihr Blick schweifte ab. Er kannte diesen Blick. Er hatte ihn schon so oft in ihrem Gesicht gesehen. Es war ein Ausdruck von Schuld, und sein Magen krampfte sich bei dieser Erkenntnis zusammen. Er unterdrückte seine Angst.

„Hast du dich mit Sarah gestritten?", fragte er, obwohl er bereits wusste, dass das nicht die Wahrheit war. Er wollte aber, dass sie es ihm selbst sagte. Er wollte prüfen, ob sie ihm die Wahrheit gestehen würde.

Sie enttäuschte ihn nicht. „Ich war nicht bei Sarah", gab sie zögerlich zu, während sie den Kopf senkte. „Ich habe dich angelogen."

Er knirschte mit den Zähnen. „Ich dachte, wir wären über Lügen hinweg, Isabel. Warum also?"

„Ich weiß", flüsterte sie, und ihre Stimme zitterte vor echtem

Schmerz, der sein Herz berührte, auch wenn er sich anstrengte, es zu verschließen, weil sie wieder einmal unehrlich gewesen war. „Ich war töricht. Ich dachte, ich müsste dich beschützen."

Er schüttelte den Kopf. „Mich beschützen? Wo bist du denn gewesen?" Sie sah ihn an, und er holte tief Luft. „Bei deinem Onkel. Du bist zu Winter gegangen."

Sie nickte langsam. „Ich habe gestern eine Nachricht von ihm erhalten, während wir bei Ewan und Charlotte waren. In der Aufregung hast du es nicht gesehen. Ich wollte dich nicht verärgern, und ich wollte verhindern, dass du dich einmischst und alles noch schlimmer wird. Also habe ich sie versteckt und dich angelogen."

Er erhob sich und schritt von ihr weg. Natürlich war er wütend über die Täuschung, vor allem in Anbetracht der Vorfälle in der Vergangenheit. Aber in gewisser Weise verstand er auch ihre Gründe.

„Du bist allein zu ihm gegangen", wandte er schließlich ein. „Das gefällt mir nicht, Isabel. Er ist…"

„Nicht er selbst", beendete sie für ihn und schluchzte dabei.

Er drehte sich um, und sein Herz wurde weich. Ihr Gesicht lag in ihren Händen vergraben, und sie litt offensichtlich großen Kummer. Was auch immer er von Fenton Winter hielt, was auch immer er am anderen Ende seiner Anschuldigungen hatte ertragen müssen, es gab keine Zweifel darüber, dass Isabel den Mann liebte. Sie war weder mit seinem Verhalten noch mit seinen dunklen Machenschaften einverstanden, aber sie liebte ihn.

Und zu sehen, wie er sich verwandelte, brach ihr das Herz. Das war für Matthew maßgebend. Es zählte mehr als sein Ärger darüber, dass sie ihm die Wahrheit vorenthalten hatte.

Er nahm wieder Platz, zog sie an sich und umarmte sie, während er mit seinen Händen über ihren zitternden Rücken strich und ihren Schmerz an ihn auslassen ließ. Er nahm alles hin, hielt sie fest, während sie weinte, und fühlte sich durch diesen Austausch getröstet. Ihr Leid war in mancher Hinsicht leichter zu ertragen als sein eigenes. Und es gemeinsam zu ertragen, minderte seine Macht.

Als sie sich endlich beruhigt hatte, schaute sie ihm ins Gesicht. „Es tut mir leid", flüsterte sie.

„Ist schon gut." Er beugte sich vor und küsste ihre Schläfe. „Jetzt erzähl mir, was genau passiert ist, das dich so aufgeregt hat."

Langsam erzählte sie die Einzelheiten ihrer Begegnung mit ihrem Onkel, und sein Herz sank mit jeder Minute. Was sie beschrieb, war wirklich ein Mann am Rande des Wahnsinns. Und obwohl er Matthew schon seit Jahren drohte und Matthew sicher war, dass er nie wirklich einen Plan in die Tat umsetzen würde, war es dennoch beunruhigend zu wissen, dass er versuchte, Isabel als Werkzeug zu benutzen.

„Ich habe ihm gesagt, dass ich mich niemals an einer Verschwörung beteiligen würde, um dir zu schaden", schloss sie. „Und er erwiderte, dass wir uns demnach nicht mehr zu sehen brauchen."

Er schüttelte den Kopf. „Es tut mir leid. Mir ist klar, wie sehr dich das verletzen muss."

„Ja", gab sie zu. „Er war alles, was mir an Familie übrig geblieben war. Es gibt ein paar Cousins und Cousinen hier und da, doch ich stand ihnen nie besonders nahe. Ich habe große Angst um ihn."

„Warum? Weil er wieder einmal versucht hat, einen Weg zu finden, mir Kummer zu bereiten?", fragte er. „Liebling, das macht er schon so lange, dass ich mich kaum an eine Zeit erinnern kann, in der er das nicht getan hat. Ich weiß deine Besorgnis zu schätzen, aber es gibt keinen Anlass dafür."

Sie griff nach seinem Arm und umklammerte ihn mit beiden Händen. „Aber Matthew..."

„Schhh", unterbrach er sie und zog sie wieder an sich. „Ich verspreche dir, du brauchst keine Angst zu haben. Du wirst sehen, jetzt, da seine letzte Verbindung zu mir gekappt ist, wird er sich vielleicht endlich beruhigen. Es könnte sich alles zum Guten wenden."

„Ich glaube immer noch, dass er gefährlich ist", widersprach sie. „Ich habe Angst um *dich*."

Er blinzelte, als er in ihr Gesicht schaute. Es war ihr vollkommen ernst mit ihrer Sorge um ihn. Und die Erkenntnis, wie sehr sie sich um ihn ängstigte, wie sehr sie ihn beschützen wollte, untermauerte die Nähe, die sich seit der Nacht im Donville Masquerade entwickelt hatte, vor einer halben Ewigkeit, wie es ihm vorkam.

Und noch überraschender war, dass er dasselbe für sie empfand. Ein Drang, sie zu trösten. Ihr zu helfen. Sie zu beruhigen.

Er fuhr mit seinen Fingern die Kurve ihres Kinns entlang und ließ seine Lippen auf die ihren sinken.

Einen Moment lang war der Kuss sanft. Süß. Aber er vertiefte sich schnell und zehrte an der starken körperlichen Anziehung, die sie teilten. Er kannte einen Weg, sie alles vergessen zu lassen. Und die Art und Weise, wie sie sich gegen ihn stemmte, zeigte ihm, dass sie diesem Weg nicht abgeneigt war.

Er ließ sich vor ihr auf die Knie fallen, umfasste ihre Wangen und küsste sie weiter. Er spürte, wie sie gegen seine Lippen lächelte und bebte, während ihre Hände um seine Arme griffen. In ihrem Geschmack und ihren leisen Seufzern lag Hingabe, und er löste seinen Mund und ließ ihn ihren Hals hinunterstreifen.

„Lehn dich zurück", befahl er mit rauer Stimme, während er sich mit seinen Schultern zwischen ihre Beine schob und dann begann, ihren Rock hochzuschieben.

Für einen kurzen Moment sah es aus, als würde sie widersprechen, doch dann seufzte sie, schloss die Augen und legte ihren Kopf zurück. Sie vertraute ihm ihren Körper und ihre Freude an. Er wollte dieses Vertrauen belohnen. Er wollte ihr das Vergnügen gönnen und für sein eigenes sorgen, indem er sie beobachtete.

Der Rock spannte sich an ihren Knien, und er beugte sich hinunter, um sie nacheinander zu küssen. Sie keuchte auf, und ihre Augen öffneten sich. Sie beobachtete, wie er sie weiterküsste, wie seine Zunge die Innenseite ihres Oberschenkels nachzeichnete, während er ihre Beine noch weiter spreizte.

Als er ihr den Rock über den Bauch schob, lächelte er und blickte zu ihr auf. „Keine Unterhosen?"

Sie biss sich auf die Lippe und zuckte mit den Schultern. „Du hast gesagt, du willst hier und da einen Schwan."

„Hier", sagte er, drückte seine Hand zwischen ihre Beine und lächelte, als sie vor Lust keuchte. Sie war bereits feucht, und er teilte ihre Falten und verteilte den feuchten Beweis ihrer Lust auf der heißen Öffnung ihres Geschlechts. „Und da."

Sie murmelte irgendeine unzusammenhängende Antwort, die er ignorierte, während er sich in Position brachte und dann seinen Mund auf sie presste. Mit einem Schrei drückte sie sich gegen ihn, und ihre Hände griffen nach seinen Haaren, während er ihr Geschlecht abtastete und sich an ihrem süßen, reinen Geschmack erfreute. Die Art und Weise, wie sie sich anhob, um jeder seiner Bewegungen zu folgen, während er jeden Zentimeter ihres Körpers kostete, brachte ihn beinahe um den Verstand.

„Bitte", murmelte sie und ihr Kopf schlug auf dem Sofa auf, während sie ihre Hüften bewegte, um den Streicheleinheiten seiner Zunge zu begegnen. „Bitte, bitte."

Er spielte weiter mit ihr und schürte das immer wieder aufflammende Feuer ihres Verlangens. Er war unentschlossen. Wenn er sich auf die glitschige Knospe ihrer Klitoris konzentrierte, konnte er sie in wenigen Augenblicken dazu bringen, seinen Namen zu schreien und gegen seine Zunge Befreiung zu finden.

Oder er könnte sie noch etwas hinauszögern. Es in die Länge ziehen. Ihr noch mehr Vorfreude bereiten, bevor sie schließlich an ihm explodierte.

Die zweite Option schien die beste zu sein. Er ließ seine Zunge über ihre Länge gleiten, wobei er die Stelle, an der sie ihn am meisten brauchte, gezielt vermied. Sie wiegte sich hilflos und starrte auf ihn herab. Er lächelte gegen ihre Haut und antwortete, indem er zwei Finger in ihre Scheide drückte.

Sie umklammerte sie sofort, ihre Hitze zog sie so weit wie möglich in sich. Er krümmte seine Finger und sah zu, wie sie wimmerte und sich gegen die Lust wand. Er machte so weiter, kraulte und leckte, saugte und neckte, bis ihr Atem stoßweise kam und ihre Fäuste gegen die Polster des Sofas schlugen, als stummes Flehen um Erlösung.

Aus ihrem schönen Gesicht war jegliches Bedauern und jeglicher Schmerz verschwunden. Vergessen waren die Sorgen und Ängste. Für sie beide. Ihr diesen Moment des Vergnügens zu schenken, war sicherlich ein großartiger Moment für ihn. Einer, den er fast so sehr schätzte, wie wenn ihr zitternder Körper ihn bis zur Erleichterung melkte.

Er knabberte sanft an ihrer Klitoris und sie bockte, während sich ihre Augen weit aufrissen. Sie nickte jetzt und war sich dessen wahrscheinlich nicht einmal bewusst. Sie ermutigte ihn, ihr zu geben, was sie brauchte. Sie endlich von den lustvollen Qualen zu befreien.

Also tat er es. Er saugte an ihrer Klitoris und ließ seine Zunge um die glitschige Knospe kreisen. Sie stemmte sich gegen ihn, ihr Rücken wölbte sich fast vollständig vom Sofa, bis schließlich ihre Hüften außer Kontrolle gerieten. Sie strampelte, die Wellen ihres Orgasmus zogen seine Finger noch tiefer, während er das Vergnügen in die Länge zog, bis sie erschöpft und schwach auf den Kissen des Sofas zusammenbrach. Sie war endlich befriedigt.

Er lehnte ihren Körper zurück und zog sie an sich, während er sie küsste und sie den Geschmack ihrer Lust schmecken ließ. Sie schlang ihre Arme um seinen Hals und erforschte seine Lippen mit ihrer Zunge und einer trägen Sinnlichkeit, die ihren animalischen Instinkten entsprang.

Sie öffnete ihre Augen und hielt seinem Blick stand. Sie waren sich jetzt sehr nahe. Zu nah, hätte er früher einmal gesagt. Heute fühlte es sich genau nah genug an.

„Bring mich nach oben", flüsterte sie. „Und lass uns das noch einmal machen."

Er grinste, bevor er seinen Mund fest auf ihren presste, sie in seine Arme zog und ihrer Bitte nachkam.

KAPITEL 21

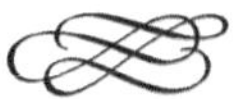

atthews Hals war verspannt. Er grinste, als er den eingeklemmten Muskel mit der Hand bearbeitete, und erinnerte sich genau daran, wie er sich die Verspannung zugezogen hatte – stundenlang mit seiner Frau in seinem Bett, während sie sich in wilder Hingabe unter ihm wölbte. Er hatte sie dort liegen lassen, fest schlafend, ihren nackten Körper auf den Laken ausgebreitet und bereit für ihn, sobald er ein paar Dinge erledigt hatte.

Er musste unbedingt einige Angelegenheiten klären. Danach würde er entscheiden müssen, wie er sie aufwecken würde. Mit der Zunge? Mit den Händen? Oder seinem Schaft? Es gab so viele Möglichkeiten.

In der Ferne hörte er ein schwaches Geräusch. Ein dumpfer Schlag, und er schaute stirnrunzelnd auf die Uhr über seinem Kaminsims. Es war fast drei. Zu spät für einen Diener, um noch auf den Beinen zu sein, obwohl er es Portman durchaus zutrauen würde, dass er sich bereits um die tägliche Routine kümmerte. Der Mann schlief nie.

Doch jetzt war es wieder still. Matthew beugte sich erneut über seine Arbeit. Er würde den Butler morgen darauf ansprechen. Vielleicht könnte Isabel an dem Gespräch teilnehmen. Sie würde ihn wahrscheinlich dazu überreden können, einen neuen Zeitplan zu erarbeiten.

Wie konnte irgendjemand ihr je etwas abschlagen?

Er tauchte seine Feder in das Tintenfass und kratzte ein paar Worte auf das Pergament vor ihm. Er hatte sich schon fast in der Formulierung verloren, als die Tür zu seinem Arbeitszimmer mit einem leisen Klicken geschlossen wurde. Er hob den Blick und schaute direkt in den Lauf einer Waffe. Eine Waffe, die von Fenton Winter gehalten wurde.

Er drückte sich jäh in seinen Stuhl und rückte so weit wie möglich von der Waffe weg, während er sich zwang, zu seinem Angreifer aufzusehen. Winters Haar war ungekämmt, seine Augen waren glasig, und seine Hände zitterten, als er die Pistole auf Matthews Kopf richtete. Er sah krank und unausgeglichen aus, und nichts davon entschärfte die Gefahr dieser Situation.

„W-Winter", stammelte Matthew erschrocken. „Was macht Ihr da? Wie seid Ihr hereingekommen?"

„Ich beobachte Euch schon so lange", knurrte Winter, und seine Stimme zitterte wie seine Hände. „Ich weiß, dass es eine Seitentür gibt, die Euer Butler manchmal nach den Lieferungen versehentlich unverschlossen lässt. Ich habe sie sogar schon ein- oder zweimal benutzt. Ich bin in Euer Haus getreten, habe mich eine Weile in Eurer Vorratskammer versteckt und bin dann wieder hinausgegangen. Nur um die Gewissheit zu haben, dass ich es kann, sollte es notwendig sein." Er bewegte die Waffe vor Matthews Gesicht. „Steht auf."

Matthew hob langsam die Hände und schob seinen Stuhl vor dem Schreibtisch zurück. Als er um das Möbel herumtrat und Winter gegenüberstand, schüttelte er langsam den Kopf. Er hatte so viel Zeit daran verschwendet, Isabel davon zu überzeugen, dass sie von ihrem Onkel nichts zu befürchten hatte, dass Winters früheren Taten seine zukünftigen bestimmen würden. Wie es schien, hatte er sich sehr geirrt.

„Ich hätte auf sie hören sollen", murmelte er leise.

Winters Augen leuchteten auf. „Sie. Angelica?"

„Nein, Eure Nichte", flüsterte Matthew. „Isabel."

Winters Blick senkte sich kurz, erfüllt von Schuldgefühlen. „Sie wird es eines Tages verstehen. Ich hoffe, sie wird es verstehen."

„Nein."

Beide Männer blickten zur Tür, und Matthew wurde angst und bange. Isabel stand im Türrahmen, eingewickelt in seinen Morgenmantel, ihr Haar fiel ihr über die Schultern. Sie war wunderschön und gehörte ihm, aber vielleicht nur noch für ein paar Augenblicke. Sie starrte ihren Onkel mit flehenden Augen an. Mit Entsetzen.

„Geh nach oben, Isabel", drängte Matthew. „Bitte."

Sie schüttelte den Kopf. „Das werde ich nicht", erwiderte sie mit fester Stimme.

„Tu, was er sagt", bellte Winter.

Sie zuckte bei dem wütenden Ton zusammen, gehorchte aber keinem von ihnen. Stattdessen trat sie in den Raum und auf die beiden zu. Schritt für Schritt verfolgte Matthew sie und verkrampfte sich bei jedem ihrer Schritte, bis sie vor ihm Halt machte, sodass die Pistole ihres Onkels nun auf ihre Brust gepresst wurde statt auf die von Matthew.

„Was machst du da?", zischte Winter. „Geh aus dem Weg."

„Isabel." Matthew ergriff ihren Arm und versuchte, sie zur Seite zu schieben, aber sie stellte ihre Füße breit und spannte ihren Körper gegen ihn an.

„Hört auf, ihr beiden", forderte sie.

Sie hob ihr Kinn und sah Winter eindringlich an. Seine Hand zitterte noch mehr, und Matthew versteifte sich. Wenn diese Waffe abgefeuert wurde, *würde* Isabel sterben. Daran bestand kein Zweifel. Aber sie blieb stehen. Sie wich nicht zurück. Und es schien sie nicht zu kümmern, sie schien entschlossen, ihn zu beschützen.

Und in diesem furchtbaren Moment wurde ihm klar, dass er sie über alle Maßen liebte. Und er sie verlieren könnte.

❧

„Was machst du da, Onkel?", fragte Isabel und war stolz darauf, dass ihre Stimme bemerkenswert ruhig klang in Anbetracht dessen, was gerade geschah.

„Du wolltest mir nicht helfen", erwiderte Fenton mit weinerlicher Stimme, als müsste er ihr seine Argumente erklären. „Ich kann nicht mehr warten, ich kann nicht mehr zusehen, wie er weiterlebt und meine Angelica in einem kalten, dunklen Grab liegt, ganz… ganz allein."

Als sein Atem stockte, spürte sie, wie Matthew sich hinter ihr bewegte. Der Schmerz, den sie beide in diesem Moment empfanden, war mit Händen zu greifen. Die Männer waren Spiegelbilder, obwohl sie auseinandergerissen worden waren. Sie fragte sich kurz, ob sie einander hätten helfen können, früher einmal. Hätte ihr Onkel sich nicht für die Wut entschieden, hätten sie sich in ihrer Trauer bestimmt gegenseitig Halt geben können, bis sie sie überstanden hatten.

Traurigerweise würden sie es nie erfahren. Denn nun standen sie hier. Und ihr Onkel war weiterhin entschlossen, Matthew zu vernichten.

„Du wirst mich erschießen müssen, um zu ihm zu gelangen", warf sie ein, die Worte kratzten wie Sandpapier in ihrer Kehle. Sie meinte sie ernst, trotz des Schreckens, den sie tief in ihrem Inneren auslösten. Entgegen dem Urinstinkt, der sie anschrie, um jeden Preis zu leben.

Der Teil, der Matthew liebte, war stärker.

„Isabel!", zischte Matthew in einem scharfen und verzweifelten Ton hinter ihr.

Sie ignorierte ihn und schaute weiterhin auf Onkel Fenton. „Ist es das, was du zu tun bereit bist?"

Er starrte sie an. Seine Augen waren glasig, aber irgendwo tief in seinem Inneren sah sie immer noch das Flackern seines wahren Ichs. Des Mannes, der er gewesen war, bevor ihm sein Kind entrissen worden war. Des Mannes, der ihr nie etwas antun würde.

Sie musste glauben, *dass dieser* Mensch über den von irrationalem Hass zerfressenen siegen würde.

„Bitte zwing mich nicht dazu", krächzte er, und seine Hände zitterten noch stärker. Sie hielt den Atem an, denn sie wusste, dass er die Waffe jeden Moment abfeuern konnte.

„Niemand wird dich dazu zwingen, zum Mörder zu werden", gab sie zu bedenken. „Das wirst du selbst tun. Du wirst ein Mörder sein. Und *er* wird es trotzdem immer noch nicht sein."

„Das wird er. Das *ist* er."

Sie schüttelte den Kopf. „Nein, das ist er nicht. Ich habe Angelica geliebt, aber ich sehe sie mit einem unvoreingenommenen Blick, vielleicht mehr als ihr beide. Sie war wundervoll, aber sie konnte auch launisch, verwöhnt und unvernünftig sein. Weißt du noch, wie ich mit zwölf Jahren diese Schnitzeljagd gewonnen habe?"

Ihr Onkel blinzelte, als hätte er Angelica schon so lange nur noch als Leiche gesehen, dass ihm die Erinnerung an sie als Kind fremd erschien. „Sie... sie war wütend. Sie hat deinen Preis in den Fluss geworfen."

Sie nickte. „Sie wollte immer ihren Willen durchsetzen, egal wie lächerlich er war."

„Damals war sie noch ein Kind", schnauzte Fenton und richtete seinen wütenden Blick auf sie. „Sie war anders, als sie älter wurde."

„War sie das?", fragte sie und bemühte sich, sich ruhig zu behaupten. Sie war froh, dass Matthew hinter ihr stand, starr vor Wut und Schrecken, aber er verschaffte ihr die Möglichkeit, diese Nacht ohne Blutvergießen zu beenden. Als ob er... ihr vertraute. „Ist es wirklich so abwegig zu glauben, dass sie auch als Erwachsene Wutanfälle hatte, wenn sie nicht ihren Willen bekam? Dass sie sich einfach nahm, was sie wollte, ohne an die Konsequenzen zu denken?"

Ihr Onkel schwankte ein wenig, und sie keuchte lautlos bei diesem Anblick. Ihre Worte drangen zu ihm durch.

„Ich weiß es nicht", flüsterte er.

„Es ist normal, dass man jemandem die Schuld geben will, weil der Schmerz so tief, so stark ist. So unnachgiebig, dass die Wut alles ist, was übrig bleibt, um ihn in Schach zu halten. Aber wenn du Matthew tötest, wird es nichts an dem ändern, was du verloren hast. Es wird dich nur in ein Ungeheuer verwandeln, von dem sich deine Tochter mit Abscheu abwenden würde. Ist es das, was du willst? Was du wirklich willst? Den Mann zu töten, den Angelica geliebt hat? Den… ich liebe?"

Sie spürte, wie Matthew sich in ihrem Rücken anspannte, aber sie ignorierte ihn. Wenn sie sterben würde, um ihn zu beschützen, musste sie ihn wissen lassen, was sie fühlte. Sollte sie überlebte, konnten sie sich später um die Folgen kümmern.

„Isabel", flüsterte ihr Onkel, sein Tonfall war schwerfällig und traurig.

Sie fuhr fort: „Hast du wirklich vor, das letzte Gute im Leben deiner Tochter zu zerstören, nur damit du dich kurzzeitig besser fühlst?"

Er starrte sie an, und in seinen Augen stand jetzt ein verzweifeltes Flehen um Hilfe. Sie sah es und sagte sanft: „Bitte, Onkel Fenton, nimm die Waffe herunter. Tu mir nicht weh. Tu ihm nicht weh. Das ist alles, worum ich dich bitte."

Seine Hand zitterte, stärker als je zuvor, dann ließ er die Pistole sinken und fiel auf die Knie. Laute Schluchzer durchzuckten ihn, und sie ließ sich neben ihn nieder, umarmte ihn, während sie die Pistole aus seiner Reichweite schob und ihn weinen ließ. Sie sah zu Matthew auf, dessen Miene weich vor Mitleid und finster vor Angst und Erleichterung war. Er berührte ihre Schulter, seine Finger drückten sie kurz, bevor er zur Tür schritt und läutete, um Portman zu rufen.

Matthew stand im schwachen Licht der Morgendämmerung, das durch die Fenster in sein Arbeitszimmer fiel. Er war noch nie so glücklich gewesen, einen neuen Morgen zu erleben, einem neuen Tag entgegenzusehen und zu wissen, dass Isabel noch am Leben war.

Als hätte er sie herbeigezaubert, betrat sie in diesem Augenblick den Raum und blieb stehen. Er betrachtete sie, mit den Schatten unter ihren dunklen Augen, mit den Spuren von unzähligen Tränen auf ihrem Gesicht, mit ihrer zitternden Unterlippe. Und dann gab sie einen leisen Laut von sich und durchquerte den Raum zu ihm. Sie fiel ihm in die Arme, und ihr ganzer Körper zitterte, während er sie festhielt. Und auch er erzitterte, als ihn die Schwere dessen, was sie gerade durchgemacht hatten, mitten in die Brust traf.

Er hatte eine Frau verloren, die er liebte. Eine weitere zu verlieren, hätte ihn umgebracht. Das wusste er. Er spürte es bis in die letzte Faser seines Körpers, und aus reinem Beschützerinstinkt drückte er sie enger an sich.

Sie standen einen Moment schweigend da, dann zog er sich zurück. „Du bist erschöpft. Komm, setz dich ans Feuer."

Sie folgte ihm schweigend, ließ sich auf das Sofa nieder und legte ihren Kopf an seine Schulter, während er seine Hände an ihrer Seite entlang strich. Sie stieß einen langen, erschütternden Seufzer aus. „Du warst so großzügig, meinen Onkel nicht bei den Behörden anzuzeigen", begann sie schließlich. „Freundlicher, als er es vielleicht verdient hat."

Er presste seine Lippen fest aufeinander. „Ich habe es für dich getan", erwiderte er. „Und für sie."

„Angelica", flüsterte sie.

Er nickte und drückte ihr einen Kuss auf die Schläfe. „Wo werden sie ihn hinbringen?"

Sie setzte sich auf und wandte sich ihm zu. „Sie sind zwar ziemlich entfernte Cousins und Cousinen, aber sie waren bereit, ihm zu helfen. Er wird für eine Weile aufs Land ziehen. Es wird ihm guttun, weit weg von seinen Schreinen zu sein. Vielleicht kann er seinen Kummer endlich überwinden und danach wieder zu dem Mann werden, den ich einst kannte."

„Ich werde regelmäßig Berichte anfordern", beschloss Matthew und spannte sein Kinn an. „Um sicherzugehen, dass er dich nie wieder bedroht.“

Sie berührte sein Gesicht. „Er hat *dich* bedroht, Matthew. Nicht mich.“

„Es ist schwer, sich nicht daran zu erinnern, dass der Lauf der Waffe auf *deine* Brust gedrückt wurde“, entgegnete er in einem schärferen Ton, als er es beabsichtigt hatte. Er hatte Mühe, die Beherrschung zu wahren, als der Schrecken wieder aufflammte. „Ich hätte auf dich hören sollen, als du mich vor seinen dunklen Absichten gewarnt hast. Wenn ich daran denke, was hätte passieren können. Dass ich dich hätte verlieren können…“

Er brach ab, denn er war noch nicht bereit, diese Worte laut auszusprechen. Sie hatten zu viel Macht in seinem Kopf.

„Es muss schreckliche Erinnerungen wachgerufen haben“, sagte sie sanft. „Sie zu verlieren.“

Er schüttelte den Kopf. „Es waren nicht die Erinnerungen, die mich beunruhigten, Isabel. Es war der Gedanke an eine Zukunft ohne dich, der mich verrückt gemacht hat. Es hatte nichts mit Angelica zu tun.“

Ihre Lippen öffneten sich, und sie starrte ihn ungläubig an. Es missfiel ihm, sie so zu sehen, aber warum sollte sie nicht an seinen Worten zweifeln? Er hatte sie in den Wochen, in denen sie zusammengewürfelt worden waren, nicht wirklich an sich herangelassen. Er hatte ihr nicht vertraut und der wachsenden Verbundenheit, die er zu ihr empfand, nicht erlaubt, sich zu entfalten.

Die Liebe, die er fast zu spät erkannt hatte.

Er nahm ihre Hand und strich mit dem Daumen darüber, während er versuchte, die richtigen Worte zu finden. Er musste sie zuerst aussprechen, bevor er den Rest seines Lebens damit verbringen würde, sich ihr gegenüber zu beweisen. „Du hast in unserer Hochzeitsnacht etwas zu mir gesagt. Etwas, das mir seitdem nicht mehr aus dem Kopf gegangen ist.“

Sie legte den Kopf schief. „Was habe ich gesagt?“

„Du hast mich gefragt, wie hoch die Chancen standen, dass ausgerechnet wir uns im Donville Masquerade begegnet sind".

Sie zuckte mit den Schultern. „Das war nur eine beiläufige Bemerkung."

„Wie hoch *waren* die Chancen, Isabel?"

Sie musterte ihn interessiert, als er eindringlich auf eine Antwort bestand, und schüttelte dann den Kopf. „Eins zu hundert, vielleicht?"

„Vielleicht eher eins zu tausend", warf er ein. „Es gab Dutzende von Schritten, die jeder von uns gehen musste, damit wir beide in jener Nacht an diesen Ort gebracht werden konnten. Es war fast ein Ding der Unmöglichkeit."

„Ich verstehe nicht, also war es Zufall, na und?"

„Es war kein Zufall", flüsterte er.

Sie wich zurück, und ihre tiefe Verwirrung war lieblich und herzzerreißend zugleich. „Was hätte es denn sonst sein sollen, Matthew? Du hast gesagt, du glaubst mir, dass ich die Begegnung nicht geplant habe, und ich weiß, dass du es nicht getan hast. Wie könnte es also etwas anderes als Zufall sein?"

„Angelica", platzte es aus ihm heraus.

Sie versteifte sich und zerrte an ihrer Hand, aber er hielt sie fest. Sie konnte jetzt nicht weglaufen, er konnte sie nicht loslassen. Nicht bevor sie verstand, dass er sie nicht mit der Frau verglich, die er verloren hatte.

„Sie hat mich geliebt", setzte er an. „Und sie hat dich geliebt. Ist es so schwer zu glauben, dass sie uns vielleicht aus dem Jenseits ansieht und will, dass wir uns finden?"

Ihre Unterlippe hatte wieder zu zittern begonnen. „Warum? Zu welchem Zweck?"

„Weil sie wusste, dass wir uns lieben können", entgegnete er.

Ihre Augen wurden groß. Da war es, sie begann zu verstehen, was er andeuten wollte. Was er von ihr wollte und brauchte. Aber sie wankte noch, sie hatte immer noch Zweifel.

„Nicht", flüsterte sie.

Er berührte ihr Kinn. „Sieh mich an.“

Sie stand ihm gegenüber, die Lippen aufeinander gepresst, die Hände gegen die seinen gepresst.

„Ich liebe dich, Isabel.“

Matthews Worte waren wie der Schuss in ihr Herz, den ihr Onkel nicht abgegeben hatte, und sie schreckte vor ihrer Wucht zurück. Aber er ließ sie nicht davonlaufen. Er hielt sie sanft fest, beobachtete sie und wartete darauf, dass sie sich fasste.

Er wartete darauf, dass sie das Unmögliche glaubte. Ein Traum, von dem sie angenommen hatte, dass er niemals Wirklichkeit werden würde.

Aber er bot ihr jetzt seine Liebe an. Aber warum? Sie wusste es nicht, aber sie befürchtete, dass diese Gefühle nicht echt waren.

„Du bist überreizt“, begann sie mit schwerer Zunge. „Du bist dankbar, dass du nicht gestorben bist und fühlst dich mir gegenüber verpflichtet, weil ich zwischen dich und meinen Onkel getreten bin.“

Er lächelte. „Ich bin nicht überreizt.“

„Du bist...“

„Nun gut, wenn du das glaubst, dann nehme ich dich einfach mit nach oben und schlafe mit dir in meinem überreizten Zustand, und morgen fange ich mit diesem Gespräch von vorne an. Wenn es dann nicht klappt, werde ich es am nächsten Morgen versuchen und am nächsten und am nächsten.“ Er streichelte ihre Wangen. „Bis du *mir glaubst.*“

Ihr Herz schwoll an, als er seine Nase sanft an die ihre drückte. Intim. Zärtlich und so liebevoll. Fast so sehr, dass sie seinen Worten Glauben schenken konnte.

„Ich verstehe nicht“, stammelte sie schließlich. „Wie kannst du mich lieben?“

Er wich ein Stück zurück. „Die bessere Frage ist, wie könnte ich das nicht? Du bist… alles, Isabel. Intelligent und gütig, über alle Maßen stark, sogar bei einem Fehlentscheid, wie du heute bewiesen hast. Du bist schön und verführerisch. Du hast alle guten Seiten in mir geweckt, sogar die, von denen ich dachte, dass sie nicht mehr existieren. Du gibst mir Lust zu *leben*. Jeden Tag aufzuwachen und dich an meinem Frühstückstisch zu sehen, mit dir auf Bällen zu tanzen, dich nach Hause zu bringen… oder sogar manchmal ins Donville Masquerade, wenn du sehr unartig sein willst, und mit dir zu schlafen."

Heiße Röte sprang ihr ins Gesicht, selbst als sich seine Worte in ihre Seele bohrten. Konnte sie ihnen trauen? Ihm Glauben schenken?

Er schüttelte den Kopf. „Mir ist klar, dass ich dir keinen Grund gegeben habe, meine Gefühle zu erwidern. Ich erkenne, dass deine Erklärung von vorhin eine List war, um deinen Onkel aufzuhalten."

Sie konnte sich ein Lachen nicht verkneifen, als sie davon hörte. „Eine List? Nein, ganz und gar nicht. Vom ersten Moment an, als sich ein Fremder zwischen mich und einen betrunkenen Mann stellte, der auf Leid und Zerstörung aus war, habe ich mich in ihn verliebt. In *dich*." Sie starrte ihn an. Was sich da vor ihr ausbreitete, war das größte Risiko, der größte Sprung, den sie je wagen würde. Aber mit der wunderbarsten Belohnung von allen. „Ich liebe dich", erklärte sie.

„Wirklich?", wiederholte er und klang genauso verwirrt, wie sie sich wenige Augenblicke zuvor gefühlt hatte.

„Ja!", stieß sie hervor und begann zu lachen. Denn es gab so viel Freude und Glück, so viel Licht in der Zukunft, die sie miteinander teilen würden. „Muss ich es dir beweisen?"

Seine Augen begannen zu leuchten, und er zog sie näher zu sich. Auf seinen Schoß und in seine Arme und ganz in sein Leben. Er lächelte. „Ich glaube schon."

Sie schlang ihre Arme um seinen Hals und drückte ihre Stirn an seine, als eine Welle der Freude sie überkam. „Mit Vergnügen", murmelte sie, bevor sie seine Lippen mit ihren schloss.

EPILOG

Drei Monate später

Isabel saß im Salon von Ewan und Charlotte. Eigentlich sollte sie sich auf das Whist-Spiel mit den anderen Duchesses konzentrieren, mit Frauen, die sie als Freundinnen, ja als Schwestern betrachtete. Stattdessen starrte sie quer durch den Raum auf ihren Mann.

Matthew hielt Ewans und Charlottes Baby, Jonathon, in seinen Armen. Er sah völlig verängstigt aus, als würde das Baby jeden Moment in Flammen aufgehen oder aus seinen Armen hüpfen. Sie lachte über seinen Ausdruck und die Sorge und Liebe, die dahintersteckten.

Sie lächelte ihrer Freundin zu, als sie ihre letzte Karte ablegte, und stand dann auf, um das Zimmer zu ihrem Mann zu durchqueren. Er sah erleichtert aus, als er das Baby an Baldwin übergab und ihren Arm nahm.

„Brauchst du frische Luft?", fragte sie und führte ihn auf die Terrasse, weg von den vielen Ohren im Wohnzimmer.

Er nickte und stieß einen langen Seufzer aus. „Ich habe keine

Ahnung, was man mit einem Baby macht, ich schwöre es. Sollte ich mich dabei wohlfühlen? Ich fühle mich nämlich nicht wohl."

Sie konnte nicht anders, als über sein nervöses Geschwafel zu lachen. Dann berührte sie sein Gesicht. Der vergangene Monat war ein wahres Glückskarussell gewesen. Seine Liebe zu ihr und seine Leidenschaft waren nicht zu übersehen. Sie konnte ihre eigene nicht verbergen. Und mit dieser Offenheit sah ihre Zukunft so vielversprechend aus.

„Du wirst einige Monate Zeit haben, um mit allen Kindern unserer Freunde zu üben, nehme ich an", beteuerte sie und zog die Augenbrauen in die Höhe. „Und ich denke, die meisten Papas fühlen sich zumindest mit ihren eigenen Kindern wohler."

Er blinzelte und starrte sie ausdruckslos an, während er versuchte zu begreifen, was sie damit meinte. Dann klappte ihm der Mund auf. „Willst du mir sagen, dass du schwanger bist?"

Sie nickte, und bevor sie fragen konnte, ob er glücklich war, nahm er sie in die Arme und wirbelte sie mit einem Freudenschrei auf der Terrasse herum. Sie lachte, als sie ihren Mund auf den seinen drückte. Was mit einem Geheimnis, einer Maske, einer Lüge begonnen hatte, war nun mehr, als sie jemals zu hoffen gewagt hätte.

Und sie konnte es kaum erwarten, das nächste Kapitel ihres Lebens mit ihm zu beginnen.

Hugh schwang sich von seinem Pferd und nickte dem Diener zu, der herbeigeeilt kam, um ihm die Zügel abzunehmen. Mit einem langen Seufzer blickte er auf das schöne Anwesen vor ihm. Sein Londoner Haus, obwohl er es nie ganz als seines angesehen hatte. Keines seiner Anwesen gab ihm das Gefühl dazuzugehören, ganz gleich, wie lange er schon Duke war. Es fühlte sich immer noch so an, als würde er ein gestohlenes Leben führen. Er war ein Betrüger, der jeden Moment entlarvt werden würde, sobald sein eigener Vater von den Toten zurückkehrte.

Wie enttäuscht würde er von seinem Sohn sein. Hugh litt unter dieser Gewissheit mehr als alles andere auf der Welt.

Die Tür zum Haus öffnete sich, und sein langjähriger Butler Murphy trat heraus. Hugh zwang sich, die Melancholie zu überwinden, die ihn seit über einem Jahr auf Schritt und Tritt verfolgte, und stieg die zwei Stufen zum Eingang hinauf.

„Willkommen zu Hause, Euer Gnaden", grüßte Murphy, während er Hughs Hut und Handschuhe entgegennahm. „Ich hoffe, Eure Reise nach Brighthollow war vortrefflich."

Hugh konnte eine Grimasse bei diesen freundlichen Worten kaum unterdrücken. Er hatte die letzten zwei Wochen auf seinem Landsitz in Brighthollow verbracht, um sich um einige Geschäfte zu kümmern und nach Lizzie zu sehen. Er hatte sie angefleht, mit ihm nach London zu kommen. Sie hatte abgelehnt.

Seit ihrer Tortur im letzten Frühjahr war sie nicht mehr dieselbe gewesen. Sie schien in sich zusammenfallen, und es sah so aus, als könne er nichts dagegen tun.

„Ereignislos", stammelte er, denn Murphy verdiente zumindest eine höfliche Antwort. „Gibt es hier etwas zu berichten?"

Er wandte sich in Richtung seines Arbeitszimmers, und der Butler folgte ihm auf den Fersen. „Ihr habt mehrere Einladungen von den Mitgliedern Eures Clubs bekommen, Euer Gnaden."

Hugh nickte. Natürlich hatte er das. Seit er ein Junge war, gehörte er zu einer kleinen Gruppe von Freunden, die alle dazu bestimmt gewesen waren, Dukes zu werden. Der 1797 Club, so nannten sie sich. Er liebte sie alle, aber er konnte die Besorgnis in ihren Gesichtern sehen, wenn er sie aufsuchte. Sie wussten, dass etwas nicht stimmte, er hatte es nur noch nicht übers Herz gebracht, einen von ihnen ins Vertrauen zu ziehen.

Wie konnte er denn? Wie konnte er die furchtbare Schande seiner Schwester enthüllen, wie konnte er diesen Ehrenmännern offenbaren, dass er den Mann, der ihr geschadet hatte, nicht zur Rechenschaft gezogen hatte? Sie würden ihm natürlich versichern, dass sie es verstehen. Das würden sie wohl auch, bis zu einem gewissen Grad. Und doch würde sein Versagen umso stärker auf ihm lasten, wenn er es wagte, es laut auszusprechen.

Also behielt er es für sich und ignorierte ihre Besorgnis, wenn sie fragten, warum er brütete, warum er sich die Haare wachsen ließ und sich nur rasierte, wenn die guten Gepflogenheiten es verlangten. Warum er sich in seinem Anwesen in Brighthollow oder in seinen Gemächern hier in London versteckte wie ein verwundetes Tier.

„Ich werde sie mir ansehen. Ich nehme an, du hast sie auf meinen Schreibtisch gelegt?", fragte er, als sie gemeinsam das Arbeitszimmer betraten.

„Natürlich." Murphy deutete auf das kleine silberne Tablett in der Ecke von Hughs Schreibtisch, auf dem sich die Korrespondenz in den verschiedenen Handschriften, die er so gut kannte, stapelte.

Er ignorierte sie und ging zu seinem Stuhl. Als er Platz genommen hatte, blickte er zu Murphy auf. „Wenn es sonst nichts gibt..."

Murphy räusperte sich. „Nur zwei dringende Angelegenheiten, Euer Gnaden."

Hugh wölbte eine Augenbraue. „Und die wären?"

„Ihr sagtet mir, ich solle alle Nachrichten von Mr. Kendall als dringend behandeln. Gestern kam eine für Euch an."

Hugh stieß sich von seinem Schreibtisch ab, wobei sein Stuhl auf dem Holzboden quietschte, was seinen Butler dazu veranlasste, sein Gesicht zu verziehen. „Kendall?", wiederholte er. „Wo ist sie?"

Er griff nach dem Tablett und begann, mit den Fingern durch die Korrespondenz zu gehen, wobei er die Briefe seiner Freunde beiseiteschob.

„Hier, Euer Gnaden", unterbrach Murphy seine Suche, und sein Tonfall war plötzlich leise und besorgt, als er in seiner Innentasche kramte und ein gefaltetes Stück Pergament herauszog, das mit rotem Wachs versiegelt war. „Ich habe es für Euch aufgehoben."

Hugh nahm es an sich und drehte es um. Sein Name war falsch geschrieben. Aber er hatte den Mann nicht wegen seiner Fähigkeiten im Briefeschreiben angeheuert. „Das wäre dann alles", sagte er mit zitternder Stimme, während er den Brief umdrehte und nach seinem Brieföffner griff, um das Siegel zu brechen.

„Euer Gnaden, da ist noch etwas…"

„Nein!", winkte Hugh ungeduldig ab. „Das kann warten. Danke, Murphy."

Der Butler nickte ergeben, ging hinaus und schloss die Tür fest hinter sich. Danach eilte Hugh zum Feuer und nahm dort auf einem Sessel Platz. Es war eine kurze Nachricht, Gott sei Dank, denn Kendall war wirklich ein schrecklicher Schreiber. Seine Handschrift war kaum lesbar und seine ungenügende Rechtschreibung zwang Hugh, jeden Satz zweimal zu lesen, um dessen Sinn zu begreifen.

Aber am Ende stand es da, schwarz auf weiß. Der Albtraum, auf den Hugh gewartet hatte, seit er Kendall vor über einem Jahr angeheuert hatte, war Wirklichkeit geworden.

BÜCHER VON JESS MICHAELS

DER 1797 CLUB

Der verwegene Duke (Buch 1)

Ihr Lieblingsduke (Buch 2)

Der gebrochene Duke (Buch 3)

Der stumme Duke (Buch 4)

Der Duke von Nichts (Buch 5)

Der geheime Duke (Buch 6)

Eine vollständige Liste der Titel von Jess Michaels finden Sie unter:

http://www.authorjessmichaels.com/books

ÜBER DIE AUTORIN

USA Today-Bestsellerautorin Jess Michaels hat eine Vorliebe für geekiges Zeug, Vanilla Coke Zero, und alles, was mit Kokosnuss zu tun hat. Darüber hinaus mag sie Käse, flauschige Katzen, Feinhaarkatzen, einfach alle Katzen, viele Hunde und Menschen, die sich um das Wohl ihrer Mitmenschen kümmern. Sie hat das Glück, mit ihrem Lieblingsmenschen verheiratet zu sein und lebt im Herzen von Dallas, Texas, wo sie versucht, all die tollsten Gerichte der Stadt zu probieren.

Wenn sie nicht zwanghaft ihre Schritte auf Fitbit überprüft oder neue Geschmacksrichtungen von griechischem Joghurt ausprobiert, schreibt sie historische Liebesromane mit heißen Alphamännern und frechen Ladies, die alles tun, außer zu warten, um zu bekommen, was sie wollen. Sie hat für zahlreiche Verlage geschrieben und ist jetzt komplett unabhängig und liebt jeden Moment davon (naja, fast jeden Moment).

Jess liebt es, von ihren Fans zu hören! Also zögern Sie bitte nicht, sie unter Jess@AuthorJessMichaels.com zu kontaktieren.

Jess Michaels verlost JEDEN MONAT einen Geschenkgutschein an Mitglieder ihres Newsletters, also melden Sie sich auf ihrer Website dazu an:
http://www.AuthorJessMichaels.com/

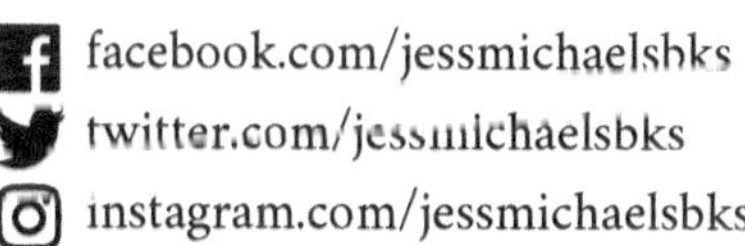

facebook.com/jessmichaelsbks
twitter.com/jessmichaelsbks
instagram.com/jessmichaelsbks

www.ingramcontent.com/pod-product-compliance
Lightning Source LLC
Chambersburg PA
CBHW050842190726
48286CB00007B/2192